[美]
雷蒙德·钱德勒
Raymond Chandler

孙志新 译

再见，吾爱

Farewell My Love

北京联合出版公司
Beijing United Publishing Co.,Ltd.

Farewell my love

～ 1 ～

中央大街上的黑人街区什么人都有，故事便始于此地。我刚步出一家狭窄到只能放下三把椅子的理发店。假如不是一个客户说，我或许能在此地找到迪米特里奥斯·埃莱迪斯的话，我根本就不打算来。埃莱迪斯是个理发师，我一直在找他。他老婆出钱让我将他早点儿弄回家，因此，这也是无可奈何的事。

不过，埃莱迪斯太太没有给我一分钱，因为我依然没有找到他，这实在非常遗憾。

那大概是三月下旬的一个极为晴朗的炎热午后。伫立在那家理发店门外的我，正无聊地抬头看着从二楼弗洛里安餐饮娱乐中心伸出来的招牌。那招牌如霓虹般闪烁着。在对着招牌发呆的时候，我不经意间觉得身旁同样有一道瞄向二楼的视线。极为巧合的是，那道视线与我的视线最终都落在了一处。他一直凝视着楼上的窗户，窗户上到处都是灰尘。由于太过兴奋，他的表情显得非常夸张，就如孤陋寡闻的异乡人第一次观看自由女神时，自然展现出的令人好笑的虔诚。

瞥了一眼之后，我才了解到我身旁这个家伙是个十足的壮汉。他身高不到六英尺五英寸，却差不多有装啤酒的卡车那么宽。他的两臂无力地垂在躯体的两侧，就像失去了支撑一般。他站的地方和我相距不到十英尺。粗壮的手指间升腾起一股烟雾，手指夹着的是一根被遗忘的寂寞的雪茄。

在他发呆的时候，汹涌的人流中混杂着如同射过来的激光灯般的打探的目光。在街上瞧见此类不同寻常的情景之时，那些走过的如同柴火般干瘦的黑人感到非常惊讶。这也没什么稀奇的，因为他那身穿着实在太惹人注目了。谁还会在这个年代将一顶毛茸茸的博尔莎里诺帽子戴在头上呢？先不说这个，他竟然还披着一件做工简单的灰色运动外衣。外衣上有着大到能和高尔夫球相提并论的白纽扣。外衣里是件搭配着一条黄色领带的棕色衬衫。他的裤子是灰色的法兰绒的，正配他那双白色的、裂开了的鳄鱼皮鞋。他那毫无惭愧心的、呆板的脚指头，就在外面裸露着。他胸前的口袋中还有一条颜色与领带同样夺目的黄色手帕。他戴的那顶帽子依然是最突出的，我几乎忘了这点。他虽然确实不需要那两根插着的彩色羽毛，不过，它们极具吸引力。他穿着这套着装就像一个巨大的趴在白色奶油蛋糕上的蜘蛛，即使在着装前卫的中央大街上也非常扎眼。

他有必要刮下自己的胡子了。他看上去就是那种需要常常刮胡子的体质。他有着苍白的皮肤和一头黑色的卷发。在他的鼻子上是差不多缠绕起来的两条浓眉。他那两只纤小灵巧的耳朵，相较他那伟岸的身躯，总算看上去比较正常些。他的眼睛是模糊又暗淡的灰色，就像被一层看不清楚的水汽挡住似的。他就这样，如同一个早就石化了的雕像般在那儿静静地站着。很长一段时间之后才露出了笑容。

缓缓地走过人行道之后，他在二楼的双开弹簧门前停了下来。他推开了门，然后以很快的速度向街上瞥了一下，接着就面无表情地进去了。

像他这种壮汉，假如穿一身普通的服装，我肯定会推断他是劫匪。在考虑了一番他的帽子、衣服，以及高大的身材后，我果断地停止了不着边际的猜测。

弹簧门在我发呆的时候，忽然"咚"的一声向街外弹出，然后又立马恢复了原来的状态。一个不知道是什么的东西，在大脑还没反应过来时，"啪"地升了起来，并在刹那间穿过了人行道，最终落在了两辆停在路边的汽车之间。他直直地掉了下来。最先碰到地面的是他的四肢。一阵如一只被逼到角落的老鼠所发出的尖叫声自远处传了过来。他最后还是缓缓地爬了起来。在拾起帽子后，他又缓慢且跌跌撞撞地爬回了人行道。这是一个青年，他有棕色的皮肤、细窄的肩膀、一头梳得闪闪发亮的黑发，还有干瘦的身材。他穿了一件浅紫色的西装，胸前还插了一枝康乃馨。他吞吞吐吐地发了一顿怨言。在看到行人惊讶地注视着自己的时候，他整理了一番那颇有气质的帽子，接着无精打采地挪到了墙边，最后迈着八字脚一声不响地消失于街角的尽头。

街上最终恢复了平静，交通再次变得正常起来。那个门此时静止了下来，然而，这与我并不相干。我跌跌撞撞地来到了它面前。在推开门之后，我朝里面看了看。

在漆黑的环境中，我忽然被一只不知从哪里伸出来的大手抓入了门中。那只大手抓我就像抓块泥巴般轻松。我仅仅感觉到肩膀沉了一下，然后被提上了一个台阶。出现在我面前的是一张很大的脸，我最终看清了它。这张大脸的主人用从容又低沉的声音悄悄问道："哦！朋友！你肯定看到有个家伙在这儿吸大麻吧？来！帮我把那家伙捆起来！"

漆黑的世界非常安静。人声自楼上微微传了过来。那个壮汉的大手差不多快把我的肩胛骨捏碎了。他始终充满警惕地死守着我，尽管楼梯上只有我们两人。

他说道："一个黑人！"在我还没做出答复时，他便继续说道："我仅仅是想赶他出去，你看到我把他丢出去了吧？"哦！天啊！他终于放开了我的肩膀。我的骨头没有被他捏碎，实在谢天谢地。然而，我的胳膊已经失去了知觉，它们仿佛不属于我似的。

我在揉肩膀的同时说道："这又不是什么令人惊讶的事情，你觉得这还能怎么样？"

那壮汉就像一个吃饱后非常满足的猛虎般悄悄说道："朋友！别这么说！维尔玛，小维尔玛，之前在这儿上班。"

他的手再次伸了过来，并试图抓住我的肩膀。我竭尽全力地尝试躲避，然而，他的手就如一只猫一般敏捷。他那像铁一样坚硬的手指，片刻间又折磨起了我的肌肉。

他说道："没错！小维尔玛！我有八年的时间没看到她了。你的意思是黑人已经占据了这片地区？"

我用沙哑的声音答复道："对！"

他又将我提上了两个台阶。我挣扎着从他的手里逃出来。寻找埃莱迪斯是件微不足道的事，完全用不上枪，因此，我没有带枪。另外，我觉得就算带上枪也无济于事，因为这个壮汉肯定会轻松地将其夺去。

我竭尽全力地用平常的口气说道："要想弄清楚，你就上去瞧瞧吧！"

放开我之后，他依然用那双抑郁的灰色眼睛瞥了我一眼，然后说道："你和我上去喝几杯，我此刻心情很好，不想被任何人打搅。"

"这片地区的主人是黑人，他们不会款待你的！"

他沉思一下说道："我有八年的时间没见维尔玛了。自打上次道别之后，我们已经有八年没有见面了。她六年来始终没有给我写过信。我觉得她一定有难言之隐。她之前在这儿上班的时候非常讨人喜欢。我们可以上去喝几杯吗？"

我大声说道："行啦！我和你上去，不过，别再提着我了！我非常健康，有着正常的手脚。别再提着我，我能自己走路和上厕所，我能自己做所有的事！"

他平心静气地说道："小维尔玛之前在这儿上班！"

他这回没有提我，让我自己向上面走去。我的肩膀依然很疼。我的脑袋后面依然在冒着冷汗。

❧ 2 ❧

楼梯的终点是两个闭着的对开门，无法看到里面的情形。用手指轻轻地推开门之后，壮汉带着我走入了里面。这是一个酒吧，又长又窄，又乱又暗，刚迈入其中就觉得非常压抑。一伙黑人在酒吧一处角落的昏暗灯光下大声叫喊着，他们在赌博。吧台位于右手靠墙的地方。屋里剩下的地方到处都是圆桌。若干桌全是黑人的男女客人零星地坐在酒吧之中。

赌桌上的叫唤声忽然停了下来。本来就非常昏暗的屋子变得更加昏暗了，空气在刹那间变得十分紧张。长在灰色或黑色皮肤上的一双双栗色眼睛，正在不停地打量着我们这两个突然造访的客人。剩下的那些刚才没觉察到的脑袋，此时也向我们转了过来。在这寂静的空气中，一整个屋子的眼睛都看着我们。

一个十分魁梧的壮汉就坐在吧台的最后面。粉白色的吊裤带交叉在他那宽大的后背上。衬衫的袖子上还佩着粉红色的袖章。他显然是这儿的保镖。在缓缓地收起二郎腿之后，他将身体慢慢地转了过来，并将目光移向了我们。他接着轻轻地分开两脚，用舌头舔了一下嘴唇，似乎在向我们挑衅。他的脸上到处都是坑洼、疤痕、红肿，以及格子状的不知怎样弄上去的鞭痕。这是一张历经风雨的脸，一张不惧怕任何东西的脸，它好像经历了一切能经历的挫折，承受了一切你能想到的折磨。他有着又短又卷又灰的头发，他的一只耳朵甚至没有耳垂。他不但有着高大的身材，而且还有一双健壮的腿。不过，他的腿略呈"O"形，这在黑人里面十分罕见。他移动了一下身体，好像笑了一下，又好像没笑。在再次舔了舔嘴唇之后，他向我们走了过来，就如一个瞧不起对手的拳击手一般。壮汉静静地等着他。

那个佩着粉红色袖章的黑人保镖，把他那褐色的、粗壮的手放在了壮汉的胸前。在用力的时候，这么粗壮的手就如一个完全静止的钉子。壮汉没有动一下，黑人保镖则露出了和善的笑容。

"不好意思，我们这儿只招待有色人种，不欢迎白人。"

由于过于激动的关系，壮汉的面庞还略带滚烫的红色。他用那双忧郁的眼睛将整个屋子看了一遍。"黑人拳击手！"他的声调听上去颇为愤怒。他大声向那个保镖问道："维尔玛在哪儿？"

在收回刚刚露出的笑容之后，保镖将目光移到了壮汉的着装上，自他那黄色的领带和褐色的衬衫，到灰色的运动衣以及运动衣上的"高尔夫球"纽扣。他始终都在转着自己那个粗脖子，从不同的方位观察着。在看到壮汉的鳄鱼皮鞋时，他情不自禁地笑了起来。对于壮汉的这身打扮，我私下里颇感惭愧。

保镖接着高喊道："伙计！你说的是维尔玛？这儿没什么维尔玛！这儿既没有女人，也没有酒！这儿什么都没有！白人！滚蛋吧！快点儿给我滚蛋！"

壮汉就如梦游似的说道："维尔玛在这儿上过班！"我在听到他的话后，紧张地用手帕擦着脖后的汗水。

保镖忽然大声笑了起来。在呸了一声之后，他马上转头瞥了一下别的人，说道："维尔玛的确在这儿上过班，不过，她早就不干了，现在已经不在这儿了！哈哈哈哈！"

壮汉说道："把你的臭手拿开！"

保镖蹙了一下眉，之前还没人有胆子向他说这样的话。在把手撤离壮汉的胸前后，他握紧了拳头。那拳头就如一个圆圆的茄子一般，上面的青筋十分明显。对于自己的这份职业，他早就轻车熟路，不过，此次别具一番意味。此次还为了他眼中的"面子"和"威信"。但他也因此尝到了鲁莽的后果。他把他那又快又重的拳头向壮汉的下颚狠狠地挥了过去。屋里马上响起了一片轻轻的嘘声。

这是非常有力的一拳，能够看出他接受过专业的训练。这拳也非常漂亮，躯体随着稍稍下沉的肩膀摆动着。壮汉没有躲避向他袭来的拳头，他没有移动一下。在受过一拳之后，壮汉调整了一下躯体。他发出了一声低吼，接着便掐住了保镖的脖子。

壮汉提起保镖转了一圈。保镖原本还打算用膝盖顶住壮汉的肚子，此时却连鞋子都掉在了那做工简单的地毯上。壮汉提着保镖转向了后面，就像提着一只马上要被宰杀的肥羊。他用右手抓着保镖的吊裤带。吊裤带最终因"肥羊"太肥而绷断了。为了将保镖举起来，壮汉用他的大手撑着保镖的后背。转了一圈之后，壮汉将保镖向屋里另一处的一张桌子扔了过去。那三个位于桌旁的人立刻站起来跑远了。落在桌子上的保镖又向墙角冲了过去。在这个过程中，还响起了连丹佛都能听到的巨大的响声。在颤抖了一会儿，保镖安静了下来。

壮汉转过来对我说："某些人就喜欢螳臂当车，好了，我们喝几杯！"

别的客人在我们向吧台走去的时候，就如影子般静静地离开了。我们甚至没有听到他们弄出开门声。

到了吧台后，壮汉说："我要威士忌酸酒，你呢？"

"一样。"

我们要的都是威士忌酸酒。

酒保穿着白色的外衣。他是个一脸忧郁且非常瘦的黑人。他的脚好像也一跛一拐的。壮汉一边无聊地用矮脚杯喝着威士忌酸酒，一边盯着他。

"你知道维尔玛去哪儿了吗？"

酒保答道："维尔玛？我近来没有见过她，我敢保证！"

"你在这儿工作多长时间了？"

酒保说道："我想一下"。他接着就将肩膀上的毛巾放下，并开始认真地数起手指来。过了一会儿，他又说道："差不多十个月，等等，或许是一年。"

壮汉说道："你再仔细琢磨下！"

酒保就如一只没有头的鸡那样眼睛打了个转儿，又咽了口唾沫。

壮汉大声问道："黑人什么时占据了这片地区？"

"什么？"

壮汉的手此时握得非常紧，甚至到了快捏碎酒杯的程度。

我说道："维尔玛是白人，这小子肯定不知道她，这儿没人知道她。

黑人占据这片地区已经有五个年头了。"

壮汉看着我，好像我是刚从蛋壳里冒出来的一样。威士忌酸酒好像没有平复他的心情。

他问我："哪个浑蛋让你蹚这个浑水的？"

我咧了一下嘴，竭尽所能地笑说道："让我和你来这儿的就是你啊，你难道忘了这事吗？"

壮汉无奈地笑了笑，接着对酒保说道："威士忌酸酒！在调酒的时候给我精神点儿！"

酒保翻了个白眼，晃了晃脑袋。靠着吧台的我转身观察了一下整个屋子。屋内只有我和壮汉以及酒保三个人。对了，还有那个倒在地上的保镖。他开始清醒过来，就如一只被削去一侧翅膀的苍蝇般，难受地顺着墙角缓缓地移动着躯体。在缓缓爬到桌后时，他已经没有任何的力气了，仿佛在刹那间就变成了一个将要去世的人一般。酒保在我静静地看着他向前爬的时候，将两杯已经调好的威士忌酸酒放了下来。我又将身子转向了吧台。壮汉没有理会保镖，只是向他投去一瞥。

壮汉开始抱怨道："过去，这儿不但有乐队和舞台，还有专供男人享乐的小房子。如今一切都变了。维尔玛有着一头红发，舞台上的她迷人极了。他们居然在我们就要结婚的时候摆了我一道！"

我今天经历了足够的冒险时刻，应该有个结束了。我开始喝酒保刚刚调好的威士忌酸酒。

我问道："他们怎么摆了你一道？"

"你觉得我在这八年的时间内都干什么去了？"

"引诱女孩儿？"

他一边用粗壮的手指指着自己的胸口，一边说道："我的名字是迈洛伊。他们给我起了个驼鹿迈洛伊的外号，原因是我有这么强壮的身材。你听过大拐弯银行的抢劫案没？抢劫金额总共是四万块。干这票的就我一个人，够厉害的吧。这八年内，我一直在监狱里蹲着。"

"你如今能够使用那些钱了？"

他向我瞪了一下。有什么东西在我们身后发出响声。那个保镖最终还是站了起来。他跌跌撞撞地抓住了赌桌后一扇门的把手。那是扇黑色的门。打开门之后，他跌入里面，并发出了轰的一声。门随后又发着声响弹了回来，并自动锁上了。

驼鹿迈洛伊问道："那是一扇通向什么地方的门？"

酒保的视线一直都盯在保镖跌入的那扇门那儿。他的神情非常慌张。

"那扇门通向这儿的老板蒙哥马利先生的办公室！"

壮汉说道："他应该清楚，他还是识趣点儿比较好，可别像刚刚那个家伙一样！"说完这些之后，壮汉一口喝完了剩下的威士忌。

仿佛整个世界与他无关似的，他缓慢且轻巧地走过了屋子。门在他用那高大的背部顶了一下后自动锁上了。他接着又使劲儿地摇着门把手，甚至摇下了门把手上的一块儿面板。他在打开门之后便迈了进去，随后又将门关住了。

没有丝毫响动。酒保在我看向他的时候，也看了看我。他接着像怀着鬼胎似的将目光收了回去。他一边感叹着，一边用左手慢条斯理地擦着吧台。过了一会儿，他又将右胳膊放在了吧台上。

他的胳膊太瘦了，仿佛能被人一下子捏碎。走入吧台后，我抓着他的胳膊笑着对他说道："朋友，你的手在下面干什么呢？"

他变了一副脸色，却没有说话。他舔了一下嘴，并靠近了我的手臂。

我说道："他可不是个好惹的人！这片地区之前属于白人。他在寻找一个他认识的女人，他有理由弄清到底发生了什么事。你清楚这点吗？"

酒保又舔了一下嘴。

我说道："他已经有八个年头没来这儿了。不过，他觉得八年似乎并不是很长的一段时间。我最初以为八年在他眼中是永恒呢。他始终认为这儿有掌握那个女人的信息的人。你清楚这点吗？"

酒保缓缓地说道："我还以为你和那家伙是一路的。"

"这也是无可奈何的事。我以前根本就没见过他。在外面的时候，他就问了我一个问题，接着便将我提了上来。我可不喜欢被人扯来扯去地提着。你的手刚才在下面干什么呢？"

酒保答道："取我的枪！"

我轻声说道："哎哟，这可是犯法的事。听好了，咱们现在可是一条船上的，你还有其他家伙吗？"

酒保答道："放手，我还在雪茄箱里放了把手枪。"

我说道："哦，别紧张，往边儿上靠靠，可别走火了。"

酒保突然靠向我，紧张地说道："什么？谁？"

说完之后，他一直观察着四周，然后抬起了头。

赌桌后的门里似乎传出了一声如同关门声的响声。不过，我和酒保觉得那就是关门声。

在那里一动不动的酒保甚至流出了口水。我又仔细地听了一会儿，却什么也没听见。我接着便以非常快的速度走出了吧台，因为我觉得我有必要去看看发生了什么，而不是再在这儿听下去。

赌桌后的门忽然打开了，驼鹿迈洛伊自里面冲了出来。他的脚一下子就停住了，就如被绊了一下似的。随后开怀大笑起来。

他拿着一支点四五口径的柯尔特军用左轮枪，就如拿着一支玩具枪一般。

他开心地说道："给我把手放在吧台上，难道有想尝尝子弹的滋味儿的？"

酒保和我都把手放在了吧台上。

驼鹿迈洛伊对整个屋子进行了一番打探。在小心翼翼地走过酒吧的时候，他脸上的笑容也开始变得不自然起来。他几乎就是在凭自己的力量抢劫这里，就是他那身打扮比较不合拍。

在来到吧台这儿时，他轻声说道："给我把手举起来！"于是酒保举起了双手。壮汉又来到了我的身后，他用左手搜我的身，用右手拿着枪。我的后脑能感受到他那巨大的鼻子所发出的热气。随着搜身工作的结束，热气也终于不见了。

壮汉一边用手拍着枪，一边说道："蒙哥马利打算用这个家伙告诉我维尔玛的去处，他其实同样不清楚。"我此时悄悄地将身体转了过来，并一直盯着他。他又说道："朋友们！你们不但会了解我，也会记住我。叫那些人小心点儿。"他接着甩了甩枪，继续说道："朋友们，就到这儿吧，我要坐车去了。"

他走向了楼梯。

我说道："嘿，你还没付账呢！"

壮汉停了下来，看了我一会儿。

他说道："你这家伙还挺有胆量，假如是我的话，我可不蹚这个浑水。"

脚步声在他走过门口，下了楼梯后就越来越远，直至听不到为止。

酒保这会儿弯下了腰。我赶紧跳进吧台里，并使劲儿推了他一下。吧台中有个搁架，搁架上放了块儿毛巾，毛巾下面是一支短枪。还有一把点三八口径的自动手枪，放在附近的一个雪茄箱子里。酒保靠在吧台里的一排玻璃杯旁。我接着便把两支枪带在了身上。

离开吧台后，我走过房间，来到了赌桌后的那扇黑门前。黑门此时已经坏了。被打倒的保镖面朝上躺在里面的走廊上，他手里还握着一把刀。那是一条呈 L 形的，非常漆黑的走廊。我把刀从保镖手中拿了过来，然后向后面的楼梯丢了出去。臂膀瘫在一侧的保镖大声喘着气。

前面有扇门，门上写着黑漆漆的三个大字——办公室。黑漆已经掉了一部分。我跨过保镖后，开门走入了里面。

一张很烂的办公桌位于办公室靠墙的一边。在一张高背椅上不自然地坐着一个男人。男人的脖子和椅背刚巧处在相同的高度。他的头弯在了椅子后面，就如软软的围巾或失去控制的合页一般。他的鼻子恰巧对着窗户。

男人的右侧有个没有关上的抽屉。抽屉中是沾着油迹的报纸。我觉得那便是之前放置那把柯尔特的地方。蒙哥马利此刻的情形说明用枪解决壮汉不是个好方法，尽管这方法原本不错。

在放下短枪并锁上门之后，我便用办公桌上的电话报了警。我觉得蒙哥马利不会责怪我这种比较妥当的做法。

保镖和酒保在警察来到前就溜了，现场只剩下我一个人。

∾ 3 ∾

办理这件案子的是个有着很瘦的下巴，叫作奴尔迪的侦探中尉。此人掌管的地区是第七十七街区。在向我问询事情的经过时，他的膝盖上一直交叉放着他那双令人作呕的、又黄又长的手。我们所在的屋子铺着一张十分肮脏的褐色地毯，里面只有两张并在一起的桌子。如同老雪茄般的臭味弥漫了整个屋子。奴尔迪穿着一件卷起了袖口的、稍显破旧的衬衫。看模样，他完全不是能够解决驼鹿迈洛伊的人。他的确很可怜。

在点燃半根雪茄后，奴尔迪便将火柴丢在了地毯上。地毯上到处都是火柴棍。奴尔迪用忧郁的口气说道："好家伙，又是杀害黑人的案子。不过，通缉令上没有照片，只有不到四行文字。我从事这个行当已经十八年了，这是我见过的最麻烦的一桩案子。"

奴尔迪又拿起我的名片念了一遍，接着就将它丢在了一旁。我始终没有表态。

"又是私人侦探，菲利普·马洛，你的嘴很犟啊！你那时在干什么？"

"哪个时间？"

"就是迈洛伊扭断这家伙的脖子那会儿。"

我答道："迈洛伊并没有告诉我他打算去扭断这家伙的脖子，我那时待在另一个房间。"

奴尔迪一脸苦相地说道："胡说，你是和我兜圈子吧，每个人都和我兜圈子。不幸的老奴尔迪，这是什么情况？奴尔迪你就是个傻瓜，让我们再朝他丢几把刀子吧！"

我说道："那的确是在另一个屋里发生的，我没有和你兜圈子。"

在使劲儿丢掉雪茄后，奴尔迪说道："哦？是这样吗？我可是目睹了一切，你身上有枪吧？"

"我干的可不是那个行当。"

"哪个行当？"

"我是在给一个丈夫是理发师的女人做事，她觉得我能让她丈夫回家。"

"你是在找一个黑人？"

"不是，是个希腊人。"

在向垃圾桶吐了一口痰之后，奴尔迪说道："行，你是怎么跟迈洛伊联系上的？"

"就这件事，我已经和你说过一遍了。我在这儿找那个理发师的时候，迈洛伊从弗洛里安丢出一个黑人。他接着又在我愣在那儿想要了解情况的时候，把我提到了楼上。"

"你是说他用枪指着你？"

"没有，他那时还没拿到枪，或者说，他那时起码没有掏出枪。他就像提一个小孩般把我提了上来。他可能是从蒙哥马利那儿拿到枪的。"

奴尔迪说道："是这么回事吗？你可不像个容易被提起来的家伙。"

我说道："行啦，我不想和你争辩。你不清楚他，我却见过他。他能够像戴手表那样轻松地把你或者我提起来。我在他离开酒吧前始终不知道他杀人了。我只听到一声枪响，大概是有人在恐惧的状态中朝迈洛伊开了一枪，不过，迈洛伊最终从那个人手中夺过了枪。"

奴尔迪装模作样地说道："你做出这种推断的理由是什么？他是准备用枪去抢劫银行的吧？"

"你好好想一下，他肯定不是去那儿杀人的，不管是哪类杀手，都不会打扮成他那样。他是为了找维尔玛才去那儿的。维尔玛是他八年前的女朋友。她之前在弗洛里安或附近的某个地方上班。这片地区那时还属于白人。你们肯定能逮捕迈洛伊，他一定还在附近摸索着。"

奴尔迪说道："抓捕一个打扮成那样的壮汉不是件麻烦事，我们肯定会逮住他。"

我说道："不过，他拥有很多东西，有钱，有车，有避难处，有伙伴。他难道不会换件衣服吗？但你们一定会逮住他。"

在向垃圾桶又吐了一口痰之后，奴尔迪说道："我肯定会逮住他。他还有若干个伙伴，不是就他自己吗？好吧，就算老狗，也还有几颗牙。你给我听好了，你清楚这些。我们某次在第八十四东大街的黑人区逮住五个痞子，他们那时正在吸毒。不过，里面有具尸体，那是具已经凉透了的尸体。血迹在墙上、天花板上，以及家具上粘的到处都是。迈出房间之后，我看到一个自门口出来并进了汽车的记者。那是个为《新闻记事报》工作的记者。他都没有进入屋内。在向我们做了个鬼脸，并甩了一句'该死的黑人'之后，他便驾车离去了。"

我说道："你应该找个帮手。那家伙可能是个逃犯。你可以马上逮住他，也可以果断地逮住他，还可以等他给你留下某些线索后逮住他。"

奴尔迪冷笑道："我以后不会再破案了。"

桌上的电话此时响了起来。接完电话后，奴尔迪露出了悲伤的笑容。他挂上电话之后，开始在小册子上奋笔疾书。一道微弱的如同来自漆黑走廊的光芒，在他的眼中一闪而过。

他一边看着小册子，一边说道："哦！他被他们逮着了。证据便是照片和字迹。他最多就是一条虫。天啊，不算领带的话，这家伙可有二百六十四磅。他的个头也不小，足有六十五点五英寸。但是，他们已经逮着他了，让他去死吧！我们就在这儿等着吧，这辆车指不定也是偷来的。"他将雪茄丢入了烟灰缸。

我说道："这件事是因维尔玛而起的，迈洛伊想见她，所以找找维尔玛吧！"

奴尔迪说道："像这样的小事，我有二十年没碰过了，还是你去找她吧！"

我站起来说了句"好吧"，就朝门口走去。

奴尔迪说道："伙计，等一下，我就是开个玩笑，你不会这么认真吧！"

我在门旁站着，凝视着他，手里拿着一支烟。

"你应该做些什么，你完全能够帮那个女人找到她的丈夫，你有便利的条件，可以堂而皇之地干这个。"

"我能得到什么？"

他脸上露出了笑容，那笑容狡猾的就像一只刚刚从鼠夹上获得一块奶酪的老鼠。他又伸了伸手，撇了一下嘴。他说道："假如你有我这么个朋友，一定不会再遭受任何伤害。你有和我的人配合的必要，不要拒绝。"

"我能得到什么？"

奴尔迪的情绪变得有些激动，说道："听好了，我可不想再多费口舌，这里的任何人都能给你带来巨大的利益。"

"你会给我报酬？还是让我白干？"

奴尔迪有着令人作呕的黄鼻子，他皱了皱鼻子，说道："半毛钱都没有，我们自重组以来过得非常糟糕。不过，我是个言出必行的人，朋友，我可始终都不会忘记你。"

我看了下表，说道："好吧，假如我想到什么的话，一定会通知你。吃了午饭之后，我会帮你确认你拿到的照片。"握了握手之后，我离开了那个被刷成土黄色的大厅，下了同样土黄色的楼梯，接着来到楼前去开我的车。

驼鹿迈洛伊带着军用柯尔特离开弗洛里安已经是两个小时之前的事了。我在重新回到中央大街的北部前，在杂货店用了午饭，另外，我还买了一品脱波本威士忌。我的意识就如人行道上莽撞的洪流般愈加模糊。没有顾客上门。说得更准确点儿，我已经闲了一个月，甚至没有接到不挣钱的活儿。我有的只是好奇心罢了。

∾ 4 ∾

意料之中的是弗洛里安被查封了。餐饮娱乐中心的门前停着一辆车。一个显然是便衣警察的家伙就坐在车里。那家伙在小心翼翼地观察四周情况的同时，还假装在看着报纸。在这儿等着无异于浪费时间。究竟是什么力量让他如此执着呢？保镖和酒保早就逃走了，这儿完全没有知道驼鹿迈洛伊下落的人，那些匆忙的路人更是什么都不清楚。

我驾车缓缓驶过弗洛里安，最后停在了街角处。黑人在斜对面的十字路口后开了一间旅馆，旅馆的名字是"忘忧旅馆"。我下了车，朝远处的"忘忧旅馆"看了一会儿，接着就朝那边走去。旅馆的大厅铺着棕色的纤维地毯，地毯上相对摆着两把椅子。一个光头男人坐在一张桌子后面。那儿的灯光不是很亮。光头男人有双褐色的手，那手此刻正舒服地搭在桌上。他闭着双眼，正在熟睡，或者给人一种正在熟睡的感觉。他脖子上系着一条看上去像是在1880年就系上去的宽领带。领带夹上有个比苹果略小的绿石头。领带上是他那不算紧致的下颚。他两手握在一起，显得既干净又闲适。他的指甲修剪得非常齐整，根部有着呈半月形的紫色区域。

一块压花的金属招牌放在他的胳膊肘旁。招牌上写着这些字："国际联合公司负责该旅馆的安全。"

我在这个闲适的棕色家伙用一只眼睛观察我的时候，指着那块招牌问道："H.P.D.，常规检查，这儿遇到需要帮忙的麻烦事没有？"

H.P.D. 是一个大型机构的下属部门，负责酒店的安全工作。这个大型机构解决的麻烦事包括不付钱从楼梯逃跑的行为，开空头支票的行为，以及在旅馆留下里面满是砖头的破箱子的行为等。

那家伙高声嚷道："朋友，麻烦事？我们恰恰碰到一件麻烦事！"他接着又放低声调说道："你叫什么名字？"

"马洛，菲利普·马洛。"

他又放低了些声调，说道："朋友，这是个非常好听的名字，你今天的心情很不错啊。不过，你不是 H.P.D. 的，那儿的人有很长一段时间没来光顾我们了。"他将手摊了开来，然后指着那块招牌说道："朋友，这就是个吓唬人的冒牌货。"

我说了句"好吧"后，便靠在破旧的柜台上，在上面转着一个五毛的硬币。

"你知不知道今天早上发生在弗洛里安的那件事？"

他一边用两只大眼睛盯着旋转的硬币，一边说道："不知道。"

我说道："他们那儿的老板，也就是蒙哥马利，被干掉了。有个家伙扭断了他的脖子。"

他又放低了些声调，说道："上帝啊，你是不是警察？"

"我是私人侦探，你可不能告诉别人，我立马就能看出一个人是不是能做到这一点。"

看了我一会儿，他闭上眼睛又琢磨了一会儿。接着又缓缓睁开了眼，并盯着那个旋转着的硬币。他最终没有打败金钱的诱惑。

他低声问道："杀害他的是什么人？"

"一个可怕的家伙，他刚从监狱里边出来。你或许知道那儿之前是白人区，它现在属于黑人。"

他沉默着。那个旋转的硬币最终停了下来，在那儿躺着。

"做个选择吧，是要我请你喝一杯，还是要我给你读圣经？"

他的眼睛瞪得极大，散发着光芒，在凝视什么的时候就如青蛙的眼睛一样。他说道："我更喜欢在家中给亲人读圣经。"

我说道："你刚刚用过午饭了吧！"

他说道："午饭？午饭对我这种性格和身材的人无所谓。"他又低声说道："从那边绕过来吧！"

绕到里面之后，我拿出了那瓶波本威士忌，将它放在了搁架上。他低头看了看那瓶酒，露出满意的样子。我接着又回到了柜台前。

他说道："朋友，你可别打算用这瓶酒笼络我，不过，我可以陪你喝几杯。"

他取出两个小酒杯，打开酒后将其倒满，接着拿起一个酒杯嗅了一番，之后便翘着小指头一饮而尽。

他琢磨了一会儿后，点头肯定道："这酒不错，货真价实的原装货。朋友，说吧，你要我帮你做什么？这儿属我知道的多。"

他在我将发生在弗洛里安的事全都告诉他之后，向我投来非常正经的目光。他将光头晃了晃，说道："最近的一个月内，那儿没有发生任何事，那本来就是个非常平静的地方。"

"弗洛里安大概在八年或六年，或更少的年限之前，也就是还被白人占据的时候，叫什么？"

"朋友，那儿就挂着电子招牌呢！"

我点了一下头，说道："没错，他们应该没换招牌，不然的话，迈洛伊就有另一套说法了。那儿之前的老板是谁？"

"朋友，你让我吃了一惊。那原来是叫弗洛里安，迈克·弗洛里安的做老板。"

"那迈克·弗洛里安跑哪儿去了？"

黑人一边将他那褐色的双手摊开，一边用忧郁且高昂的声调说道："他大概在1934年或1935年就被上帝给带走了。我并不是很清楚这件事。上帝已经很照顾他了。人们说他生活得非常糟糕，整天醉得就像没有方向盘的车一样四处乱撞。"他接着又用平常的语气说道："谁知道这是怎么回事！"

"再喝杯吧，他还有什么亲人吗？"

在塞好瓶塞之后，他从吧台对面将其推了过来，说道："这实在是一种非常好的待人之道，使人感觉颇有尊严。非常感谢你的美酒，不过，太阳落山之前就喝两杯。他只剩下一个叫杰西的老婆。"

"杰西到哪儿去了？"

"朋友，你可真固执啊，不过，我并不清楚这点，你可以翻翻电话簿。"

我走向大厅昏暗处的一个电话亭。在关上电话亭的门之后，我将灯打开。电话簿用一条绳子拴着，很破旧。我没有在电话簿上找到弗洛里安的记录，于是又回到了吧台。

我说道："没找到。"

他有点不好意思，弯身给我取出一本本市的住址簿。在将住址簿递给我之后，他便闭上了眼睛，仿佛又不想搭理我了。住址簿上的确有着一个叫作杰西·弗洛里安的寡妇的住址信息。她的住址是西五十四大街的一千六百四十四号。我琢磨着自己的脑袋究竟怎么了。

在记下杰西的住址之后，我便将住址簿还给了那个家伙。他将住址簿放回了原处。在和我握了握手之后，他又如我进来时那样，将手放在了吧台上。他缓缓垂下眼皮，仿佛进入了梦中。

在快走到门口的时候，我回头看了他一下，这件事已经和他无关了。他也彻底地闭上了眼睛，此刻正做着均匀的呼吸。他的嘴唇随着他的呼气有规律地动着。他的光头实在是太亮了。

离开"忘忧旅馆"之后，我直接穿过街道回到了车上。这事办得实在是太顺利了，简直没费什么劲儿。

❧ 5 ❧

西五十四大街上的一千六百四十四号房是棕色的，前面有同样是棕色的草地。一个长相狰狞的棕榈树立于草地之上，树的四周什么都没有，就如缝了一个补丁一般。一把摇椅孤单地置身在走道上。泥墙上挂有一品红，它们在午后的风中沙沙作响，那样子看上去甚至去年就没修剪过。院角处有条已经锈迹斑斑的晾衣绳，上面挂着没晾干的淡黄色衣服，虽然十分齐整，却都在风中摇摆着。

我又向前开了大概四分之一街区，然后停下车，自马路上返了回来。

由于门铃坏了，我不得不用手去敲纱门旁的木头。门在屋中响过一阵轻柔的脚步声后开了。开门的是个看上去极为懒散的女人，就在给我开门的时候还擦着鼻涕。她的脸就像草灰一般臃肿。我说不清她那乱作一团的头发是什么颜色，既不是金黄色，又不是棕色。她或许没有将其打扮成金黄色的精力，以致它们失去了光泽。她有着非常肥胖的身材，此刻正披着一件法兰绒浴袍，那浴袍仅仅是块遮羞布罢了，因为它既过时又破旧。她的脚也非常大，正穿着一双明显是男人穿的、十分破烂的棕色拖鞋。

我问道："你是弗洛里安夫人？杰西·弗洛里安夫人？"

她回答了一声"没错"，那声音就如一个非常糟糕的病人起床后发出的声音一般。

"你是弗洛里安夫人？你的丈夫迈克·弗洛里安便是中央大街上一家餐饮娱乐中心原来的老板？"

她露出惊讶的目光，并将头发捋向了肥大的耳朵之后，接着低声说道："哦！天啊！你是谁？迈克已经死了五年了。"

她依然没有打开纱门。

我答道："我是个侦探，我想弄清一些情况。"

在沉默地盯了我很长时间之后，她还是下决心打开了纱门。

她抱怨道："你是警察？进来吧，我没时间整理，屋里太乱了。"

进入屋里之后，我关上了纱门。屋里唯一一件比较好的家具，便是位于门口左侧角落中的那个收音机柜。那柜子又大又漂亮，并且是新的。剩下的家具就不像样了。屋里也有一把摇椅，和外面走道上的一模一样。一张不太干净的餐桌摆在位于方形拱门那儿的餐厅里。不干净的手印在厨房的弹簧门上印的到处都是。屋内还有两盏如同悲惨的妓女般艳丽又破旧的台灯。

坐在摇椅上的弗洛里安夫人一直盯着我。她的拖鞋从她脚上滑了下来。坐在沙发一侧的我正瞧着收音机。她注意到了这一点。不管是她的声音还是她的神情，都散发着假惺惺的热情。这热情就如中国茶那样清淡。她说道："我只有这些东西。"说完这句话之后，她乐了一下，说道："警察一般不来找我，因为迈克没有给我留下什么新玩意儿。"

一种好吃懒做的醉鬼的声音夹在她的笑声之中。我觉得背后似乎有什么硬东西，摸了一下之后，摸出一个空酒瓶。她于是再次笑了起来。

她说道："实在太可笑了。希望他在天堂能享有无数不值钱的金发美女，尽管我不清楚他在活着的时候拥有多少女人。"

我说道："我在意的倒是一个有着红色头发的女孩儿。"

她说道："他应该不只有一个红头发的，我记不清了，还有别的特征吗？"此刻在我看来，她的眼睛已经不那么迷糊了。

"嗯，她还有个叫'维尔玛'的名字。我不敢肯定她那时用的是什么名字，假如她用的不是真名的话。她的家人拜托我寻找她。我之所以找到你这儿，是因为黑人已经占据了你们在市中心的那家店，尽管他们没有换店名，然而，他们谁都不了解维尔玛。"

她仿佛正在思考般地说道："她的家人正在找她。"

"他们一定是为了钱才找她的，这事准和钱有关。债主一向有着很好的记忆力。不过，这并不是一个大数目。"她说道，"酒同样如此。谁不喜欢钱呢？你这个警察也一样。"

她那两只脚就静静地躺在男式拖鞋里。她的眼神透着狡猾，她的神情则非常平静。

晃了晃那个空酒瓶之后，我就将它丢在了一旁。接着我又拿出了那瓶给黑人喝过的波本威士忌，将其放在了膝盖上。她的眼神和面容渐渐充满了疑虑，就如一只小猫一般，不过并不讨人喜欢。

她慢慢说道："警察可不买这种酒，先生，你不是警察，你是做什么的？"

她一直盯着那个酒瓶。这时候，她又用那块手帕擦了擦鼻子。对美酒的垂涎最终打败了她的疑虑。疑虑自然常常是欲望的手下败将。

"我觉得你常常去那儿。维尔玛是个表演者，说得更准确点儿是个歌手，你不了解她？"

她的嘴唇又多了一层舌苔。那海藻色的眼睛一直盯着酒瓶。

她叹息了一声，说道："先生，当心你的酒，管他呢，该喝点儿了。"

她站起来，向客厅走去。过了片刻之后，她取来两个不太干净的酒杯。

她说道："就喝你的酒吧，可没什么下酒菜。"

我为她倒满了一杯。她拿起酒杯贪婪地一饮而尽，那样子就如喝阿司匹林似的。喝完之后，她又将目光放在了酒瓶上。我接着又为她倒满一杯，并为自个儿也倒了一杯。她拿着酒杯向摇椅走去。她的眼睛此刻已经变成了褐色。

她一边向摇椅上坐去，一边说道："先生，这种酒对我来说根本就没什么感觉。我们刚才说到哪了？"

"一个染着红发的，名叫维尔玛的女孩儿，她从前就在你们那个位于中央大街上的酒吧上班。"

她喝完第二杯后说道："嗯，没错！"我将酒瓶放在她身旁，她抓住酒瓶说道："哦，你是谁来着？"

我递给了她我的名片。在轻轻读完名片之后，她将其丢在了身旁的小桌子上，然后用那个空酒杯压住了它。

她向我摇了摇手指，用批评的神情说道："先生，你可没跟我提起你是私人侦探这件事。不过，你的酒表示你这人还挺好。"她又倒了一杯酒，同样是一饮而尽。

我等着她继续说下去。我不敢肯定她是不是清楚维尔玛的事。不过，她即使清楚，也可以选择不告诉我。我坐了下来，并点了一根烟。

她说道："没错，我没忘记她，那实在是个讨人喜欢的女孩儿，总是唱唱跳跳的。她离开了，我不知道她去了什么地方。"

我说道："弗洛里安夫人，我完全是基于本能才来你这儿，你了解这些真是出乎我的意料。喝酒吧，喝完了我可以再去买一瓶。"

她忽然说道："你不喝吗？"

为了让她觉得我喝了一整杯，我拿着酒杯用很慢的速度喝了一口。

她忽然问道："她的家人在什么地方？"

"这重要吗？"

她冷笑道："好吧，警察都是这样。先生，不管是谁，只要给我买酒，就都是我的朋友。"

在为自己倒了第四杯酒后，她傻笑着说道："我没有和你谈论的必要，不过这没什么，因为你在我看来是个好人。"她的样子着实可爱。她忽然像是想到了什么似的说道："我好像能让你惊喜一下。"

就在说话的时候，她离开了摇椅。她差点儿因为自己的喷嚏把浴袍丢在地上。在好好整理了一下浴袍后，她向我投来冷峻的目光。

她甩了句"别偷看"后，就离开了客厅，并用肩膀关上了门。

她的脚步声表示她到了屋内。

屋前墙上的一品红依然在风中沙沙作响。从屋前的晾衣绳那儿模糊地传来咯吱声。有个从这儿走过的小贩正摇着铃铛卖冰激凌。墙角的大收音机正放着舞曲，令人有置身演唱会现场一般的感觉。

屋内此时传来混杂声，仿佛摔倒了一把椅子，然后又因为拉抽屉的劲儿使得太大而使抽屉掉在了地上。声音十分杂乱，有东西掉在地上的声音，有翻找东西的声音，有很大的笑声，还有自言自语的说话声。过了一会儿，又传来砸锁的声音和箱子发出的咯吱声，然后是更大的敲击声和一个箱子落在地上的声音。我站起来小心翼翼地迈入餐厅，并高喊了一声。打量了一番之后，我看到屋内的一扇门正敞开着。

在衣箱前翻寻着的弗洛里安夫人像是抓着什么东西。过了一会儿，她怒气冲冲地将头发向后甩了甩。她一边咳嗽着，一边叹息着坐到了衣箱上。醉意开始向她袭来。片刻之后，她又用手在衣箱中翻寻起来。她那粗壮的膝盖正支撑着她的躯体。

她用双手从箱内艰难地抓出一打用粉红色丝带捆起的包裹，那丝带的颜色已经不再鲜艳。缓慢且粗笨地解开丝带之后，她自包裹中抽出一个信封。在将信封自箱子的右侧塞进去之后，她又粗笨地将丝带扎了起来。

我小心翼翼地回到了客厅的沙发上。她拿着那个用丝带扎起的包裹，在客厅门口气喘吁吁地站着。

她一边向我满意地笑着，一边朝我丢来了包裹。包裹最后落在了我的脚边。晃晃悠悠地回到摇椅上后，她便又抓起了威士忌。

我拿起地上的包裹，解开了那条已经不再鲜艳的粉红色丝带。

她说道："这就是他留给我的东西，报纸，相片，警察的记录，以及他的旧衣服。他们永远都不会上报纸的。好好看吧，先生。"

那是一叠非常厚的相片，里面全是一对男女摆出的专业的造型。男人的脸非常瘦，在若干张相片中身着赛车服，在剩下的相片中则是一副极为怪异的小丑装扮。

你或许见过他们在小镇或不贵的剧院中以表演谋生，不过，他们里面的大多数人都应该没去过中央大街的西部。他们的节目非常低俗，并且在很短的时间内就越过了法律的限度。警察偶尔会因为他们的节目太污秽而将他们抓起来，并予以公诉。不过，他们在离开监狱不久后就会重操旧业，继续进行无耻的表演。他们浑身散发着臭味，一副下作嘴脸。女人只穿着一丁点儿衣服，有着极为诱人的美腿。她们一定会遭到威尔·海斯的封杀。不过她们的面容非常俗气，和书记员的办公外套没什么两样。她们里面的某些人有着像老鼠一样的小眼睛，透着那种非常喜欢耍弄恶作剧的人所具备的贪婪。还有一些人有着大大的眼睛和一头金发，却流露着乡下人的迟钝。她们里面既有一眼看上去就行为放荡的，也有染着红发的。我只是简单地看了一下这些照片，它们没有引起我的兴趣。看过这些照片之后，我也没什么可说的，于是又扎起了包裹。

我说道："我看这些有什么用？我不认识这里面的任何一个人。"

看了一眼自己右手中那杯拿得不是很稳的威士忌后，她说道："你找的不是维尔玛吗？"

"她的相片就在这里吗？"

她不再微笑，并且怀疑地问道："她的家人没有给你她的相片吗？"

她认为我应该有一张维尔玛的相片。不管是哪个女孩，都应该有一张相片，最好也应该有一张童年时代戴着发卡，穿着短裙的相片。她觉得情况颇为复杂。

她从容地说道："我不再信任你了。"

我拿着酒杯向她走去，最后将酒杯放在了她身旁的茶几上。

"在你喝完那瓶酒之前，再给我倒一杯吧！"

我在她去拿我的酒杯的时候，转身向里面那个杂乱的房间走去。我穿过客厅、餐厅，以及走廊之后，发现那个衣箱依然在那儿放着，并且没有关上。在我身后的弗洛里安太太大声叫着我。我直接将手伸入衣箱右侧，摸到一个信封之后，便马上将它抽了出来。

她在我从屋内返回客厅时，才刚刚离开摇椅几步。她的眼睛射出一种非常怪异的、可以置人于死地的目光。

我冷静地向她吼道："坐下，我可不是那个愚蠢的驼鹿迈洛伊，只有魁梧的身材。"

她挺了一下鼻子，露出污秽的牙齿，又翻了下白眼。

她吞了口唾沫，说道："驼鹿？哪个驼鹿？他遇到什么事了？"

我说道："他离开了监狱，重见天日了。他现在已经疯了。就在今天早上，他因为一个黑人不告诉他维尔玛的去处，用一把点四五口径的柯尔特，在中央大街上干掉了那个黑人。他此刻在寻找那个在八年前出卖了他的家伙。"

弗洛里安太太的脸失去了血色。她直接用嘴对着瓶子就喝了起来。她的嘴角流出了大量的酒。

她一边笑着，一边说道："警察在逮他吧！哈哈！警察！"

这个衰老的妇女着实有趣，我非常乐意和她相处。为了达到不单纯的目的，我乐意给她买酒。我实在太有一套了，我简直太崇拜自己了。不管你试图寻找什么，我都能帮你找到。我太激动了，甚至有点儿腹痛。

我将手里的包裹打开，从里面取出一张相片。这是一张与其他相片相似又有些不同的相片，比其他相片要好看很多。相片上的女孩戴着一顶白色的帽子，帽子的顶端有个黑色的毛球。露在帽子外面的柔软头发看上去曾经染成过红色，尽管在相片上已经是暗色的了。她的上衣是小丑服。腰部以下是一双漂亮的腿。相片上的她虽然没有露出正脸，不过，她侧面露出的眼睛足以表示她相当开心。她简直太好看了。除了好看之外，我甚至找不到别的准确的形容词。不管是哪个人，都会被她的长相迷惑。然而，这长相并没有什么稀奇的地方。这类长相实在太多了。在午夜的街区上，你能看到许多这样的长相。相片的右下角写着这么一行字："我始终是你的——维尔玛·瓦伦"。

我问道："干吗将它藏起来？"

她没有答复我，仅仅在做着深呼吸。我将相片放回了信封中，然后又将信封放回了衣服的口袋中。

我又问道："干吗不给我看这张照片？干吗把它藏起来？她去了什么地方？"

她说道："她是个很好的孩子，可惜她已经死了。侦探，回去吧！"

她松开了那只抓着威士忌的手。于是酒瓶落在了地毯上，酒也自里面流了出来。我俯身去捡酒瓶的时候，躲开了她原本踢向我脸部的那一脚。她那又乱又黄的眉毛正上下舞动着。

我问道："你还没告诉我干吗将它藏起来。她是什么时候死的，怎么死的？"

她嚷道："王八蛋，滚出去，别耍弄我这个就要死了的老太婆。"

我在那儿不知所措地站着，就那么一直看着她。片刻之后，我向她走去，捡起了那个酒瓶，将它放在了她身旁的茶几上。瓶中几乎没酒了。

墙角的收音机正放着轻快的乐曲。弗洛里安太太的视线一直在地毯上。一只苍蝇撞着窗户，制造出一阵阵嗡嗡声。外面过去了一辆车。她在过了很长一段时间之后才舔了一下嘴唇，接着便开始对着地毯说起话来。她的声音非常模糊，不知道说了些什么。过了一会儿，她将头转了过来，一边流着口水，一边放声大笑。她拿起酒瓶直接对着瓶口喝了起来。她的牙齿在和瓶口相撞的时候发出了咯嘣声。在喝完瓶子里的酒后，她又摇了摇酒瓶，然后向我丢了过来。掉在墙角地毯上的酒瓶滚了一会儿，便撞在了踢脚线上，并发出了砰的一声。她用眯起来的眼睛看了我一会儿，又将眼睛闭了起来，接着便进入了梦乡。这戏演得实在是太好了，不过，对我来说无所谓。我在电光火石之间，觉得掌握了充足了线索。

我拿起了沙发上的帽子，向门口走去。在我迈出纱门的时候，收音机依然在放着音乐，弗洛里安太太依然在摇椅中做着好梦。关上纱门之前，我瞧了她一眼。后来我再次将门打开，又瞧了她一眼。一道微弱的光芒在她眼中划过——尽管她依然闭着眼睛。下了楼梯之后，我向大街走去。

隔壁的房子里，有个满头白发且十分瘦弱的尖鼻子老太太，正靠着打开窗帘的玻璃窗向外看。老太太正偷偷观察着自己的邻居，然而，喜欢偷偷观察自己邻居的并不只有她一个。她在我向她挥了挥手之后，便拉上了窗帘。

我又驾车返回了七十七街区。我要找奴尔迪，于是来到了他位于二楼的办公室。办公室的味道实在不敢恭维。

6

自打我离开之后，奴尔迪仿佛根本就没从座位上起来过。坐在椅子上的奴尔迪依然神情忧郁。地上的火柴梗比之前更多，他的烟灰缸中多了两只雪茄头。

我在那张空桌子旁边坐下来的时候，奴尔迪向我递来一张本来扣在桌子上的相片。这张相片的正面和侧面都有指纹分类，是由警方人员拍摄的。相片是用强光拍出来的，上面的人是迈洛伊，他看上去就像一个没有眉毛的法国人。

我将相片递了过去，说道："是他！"

奴尔迪说："我们的伙伴一直在找他。情况还比较好，俄勒冈州那儿传来一条线索。十七大街的巡逻队长表示有个家伙不管是在身材上，还是外貌上都挺符合他的特征。他乘公交抵达亚历山大港的第三大街后，便进入了一片没人居住的、大部分被老房子占据的区域。那些房子之所以没有租出去，是因为那片区域离市中心太远了。我们在那边做好了埋伏，就等着鱼儿上钩了。你干吗去了？"

"他是不是穿着白色的球服，戴着一顶非常搞笑的帽子？"

奴尔迪把手放在膝盖上搓了一会儿，又皱了一下眉，说道："不是，似乎是蓝色或棕色的外套。"

"你肯定不是裙子？"

"哦！天啊！你是在开玩笑吧，这简直太搞笑了！"

我说道："驼鹿的钱多得数不完，他是不会坐公交的。另外，他也不穿那种尺码的衣服，他需要定做的衣服，你们看看他穿的衣服就知道了。因此，那家伙一定不是驼鹿。"

奴尔迪阴沉地说道："行啊，给我上起课了。你干吗去了？"

"我干吗去了？我向一个了解情况的黑人打探了一些情况。还属于白人管控的时候，这儿叫作弗洛里安。后来的黑人老板之所以没换招牌，是因为那招牌挺值钱的。原来经营这个娱乐中心的是个叫迈克·弗洛里安的老板。他在几年前就去见上帝了，留下他的老婆自个儿生活。他的老婆叫杰西·弗洛里安。她的名字并没有出现在本市的电话簿上，不过出现在了本市的住址簿上。她就住在西五十四大街上的一千六百四十四号。"

奴尔迪说道："哦！这样！我该做什么？审问她？"

"我已经帮你做过这个了。另外，我还带去了一瓶波本威士忌。我把以后的钱都花光了。假如她在库里奇做总统的时候洗过头，那么她也算个漂亮的中年妇女。"

奴尔迪说道："别说没用的。"

"奴尔迪先生，我没说没用的吧！你应该清楚驼鹿正在找那个叫作维尔玛的，染着红色头发的女孩儿。我向弗洛里安夫人打听了一些她的事。"

"你生什么气？"

"你不了解情况，弗洛里安夫人的屋里十分破旧，却有台价值七八十块的新收音机。另外，她还表示自己和维尔玛没有往来。"

"你依然和我说废话。"

"杰西，也就是弗洛里安夫人表示她的丈夫只给他留下了一堆旧相片和一些旧衣服。她非常喜欢喝酒，用美酒就能够彻底摆布她。我一直让她喝酒。她大概喝了三四杯之后，便进入了非常乱的房间。翻腾了很大一阵工夫之后，她搜寻出一个旧衣箱。她自一堆相片中抽出了一张，然后把它藏了起来。我一直在暗中偷看，她没有发现我在偷看她。过了一段时间之后，我悄悄进入屋内拿到了那张相片。"

奴尔迪说道："很好，非常好，这是我见过的最好的一张相片。这个叫维尔玛·瓦伦的宝贝如今过得怎么样？"

"弗洛里安夫人表示她已经死了。不过，她为何要将这张相片藏起来呢？"

"没错！她干吗要将它藏起来呢？"

"她始终没有做出答复。我将驼鹿已经出狱的消息告诉她之后，她就有点儿心神不定，并且不愿意搭理我了。这是不是很莫名其妙啊？"

奴尔迪说道："接着说下去。"

"就这些了，我将我了解的所有情况都告诉你了。假如你还不知道怎么做的话，就当我没说。"

"这还是个谋杀黑人的案子，我能有什么办法？等逮住驼鹿再说吧。天啊，他没见那个女孩儿有八年了吧，难道那个女孩儿去监狱看过她？"

我说道："好吧，但是别忘了他现在正在找她，他会为此不择手段。再说一些题外话，他是因为抢劫银行才被关入监狱的。他抢了很多钱，不过，把钱拿走的又是谁呢？"

奴尔迪说道："我可不清楚这个。不过，我或许能够查个水落石出，这都是出于什么目的呢？"

我说道："他或许认识那个将他卷入抢劫案的人，因此，他还有作案的可能。"我接着站了起来，说道："好了，没事了，再见，希望你能有所收获。"

奴尔迪在我就要走到门口的时候，说道："你这就走？"

"我要回家刷个牙，洗个澡，剪个指甲。"

"没遇到别的事吧？"

我说道："没有，就是有点儿脏。哦！不！是相当脏！"

为了让自己看上去更有个警察的样子，奴尔迪将手放在口袋中，把身体靠在了椅背上。不过，他这样子可没什么引人注目的地方。他说道："着什么急，再坐一会儿。"

我说道："没什么着急的事。不过，我在这儿也没什么可干的。假如弗洛里安夫人没说谎的话，维尔玛的确已经不在人世了。我所感兴趣的恰恰是我想不出弗洛里安夫人有什么说谎的必要。"

奴尔迪用惯用的怀疑语调说道："没错啊！"

"就这样吧，我得回家找个谋生的生意，你一定会逮住驼鹿迈洛伊的。"

奴尔迪说道：驼鹿是个长相十分有特点的壮汉，他逍遥不了多长时间了。我们或许还没有注意到驼鹿的某些特征。"过了一会儿，他又说道："她给了你多少钱？"他的眼中满是疑虑，他的眼神在他说任何话的时候，都带着这种疑虑。

"你说什么？"

"为了让你帮她做事，那个衰老的女人给了你多少钱？"

"做什么事？"

他将手指伸出袖口，然后在胸前交叉起双手，笑着说道："无论如何，你此刻被开除了。"

我一边向办公室外走去，一边说道："哦！给上帝个面子吧！"刚刚迈出门口一米远的时候，我又返了回来。我轻轻地打开门，并向里看了看。他在那儿坐着，他的两手依然在胸前交叉着。不过，他不再笑了。他依然张着嘴，可是看上去有些焦躁。他既没抬头，也没挪动身体。于是我关上门离开了，我不清楚他到底听没听见我开门的声音。

7

伦勃兰特曾画过一幅自画像。那是一幅看上去不太干净的自画像，因为他没有充分地利用色彩。那年的日历上就有这幅自画像。画像里的伦勃兰特戴着一顶脏兮兮的苏格兰帽，正用肮脏的手拿着一个污秽的调色板。他的另一只手则在空中从容地拿着一支画笔。看上去他再简单地勾勒几笔就完成工作了，并且已经收到了顾客的定金。他的面容本来就苍老了，嗜酒的习惯让他看上去更老。不过，他的眼睛依然如露水般晶莹，他的脸上依然带着些许固执的笑容。

电话突然响了起来，我那时正在椅子上欣赏着那个摆在办公桌上的日历。那大概是四点半的时候。电话中传来一个既懒散又无礼的声音。我说了句"你好"。

"你是菲利普·马洛，那个私人侦探吗？"

"你认为呢？"

"哦，那就是你了。有人说你是个能够保守秘密的人，向我推荐了你。我的名字是林赛·马里奥特，我的住址是蒙特姆维斯的卡布里洛街的四千二百一十二号。你知道这儿吗？我有事想要拜托你，你晚上七点方便来我这儿一趟吗？"

"马里奥特先生，我知道蒙特姆维斯。"

"那就好，不过这片地区的街道非常乱，尽管它们布置得挺有趣。卡布里洛街是个难找的地方。你可以从人行道上的咖啡店那儿过来，卡布里洛街就是第三条街。这儿就我一个住户。你打算七点过来吗？"

"马里奥特先生，你打算让我帮你什么忙？"

"电话里说不方便。"

"蒙特姆维斯离我可不算近，你能不能略微概括一下。"

"你是选择性地干活吗？你就算帮不上我，我也不会亏待你。"

"没有，我不拒绝任何活儿，只要不触犯法律。"

他的声音再次变得傲慢起来。他说道："假如没碰到事，我肯定不会给你打电话。"他始终在操着不真实的调子，简直和哈佛学生没什么两样。我听得有点儿心动，因为我已经是身无分文了。我极为礼貌地说道："马里奥特先生，你能给我打电话实在是我的荣幸，我一定不会迟到的。"

马里奥特接着就挂断了电话。伦勃兰特此刻一定在冷笑吧。我的办公桌的抽屉非常深，我自里面取出一瓶烈酒来。伦勃兰特此刻应该有些慌张了吧。在照过办公桌边后，下午的最后一道阳光又落在了地毯上。外面是汹涌的车流，马路上的交通灯发出当当声。我的隔壁是律师办公室，里面正传来打字机发出的吱吱声。我点了一根烟。电话声在我陶醉的时候再次响了起来。这通电话是奴尔迪打来的。他就如嘴里塞了东西似的发出含糊不清的声音。他在明白接电话的人是我的时候，说道："迈洛伊居然去找弗洛里安夫人了，这实在出乎我的意料。我可没想出什么好招。"我用力握着电话，不但非常慌张，而且有些恐惧。我说道："我还以为你们逮住他了，继续说下去。"

"迈洛伊根本就没在那儿出现过，那家伙不是迈洛伊。我们接到一个喜欢偷窥的老妇人打来的电话，那老妇人就住在西五十四街。她说找过弗洛里安夫人的人一共有两个。先去的那个是个有着黑色头发，不胖不瘦，身高六尺的男人。这个男人做事非常小心。他在进入房子之前不但将车停在了路的另一侧，而且还好好地察看了一番周围的情况。他在里面大概待了一个小时。"

我说道："他还满嘴酒味儿。"

"没错，你就是那个人吧？第二个人便是驼鹿。他同样是驾车去的，由于离得太远，那个老人没有看清他的车牌号。他去的时候，还拿着一把大枪。他是在你走了大概一个小时之后去的那儿。他进去的时候非常匆忙，在里面也没待多长时间，最多就五分钟。出来的时候，他带出一把手枪，并且转动了一番枪膛。那个老妇人一定是目睹了整个情形才给我们打来了电话。不过，老妇人并没听到房内传出枪声。"

我说道："她一定非常沮丧。"

"那是肯定的，她一定非常沮丧。然而那个老妇人没有注意到另一点。去过那儿的还有我们的便衣警察。他们在门口什么也没听到。由于前门没有上锁，他们便闯了进去。屋内既没活人，也没死人。弗洛里安夫人应该不在家。于是他们去了隔壁，将情况对那个老妇人说了一遍。那个老妇人表示自己没看到弗洛里安夫人出去。在报告完情况之后，他们就继续忙活去了。那个老妇人在过了一个小时，或一个半小时之后，又打电话过来，说弗洛里安夫人回去了。我问她还发现了什么关键的地方，可是，她还没答复我就挂断了电话。"

奴尔迪紧张地等着我的看法，不过，我那时的确没想出什么来。过了片刻之后，奴尔迪说道："你的意见是？"

"我其实也没什么意见。不过，我觉得驼鹿或许还会去找弗洛里安夫人。他去找弗洛里安夫人是一种非常聪明的做法。他没有待多长时间，一定是因为他对弗洛里安夫人相当地熟悉。"

奴尔迪冷静地说道："我想我应该去看看她，了解一下她去了哪里。"

"这想法不错，你终于能告别你那把椅子了。"

"哈哈，又在开玩笑了。我想我不会那么不受欢迎，尽管此刻什么都无法改变。"

我说道："好吧，不管如何，竭尽全力就行！"

他笑了一声，说道："我们已经做好了逮捕迈洛伊的准备。他最近在杰拉德北部加过油。我们前不久播过一段广播，加油站的人通过广播中的描述认出了他。加油站的人表示那个人除了穿一件黑外套外，剩下的特征都符合广播里的描述。我们联系了一下负责那片地区的警察。他假如继续朝北去的话，我们便会在温图拉逮住他。假如他踏上李奇卢特，便会在科思塔克的关卡遇到检查。关卡上的工作人员会在他做出不配合的举动后，用电话告诉前方把路封起来。我们不愿意开枪，假如能做到这一点的话。听上去还可以吧？"

我说道："那个人假如真是迈洛伊，并且会照你说的那样行动的话，完全可以。"

奴尔迪清了一下嗓子，说道："没错，你打算怎么做？"

"没有，我能做什么？"

"你和弗洛里安夫人在一起融洽地相处了挺长一段时间，她或许还掌握着更多的线索。"

我说道："你打算让我拿瓶酒？"

"你也许要抽出很长一段时间来陪她，你能妥善地掌控她的情绪。"

"这应该是警察要做的吧？"

"没错，不过，你不想更多地掌握一些维尔玛的情况吗？"

"假如弗洛里安夫人说的是真话，那她早就死了。"

奴尔迪一本正经地说道："弗洛里安夫人或许由于某些缘故而说了谎话。再说，你不是也没什么可干的吗？"

"不好意思，我在你打来电话之前，接到一笔生意，并且是一笔绝对不会白干的生意。"

"你打算置身事外？"

"我可没说，不过，我也得谋生啊。"

"好吧，朋友，假如你是这么想的话，那就这样吧。"

我简直开始嚷了："我可不想这样，不过，我哪有为你们这些警察跑腿的时间！"

奴尔迪说道："行啦，居然还恼了。"说完后，他便挂上了电话。我对着电话吼道："浑蛋，这儿总共有一千七百五十个警察，他还打算让我给他们当跑腿的。"我把电话放了下去，接着又喝了一杯。过了不长时间之后，我去楼下的大厅买了份晚报。报纸对蒙哥马利被害一事只字未提。不过奴尔迪还算讲了句靠谱的话。

离开办公室之后，我吃了个晚饭。这顿晚饭可挺早的。

❧ 8 ❧

夜幕就要降临的时候，我来到了蒙特姆维斯。披着波浪的海面此时依稀映入人们的眼帘。长长的波浪柔和、缓慢地向岸边涌去。水上飞翔着一群如同一队轰炸机般的鸟儿。一艘游艇正向贝城的港口驶去。更远处是无边无际的太平洋，上面正倒映着落日余晖。蒙特姆维斯的房子并不多，只有几十栋罢了。那些房子在形状和大小上有明显的差距。它们就如搭在山上的眉毛和牙齿一般，仿佛一个喷嚏之下，就能掉入沙滩小本经营的人的饭盒之中。

一条上面搭着一座人行天桥的公路就在沙滩旁。有着镀锌扶手的水泥台阶直直地通向山上。我的客户所说的那个咖啡店就位于天桥边的人行道上。咖啡店不但非常明亮，而且极为热闹。咖啡店的外面立着条纹遮阳伞。伞下的桌子上坐着一个皮肤黝黑的女人。相比里面，外面显得非常寂寥。那个女人面前的桌子上有一瓶啤酒，她一边抽着烟，一边忧郁地看着大海。我在咖啡店旁的停车场停车的时候，她正漫不经心地骂着一条拴在灯柱上的狗。我把车停好之后，便返了回来，向天桥走去。假如你是个对运动感兴趣的人，那你一定会喜欢这段路。要想抵达卡布里洛街，就得走完二百八十级台阶。这里能领略到自沙滩吹来的凉风。然而，护栏就像青蛙的肚子一样又冷又湿。海面的光亮在我爬到卡布里洛街的时候，已经不见踪影了。有只腿脚不灵活的海鸥正逆着风困难地飞翔着。我在潮湿的台阶上坐了下来。我一边休息一边脱下鞋，倒了倒里面的沙子。过了一会儿，我终于缓了过来。我整了整衬衫，向那栋孤独的、距台阶不太远的房子走去。

这栋房子并不大，却非常好看。房前是一段通向前门的螺旋状楼梯，似乎遭遇了海风的腐蚀。门前有一个复古式样的廊灯。没有关上门的车库就在楼梯下面的一侧。借着廊灯的光，能看到车库里停着一辆汽车，那汽车看上去就像一艘黑色的战舰。车前盖上有尊自由女神像，上面刻着牌子。车旁贴有镀着铬的亮条。这辆右驾式的车看上去比房子还值钱。

我向旋转楼梯走去，上了楼梯之后，我并没有找到门铃，于是只能用那个虎头状的门环敲门。敲门声隐没在刚刚进入夜晚的薄雾之中。屋内没有传来丝毫的脚步声。我的衬衫已经湿了，就如冰块般在我的后背上贴着。开门的是个白人，他穿着白色的法兰绒西装，裹着紫罗兰色的绸缎围巾，个子很高。相比他领上的矢车菊，他那浅蓝色的眼睛颇为逊色。他明显没有系领带，那条紫罗兰围巾就那么敞着。他的脖子是棕色的，就裸露在外面，有点像壮实的女人的脖子，显得既柔软又粗壮。他非常帅气，不过，略微有点儿胖。他比我高一英寸，差不多有六尺一寸那么高。我不太喜欢他那头金发，它们就如阶梯般有三层，要么是经过一番修整，要么是生来这样。我想没有第二个人会像他这样穿着白色法兰绒西装，围着紫罗兰色围巾，还在领上弄个矢车菊。他越过我的肩膀，向外面漆黑的大海看了一会儿，然后又清了一下嗓子，傲慢地说道："你便是？"

我说道："七点，我没有迟到。"

他说道："没错，你便是。"他突然沉默下来，并且皱眉想了一番。

我等他琢磨了片刻之后，说道："菲利普·马洛，和我今天下午对你说的一样。"他仿佛想到了什么似的向我皱了一下眉，接着又退后了一步，用冰冷的口气说道："没错，马洛，我想起来了，请进，我的管家今晚出去了。"

他又将门开大了一点儿，不过，他是用手指头开的门，仿佛门会把他的手弄脏似的。我跟着他走入了客厅，并且嗅到一股香水的味道。他接着便关上了门。门厅里面是个非常大的客厅，呈下沉状。除了一面安置着两扇门和一个大壁炉之外，客厅的其余三面都围着栅栏。若干个带底座的、闪着金属光泽的雕像和书架就立在客厅的角落中。壁炉里面的火正嘶嘶作响地燃烧着。客厅在三个阶梯之下。地毯非常厚，都到我的脚踝了。客厅里面还有一架没打开的钢琴。一个里面插有一支黄玫瑰的高大的银花瓶，立在一块红色的丝绒上。客厅里到处都是软体家具，地上有大量的软垫，有的是光面的，有的则带有金色的流苏。这客厅实在是太奢华了。一张很大的，似乎是定制的，且铺有缎子的沙发床，放在角落中阳光照不到的地方。这便是有钱人住的地方。他们或许无所事事，或许谈论着什么。他们一边跷着腿，一边饮着美酒。这便是那种能在其中好好享受生活的房子。

走到钢琴边的时候，林赛·马里奥特先生低头嗅了嗅那支黄玫瑰。他打开一个非常漂亮的法国珐琅香烟盒，从中取出一支棕色的、带有金色滤嘴的香烟，然后又点着了它。我在一张粉红色的椅子上坐了下去。但愿我没有把它弄脏。我点了一支骆驼牌的烟，吸了一大口之后，将烟喷出了鼻子。马里奥特注意到我正看着一个闪光的金属雕像。他不在意地说道："这是我最近得到的，是埃思特·戴尔的《晨灵》，很有意思吧！"我说道："我还当是科洛普斯坦的《两个臀部》。"他一下就变了脸色，并且过了好长时间之后才缓过来。他说道："你还真有幽默感。"我说道："没什么，就是有点儿放肆。"

他傲慢地说道："没错，我自然了解这一点。我们还是谈正经事吧。让你从那么远的地方来到这儿实在有些不好意思，其实找你来也不是因为有要紧的事。我打算今晚去给一些人付钱，不过，我觉得假如有个人能陪我一起去会更好一些。你身上有枪吗？"他的酒窝太深了，完全能够放入一颗玻璃球。我说道："有"。

"这仅仅是笔生意，枪派不上用场，你还是不要带枪的好。"

我说道："是不是绑架？我可根本没想过向人开枪。"

他皱了一下眉，说道："自然不是，绑架我可不是件容易的事。"

"想想被敲诈的都是些什么人？好人常常是目标。"

他那淡蓝色的眼睛表示他正在思考着什么，不过，他还在微笑着。他弹了弹烟，抬头吐出几个烟圈。他的喉咙看上去更突出了。他缓缓垂下眼皮，开始琢磨起我这个人来。

"我现在随时都可以出去，不过，我不知道我和那些人在什么地方见面。或许是个比较隐秘的地方，但一定就在附近。他们会用电话通知我。"

"这是一笔挺耽搁时间的生意吧？"

"到目前为止，有三四天了吧！"

"你现在才想起需要一个保护自己的人？"

他又弹了一下烟，考虑了一会儿后，说道："没错，我不知道该怎么办，照理说，我是该一个人去，不过，我可不是英雄。再说，他们也没说不让我带人过去。"

"他们认不认识你？"

"这个我不是很清楚，不过，我可不是带我的钱过去，而是朋友的钱，数目非常大。我必须得帮他做成这笔生意。"

我灭掉手里的烟，靠在椅子上转起了手指。我说道："为了什么？数目是多少？"

他支吾了一声后说道："我不能说。"他居然笑了起来，不过，依然没有引起我的好感。

"你是不是就让我帮你拿包？"

有烟灰落在了白色的袖口上，于是他抖了一下手。在拂掉烟灰后，他将视线放在了那个污点上。他说道："你的态度让我不是很满意。"我说道："说实话，这也不怨我。你想想看，你打算找个保护你的人，然而你不让他带枪。你打算找个帮忙的人，然而你却不告诉他该做什么。你就让我在稀里糊涂的情况下为你效劳。你打算给我多少钱？"他的脸一下子就红了，说道："我还没考虑过这个。"

"你不觉得这是个非常有必要的问题吗？"

他以漂亮的姿势俯身向前，一边咧着嘴笑，一边说道："你的鼻子是不是想挨揍了？"

我站了起来，戴好帽子，笑着向前门缓缓走去。他在我身后喊道："别生气，我只是去帮我朋友赎他那些被抢走的珠宝。我们不会遇到任何危险。我可以给你一百元，假如不够的话，你尽可开口。"我于是又坐在了那把粉红色的椅子上。我们盯着对方互相看了几秒之后，说道："好吧，给我讲讲。"他又点着一根烟，慢条斯理地说道："你知不知道翡翠？"

"不知道。"

"那是一种本身就很值钱的玉石。别的玉石之所以值钱则是因为雕工。那些有名的翡翠矿在很早之前就被挖完了。我的一个朋友有一串价值八九万元的翡翠项链。那项链上总共有六十颗重量为六克拉的小翡翠，并且被仔细地雕刻过。中国还有串比它更大的，价值十二万五千元。就在不久前的一个晚上，我朋友的那串项链被抢走了。我那时虽然也在，却帮不上什么忙。我那天先是用车载着朋友去参加了一个晚会，接着又去了一趟卡德罗。我在送她回家的路上和一辆车轻轻碰了一下。之后那辆车便停了下来，我还以为是要来和我赔礼，谁曾想是抢劫的。他们行动起来不但极为敏捷，还相当专业。我虽然只看到两个人，不过，我推断一定不止两个。驾驶室和后座上应该都有人。他们不但抢走了我朋友脖子上的翡翠项链，还抢走了她的一个手镯和两个戒指。他们的头儿应该是那个拿着手电筒的家伙。他从容地检查了一下他们的战利品，然后把那个戒指向我们丢了过来。他表示这是让我们弄清碰上了什么人。他不让我们报警，也不让我们找保险公司，就让我们乖乖地在家里等电话。于是我们按他们的要求做事。在不透露情况的前提下，我们还可以用赎金赎回珠宝，要不然，我们就永远也别想再见到它们。你了解这一点。

假如珠宝是上了保险的，那就可以不用去管它了。不过，赎金还是要付的，因为那可是极品啊！"

我点了一下头。

"那翡翠项链可是极品啊，简直是想买都没处买。"他像梦游似的用手指在钢琴上滑了一下，看上去对那种光滑的触觉感到非常满意。"她实在是个蠢女人，完全不应该戴它出来。它太罕见了。手镯和戒指虽然也很值钱，但是在它面前就逊色太多了。"

"那么，你应该带多少赎金？"

"八千块，这并不是个大数目。他们要想卖出那件项链非常困难，因为差不多每个人都知道它。"

"你那个朋友的姓名是？"

"我这会儿还不能把这个透露给你。"他看着我说道，"你认为该采取什么措施？"他那只夹着香烟的手正在微微地颤抖。他或许喝了些酒。我不敢肯定他是不是有些恐惧。他又说道："我这几天一直是他们的中间人。我们都是通过电话来进行联系的，并且到目前为止差不多谈好了一切，就差时间和地址了。他们表示见面的地方就在附近，并且让我们提前做好准备。他们似乎防范着我们报警。他们今晚应该还会给我打来电话。"

"哦，赎金应该是纸币吧？你在钱上做标记没？"

"自然是纸币，都是二十块的。不过，我没有做标记，有这个必要吗？"

"也不是很有必要，标记能够在黑暗中现身。假如他们有同伙的话，警察就能在他们的同伙用这些钱的时候逮住他们。"

他皱眉沉思了一会儿后，说道："我仍然没搞清黑暗中是什么意思。"

"紫外线，它能在黑暗中让一种含有某种金属的墨水发光。如果你想做这个标记的话，我可以效劳。"

他说道："时间太紧迫了。"

"我还有一件没有搞清楚的事情。"

"哪件事？"

"你是从谁那儿得知我的电话的？你为什么会给我打电话？"

他笑了起来，就像一个孩子似的。他说道："我原本打算一个人去，不过，我在下午才觉得应该带个人过去。说实话，我就在电话簿上随便找了一个。"

我接着又点着了一根已经被压扁的烟，看着他的喉咙说道："你打算怎么办？"

他将手摊开后说道："就用钱去赎回项链啊。"

"呼哈。"

"你似乎很喜欢这么说话。"

"什么？"

"呼哈。"

"我那时该待在什么地方？车上？"

"没错，车不算小，你能够把自己轻松地藏在里面。"

我说道："听好了。你打算在今晚接到他们的电话后，带着藏在车里的我去见他们。你打算用八千块去赎回一串价值八万，甚至十万的项链。假如你运气好的话，你也只能得到一个不能马上打开的箱子。那可是一帮劫匪，一帮凶手，他们极有可能在打晕你之后带着钱离开。他们要是心血来潮，或许会在拿到钱后给你把项链寄过去。但他们可能还会骗你一次。你要是又落入了圈套，我也帮不上什么忙。"

他转了一下眼珠，轻声说道："我确实有些恐惧，并且觉得完全有必要找个能和我一起去的人。"

"他们在抢劫的时候，用没用手电筒照你？"

他晃了一下脑袋，说道："没有。"

"没事，他们能看见你的机会实在是太多了。他们或许早就弄清了你的情况，甚至都知道你镶了几颗金牙。你常常约那个女人吗？"

他木木地说道："没错，常常。"

"那女的是不是结婚了？"

他慌张地说道："天啊，可以不聊她吗？"

我说道："好吧，马里奥特先生，我实在不该答应帮你。要想我让犯更少的错，就应该让我多知道点儿。你就是在他们想对你怎么样的情况下也用不着我，更何况是他们没那个打算的时候。"

他马上说道："我就是需要一个伙伴。"

我将手摊开，耸了耸肩，说道："好吧，不过，你可以藏在车里，我负责开车和赎项链。我们在个头上差别不是很大。我会在他们察觉出什么的时候说出实情。这么做不会有事的。"

他咬了一下嘴唇，说道："不行。"

"我从你这儿得到一百块，可是却不出一点儿力，就算挨揍，也应该是我吧。"

他皱了一会儿眉，又摇了一会儿头。片刻之后，他便放松下来，并且笑着说道："不错。"他接下来又慢条斯理地说道："我们无论如何得一起去，喝点儿白兰地怎样？"

"你可不可以先把那一百块付给我，这样一来，我就能放心一点儿。"

他看上去非常开心，走起来像是在跳舞，上半身差不多动都没动。

位于阳台边上一个小壁龛中的电话，在他就要离开的时候响了起来。

在通电话的时候，他的声音非常温柔，打电话过来的显然不是劫匪。没过多长时间，他便又回来了，并且在回来的路上依然踩着舞步。他不但带回了一瓶五星马爹利，还带回了五张二十块的钞票，每一张都是新的。这个夜晚实在是太美妙了。起码在此刻是这样的。

9

    屋内静悄悄的。一阵声音自远处传来，仿佛是正在奔驰的汽车声，也仿佛是海浪声，还仿佛是在风中摇曳的松树发出的声音。我一边听着这种声音，一边开始思索起来。

    劫匪是在十点零八分的时候来的电话。在一个半小时之内，总共来了四通电话。在和劫匪通话的过程中，马里奥特的声音一直都很轻。另外，他也没说多少话。放下电话之后，他慢慢地站了起来。他的脸色不是很好。他换了一套深色的衣服，然后向客厅走去。他在给自己倒了一杯白兰地后，端起酒杯对着光看了一会儿，又摇晃了一会儿，接着便一饮而尽。

    "马洛，我们都准备妥当了。"

    "我们要去什么地方？我现在就可以出发。"

    "普锐斯玛峡谷。"

    "那是什么地方？"

    "我去取地图。"

    他摊开地图，俯身找了起来。他那金色的头发在灯下正闪着光芒。他用手指着那个他已经找到的地方。那是一片处在山路之畔的一个峡谷。那条路位于贝城的北部，是一条通向城中的路。那个峡谷似乎就在海边公路的终点，我大概掌握了那个峡谷的位置。

    马里奥特说道："十二分钟就能到那儿。"

    "我们的时间非常有限，只有二十分钟，因为，必须得动作快点儿。"

    他让我穿了一件非常合身的浅色外衣，试图让劫匪能够迅速看到我。我不但戴上了我的帽子，还在袖中藏了一把枪。我可不能让他知道这一点。他的声音在我穿上外衣的时候，依然显得有些慌张。他的手一直在拍那个里面装有八千块的牛皮纸信封。

"他们说普锐斯玛峡谷中有一块被白色木栅栏隔开的平地。那道木栅栏的宽度和厚度都是四英寸。不过，我们的车子能够开进去。接下来，那里还有一段曲折的、通向一处低地的土路。我们就把车停在那个地方。那可是个没有人烟的地方。"

"我们？"

"我的意思的是'我'。"

他向我递来那个牛皮纸信封。我打开瞥了一下，里面的钱确实不少。我封好信封，将它放入我上衣里面的口袋里。我并没有数钱。

马里奥特在我们来到门口的时候，关上了所有的灯。在缓缓地打开前门之后，他瞧了一会儿外面的雾气。我们下了螺旋楼梯，向车库走去。前挡风玻璃上凝结着雾水，我打开雨刷刷了一会儿。这片地区的晚上常常会出现雾气。

我们自曲折的山路到沙滩旁，总共才用了两分钟。那实在是一辆非常棒的进口车。那个咖啡店没过一会儿就进入了我们右面的视线范围之内。我想我当初要是开车的话，一定找不到他住在什么地方。因此我明白了他为何让我从台阶那边过去。公路两侧的汽车灯就如两个光柱一般。我们在差不多三分钟之后，从一个大加油站旁转向了山下面的一条小路。那条小路依然很曲折。那里安静得让人感觉有些孤寂。我们都能在那里嗅到山草与海草的味道。山上有一些如同成熟了的橘子一般的黄灯。迎面而来的车辆正射着冷光，那光在落向人行道后，又朝漆黑的空中而去。满天星光就隐藏在薄薄的雾气之后。

坐在漆黑的后座中的马里奥特凑过身来说道："右侧的那个海滨瞭望俱乐部还没熄灯呢。在抵达普锐斯玛峡谷之前，我们先得穿过一个叫作拉斯普罗凯斯的峡谷。到了第二个山顶后，要向右转。"他的声音略带紧张。

我把头转向后面，轻声说道："你稍微低点儿头。有人或许在我们一出来的时候就跟上我们了。我们实在是太引人注目了。他们或许不乐意你带个伙伴一起去。"

在穿过一个峡谷的低地后，我们又翻了两个坡。马里奥特此时慌张地说道："在下个路口的方形塔楼那儿右转。"

"这见面的地方是不你选的？"

他冷笑了一下，说道："开什么玩笑，我只不过比较熟悉这片地区罢了。"

到了拐弯处的时候，我驾车向右驶去。路牌被车灯照亮后，清晰地现出"沿海公路"几个字。车子上了一条大路。不过，路边不但到处都是杂草，还有没建好的路灯。看上去有人在这儿没押对房地产这个宝。青蛙和蟋蟀的声音在人行道后面的草丛中此起彼伏。我们在最初的时候还能见到几栋房子，后来看不到任何房子了。远方亮着几处不太清晰的灯。我想他们早就进入梦乡了。前面的路忽然成了比较硬的土路，不再是水泥路。远处的海滨瞭望俱乐部依稀在我们右侧的视线范围之内。更远的地方是波光粼粼的海面。周围弥漫着野草的清香。过了一会儿，我们便在土路上看到一道白色的栅栏。我身后的马里奥特说道："太窄了，我不觉得车子能开进去。"

在灭了火，并调暗了灯光之后，我就在那儿安静地坐着。四周的一切都很正常。我接着又关掉了车灯，下了车。蟋蟀在某个刹那忽然不再发声。我在那时甚至能够听到一英里外山下传来的汽车声。蟋蟀声立刻又响了起来，并且越来越多，遍布在每一处。

我在车后低声说道："我去底下看看，你在车里待着别动。"我摸了摸袖里的枪，接着便向下走去。灌木丛和白栅栏之间的空地其实挺大，只是在车上看去显得比较窄。有人或许来这里约过会，因为这儿的路上不但有车印，就连灌木丛也经过了一番清理。过了栅栏之后，我发现前面是条曲折的路，再前面就什么也看不到了。我在那儿不但能看到沿海公路上的车灯，还能略微听到海浪声。前面是一片被灌木丛围起来的空地，没有路了。唯一能通向这片空地的便是我来时的路。我在那儿仔细地听着四周的情况。我在等着某些事情的发生。这么大的地方就我一个人，对我来说每一秒都很难熬。我的视线落在了远处的那个俱乐部上。假如有人在那个俱乐部的顶上拿着夜光望远镜的话，一定能够清晰地看到我的举动。他们甚至能看见有车来了没有，以及车上下来几个人。身处漆黑屋子里的他们，能够用夜光望远镜看到很多东西，并且一定比你能想象到的要多。

我掉转头向来路走去。灌木丛里忽然响起的蟋蟀声着实吓了我一跳。我顺着曲折的山路向来路走去。过了白栅栏之后，依然没发现什么情况。那辆黑色进口车，在漆黑中泛着模糊的暗光。我来到车前，将一只脚放在了脚踏板上。

我轻声说道："他们似乎在考验你，看看你是不是遵守了约定。"我的声音虽然低了一些，不过，坐在后座上的马里奥特应该能听到。他没有出声，只是稍微动了一下。我又向灌木丛那边看去。我此刻不在暗处。他们只需在我身后给我一棍，我就会昏过去。我接着似乎听到了"嗖"的一声。不过，这可能也出自我的想象。

～10～

一个声音说道："四分钟，应该是五六分钟，他们非常干脆，没出现一点儿状况，那家伙都没叫出声来。"我在地上躺着，觉得非常不舒服。睁开眼后，我隐约看到一颗星星。刚才的声音又说道："时间或许更长一些，可能有八分钟。他们说不定就在车旁的灌木丛里。那家伙一定没什么胆子，被他们用灯一晃，就晕倒了。"我在他们静下来的时候，试图用单腿跪立的姿势站起来。不过，我的后脑感到非常疼痛，那疼痛的感觉一直传到脚踝。"他们或许料到那家伙会带伙伴，他们甚至在电话里就对那家伙的声音产生了怀疑。他们里面的某个人就在车里等着你回来，剩下的则在灌木丛里藏了起来。"为了能保持平衡，我一直用手撑着地面。我的大脑迷迷糊糊的。不过，我依然在听着他们的话。那声音说道："没错，情况就是如此。"发出这声音的正是我。我在不自觉地和自己说着话。我的大脑在潜意识里搞清了整个事件。我说道："笨蛋，别说话。"接着便沉默下来。

蟋蟀和树蛙在我身边叫唤着，远处有汽车声传来。我此刻是如此讨厌这些声音。我不再用手撑地。我甩了一下手上的草液后，又在外衣上擦了擦。我居然接了这么一单生意，就为了那一百块钱。我摸了下外衣里面的口袋，那个牛皮纸信封显然不在了。我又摸了摸我那件外衣的口袋，钱包没丢。我不知道那一百块钱是不是还在钱包里。我想肯定不在了。我的肋骨下有个坚硬的东西，是我的枪。枪可是个好东西。他们居然没抢走我的枪，这就好比凶手在杀了人之后，为死者合上了眼。我能感到自己的头上还戴着帽子。我拿掉帽子，感觉还行。这颗头跟了我很长一段时间了，可说是相当够意思。它此刻有些软，又有些鲜嫩多汁。假如没有帽子，我这颗头指定派不上用场了。我抬起左手，用右手撑着地面。手表显示的时间是十点五十六分。

那些人打来电话的时间是十点零八分。电话一共持续了两分钟。出门之前，我们费去了四分钟。时间在你用心做事的时候流逝得比较慢。几分钟的时间能够让你做大量的事。我能通过这种说法解释清楚吗？管它呢。我实际想表达的是我们在十点十五出发，接着开了十二分钟的车。这就表示我们抵达这儿的时候，是十点二十七分。在那片平地逗留了一会儿，我便返了回来。中间大概用去八分钟。那时差不多是十点三十五分，我就在那段时间被人打昏了。由于我的下巴受了伤，因此，我肯定是面朝下摔在了地上。我看不见我的下巴，再说，我也没去看。我是因为疼痛才明白过来它受了伤。我自然清楚我的下巴受伤这件事。此刻的时间是十点五十六分。我昏了差不多二十分钟。小睡二十分钟可说是很令人满意的一件事。然而，我就是在这二十分钟内丢了八千块，从而没有完成任务。如果绞死两个犯人，或摧毁一艘战舰或三四架飞机来说，二十分钟完全够了。你可能会起床，拔牙，离职，结婚，动个手术，在俱乐部喝杯水，或离世。概括起来就是，二十分钟里一切皆有可能。我冷得颤抖了一下。在如此冷的夜晚，在这荒地之上，昏迷二十分钟可不算短的。

我没有站起来，依然在那儿跪着。我因为此地的野草味而感到极为生气。我手上可能沾着蜂蜜，我的胃因为蜂蜜的甜蜜味道而响了一下。我咬咬牙，吞了口唾沫。我又颤抖了一下，一层虚汗在我的前额上冒了出来。我试图站起来，先用了一只脚，接着又用了另一只脚，不过依然如同一个瘸子般有些跌跌撞撞。缓缓转过身之后，我没有找到车。左侧的那个白栅栏依然在那儿躺着。在这个地方和沿海公路中间，没有任何东西。空中有些不太清楚的光，穿过那边的灌木丛。发光的地方就是贝城。右侧远一点儿的地方是观景楼俱乐部。

我向车子最初停下的地方走去。我的口袋中有一支带有小手电的钢笔。我拿出钢笔，打开小手电，向地面照去。小手电的光并不是很亮。此地的土壤是那种在燥热天气下会变得比较硬实的红土。不过，此刻的天气算不上燥热。我能够找到车子停下来的位置，因为这儿的地有些湿，空气中弥漫着少许的雾。我可以看到不太清晰的车印。我觉得迷迷糊糊的，我的后脑还有些疼痛。我顺着车印向前走了十几步。车印向左边的栅栏拐去，接着就消失了。我就在栅栏那儿站着，发现有人刚刚弄断过灌木丛。我离开那个缺口，然后向那条小路走去，路上的车印又多了起来。我再次来到那块被灌木丛包围着的平地。那边停着一辆非常好的车。车上的亮条即使在晚上也清晰可辨。车子的尾灯在小手电的照射下，正反着红光。车灯和车门都没有打开，它就在那儿静静地停着。我耐着性子向那辆车子缓缓走去。我打开后车门，用小手电照了一番，发现车里没有任何人。车子已经熄火了，不过，钥匙并没有拔出来。车里一切正常，没有死人、血，或打斗的迹象。我关上车门之后，又绕着车查找了一番，不过没有发现任何情况。

一个声音忽然传来，着实吓了我一跳。那是引擎声，是由灌木丛那边传过来的。我关上手电，很自然地掏出了手枪。车灯射出来的光柱，在曲折的路上不停地上下跳动着。引擎声不是很大，我推断那是一辆私家车。有辆车自那条土路驶来，车灯越来越亮。那辆车在土路上前行了三分之二后，停了下来。有个家伙用一个聚光灯照了照四周，随后又关上了灯。那辆车又向这边驶来。我在马里奥特的车后藏起来。

那是一辆个头不大的跑车。它进入平地之后，又将车头掉了过去。于是车灯便照亮了这辆车。灯光在我刚刚低下头的时候，射过我的头顶。停下来之后，那辆跑车灭了火，接着又关了前灯。此刻的世界万籁俱寂。车门打开之后，从里面伸出一只脚来，那只脚接着踩在了地上。世界再次陷入沉寂，就连蟋蟀都开始沉默。那个人下了车之后，用灯照了一番马里奥特的车底。灯光落在了我的脚上，我实在来不及躲起来。灯光在一番沉寂之后又自车上照了过来。过了一会儿，又传来一个女孩的笑声。这种笑声在这荒山野岭中听来实在令人意外。她又将灯光打入车底，灯光于是再次落在了我的脚上。她略微高声地说道："行啦，别躲了，你已经被发现了。放下手里面的家伙，把手举起来。"我依然在那儿待着。那只拿灯的手又晃了晃，灯光于是也晃了晃，并且缓缓向车顶移去。她大声说道："嘿，你这个陌生的家伙可听好了，我这把手枪共有十颗子弹，你假如还在那儿待着的话，我可要用枪打你的脚了，你到底出不出来？"

我喊道："你把手举起来，否则我就将你手中的玩意儿打掉。"

"还挺固执的。"

幸运的是她声音的底气并不足，这表示她也有些慌张。然而，没过多长时间，她又坚定地说道："看看我打算用什么来招待你，可能是十二发子弹，也可能是十六发子弹。你还想不想要你的脚了，你想自己以后一直是个瘸子吗？出来，我数三下。"

我缓缓站了起来，和光打了个照面。我说道："一到紧张时刻，我的话就特别多。"

"乖乖地站着，你是谁？"

我绕过车子向她走去，最后在离她六英尺前的地方停了下来。她在这段时间里始终用灯照着我。她大声说道："就给我在待在那儿，你是谁？"

"我想见识下你的枪。"

她一边用枪对着我的腹部，一边用灯照着枪。那似乎是把柯尔特手枪。

我说道："你哄我了吧，那不过是把只有六发子弹的小玩具枪罢了。"

"你是不是个笨蛋？"

"你说的是我吗？有人抢劫了我，我的脑袋还不是很清醒。"

"那车是不是你的？"

"你是谁？"

"你要找的是什么东西？"

"我在找个男人，你已经给我做出了答复，我知道了。"

"他是不是有头金色的卷发？"她说道，"或许过去是，不过，起码现在不是。"

我一边跌跌撞撞地走着，一边说道："我没见过这么一个人。"

"我是顺着车印到这儿的，他是不是受伤了？"

我又往前挪了一步。她又开始用手电照我，并且把枪对准了我。"别紧张，你的朋友已经死了。"

我有一段时间没有说话。过了一会儿，我说道："好吧，带我去看看。"

她直截了当地说道："乖乖地站着，你是谁？这里发生了什么事？"

"一个私人侦探，马洛，菲利普·马洛。"

"有什么证据？"

"证据便是我钱包里面的东西。"

"那就算了，我们先不谈这个，你为什么会来这儿？小心你的手。"

"他或许还活着。"

"指定死了，脑浆都爆出来了。接着说下去。"

我又往前挪了一步，说道："他或许真的还活着，带我去看看。"她喊道："你再动一下，我就送你去天堂。"我又往前挪了一步。灯光晃动了一下，她可能是退后了一步。她说道："先生，你可真有胆量啊。好吧，你在前面，我就在你后面跟着。你似乎受伤了，否则……"

"否则，你就会干掉我。有人刚才把我给打昏了。"

她略带伤心地说道："你的幽默感可不错啊。"

我将身子转了过去。灯光就在前面的地上。我经过她的车子时，看到那只是一辆普通的车。不过，车子非常干净，上面反射着模糊的星光。我顺着那条曲折的小路向上走去。她一边为我照着路，一边在后面紧随着我。除了她的呼吸声和我们的脚步声外，这里十分寂静。

❧11❧

大概前行了二分之一的路后，我在路的右边发现了他的脚。那女的用灯将他的整个身体照了一遍。我看清楚了。我觉得我刚才完全有发现他的可能。不过，我那会儿把心思放在了车印上，再说，我那只是个小手电。我将手伸出来，说道："把手电筒拿过来。"她没有说话，直接将手电筒递给了我。我用一条腿跪了下去。地表散发着寒气，穿过衣服，袭向我的身体。

他就在灌木丛里躺着。他的头发上到处都是黑色的血迹。泥土、金发和血迹混在了一块儿。他的脸被打成了另一副样子。那个站在我身后的女人始终保持沉默，但一直在大口地喘气。他的手指已经硬邦邦的了。

我又看了看他那张已经面目全非的脸。他的外套可能被翻了好几次，现在有一半扭到了身下。黑色的血自他嘴边淌了出来。他的腿交叉着。

我一边将手电筒递向那个女人，一边说道："假如你能够承受眼前这一幕的话，可不可以帮我用手电照着他？"她沉稳地就如一个干了很久的杀手一般，沉默地用手电筒照着。我取出了我的小手电，打算在不挪动他的情况下，翻一翻他的口袋。她忽然沉不住气了，说道："在警察到来之前，你可不能动他。"我说道："你说的没错。在刑警到来之前，巡警不能动他。在法医没有提取指纹、拍照和检查前，刑警不能动他。不过，你知道这得用去多少时间吗？得好几个小时呢！"她说道："好吧，你总是有理的。那个人一定对他恨之入骨，才将他打成了这样。"我大声嚷道："有些人就爱这么干，可不是因为什么深仇大恨。"

我在他的口袋里搜寻一番。一个口袋中有一把小刀和一个钥匙，另一个口袋中有些钞票和硬币。裤子后面的口袋中有个小皮夹。皮夹里面是两张收据、一个保险卡、一个驾驶证和一些钞票。外套的口袋里面是一支金笔、两块整洁的手帕、一盒火柴和那个非常漂亮的法国珐琅烟盒。烟盒里面放的是产自南美蒙得维的亚的香烟。外套里面的另一个口袋里面还有一个我没见过的烟盒。烟盒的框架是高仿玳瑁，两面都刻着一条龙。烟盒里面放着三支产自俄罗斯的香烟。我取出一支，发现它的烟嘴部分已经空了，并且显得又软又干，还非常的老。我对那个女人说道："他应该有很多女朋友。这些肯定是他为那些女朋友准备的。他抽的是那种。"她俯身在我颈边说道："你和他不是很熟悉？"

"我这是第一次见他。我是来给他当保镖的。"

"你这保镖可不太称职啊。"

我没有接茬。她轻声说道："抱歉，我不该说这些，我完全不了解发生了什么。这是不是神符？可不可以让我看一下？"

我将那个烟盒向她递了过去。她说道："我认识的人里面有个就是抽这种烟的。"

"别瞎晃手电筒。"

在调整了一番后，她又对我说了声抱歉。我在她把那个烟盒递回来之后，又将其放在了原来的地方。他并没有遭受彻底的抢劫，这些东西便能说明这一点。

我站起来掏出钱包，发现那一百块并没丢。我说道："他们是只抢大钱的劫犯。"

她一手用手电筒照着地面，一手拿着手枪。我放好小手电和钱包之后，猛然从她手里夺过了手枪。她扔掉了手电筒。不过，我已经拿到枪了。她立刻向后退去。我拾起掉在地上的手电筒，对着她的脸照了照。在看清了她的长相后，我便把手电筒灭掉了。她将手放入了风衣的口袋里，说道："别紧张，我清楚杀害他的一定不是你。"她那种又从容又勇敢的语气很对我的胃口。在漆黑的世界中，我们就那样静静地看着彼此。我渐渐能在黑暗里看到天空和灌木丛了。

我再次打开了手电筒，并将光线移到了她的脸上。她有双大眼睛，长得非常迷人。

"你有着红色的头发，很像爱尔兰人。"

"把手电筒关掉，我的头发不是红的，是褐色的。我的姓，蕾奥丹。"

我灭了手电筒。

"你的名字是？"

"安，可别叫我安妮。"

"你到这儿做什么？"

"我是个孤儿，没人和我同住。因为在家里面待得很没意思，我便常常在夜里出来透透气。这儿对我来说太熟悉了，因为我隔三差五就来一趟。我驾车经过这儿的时候发现了亮光。我觉得应该不是在幽会，因为天并不是很好。再说，哪有开着灯幽会的？"

"没错，我可不会开着灯幽会。蕾奥丹小姐，你可真够勇敢的。"

"我干吗害怕，来这儿又不违反法律，再说，我还带着枪呢。"

我一边把枪向她递去，一边说道："没错，的确不违反法律，不过，你可有必要把自己保护好。好了，我不想再和你探讨这个话题了。你应该有持枪许可证，给你。"她拿到枪后，将其放入口袋，说道："我没事的时候，会写些专题文章。每个人不都怀着好奇心吗？"

"你那些文章会得到酬劳吗？"

"会，不过不多。你刚刚在他口袋中翻寻什么？"

"我只是看看。我们本来是拿八千块来赎一件珠宝的。那件珠宝是一位女士的，被人抢去了。没想到我们再次遭遇了抢劫。我弄不明白他们为何要杀害他，他可是个很文雅的家伙。他是在车上遭受的袭击。我那时正在下面的平地上。要不是这儿太窄，以致车子无法开进去的话，我本来不会下来。他们绝对是在我下去的时候杀了他。他们里面有个家伙躲在了灌木丛中，有个则躲在了车内。我被打昏的时候，还以为车上的是马里奥特。"

她说道："他们看上去没有打坏你。"

"我最初就觉得这回不是很妥当。不过，我最近生活得非常困难。我这会儿有必要去找下警察，还得表现得客气一点儿。我的车和他的家都在蒙特姆维斯。你能载我一程吗？"

"这倒没什么，不过，我觉得还是在这儿留一个人比较妥当。是你开着车报警还是我？"

星光不是很亮，我看了看表，已经十二点了，"这样不妥。"

"哪里不妥？"

"具体的我也说不上来，不过，我就是感觉不妥。这事就交给我吧。"

她没有回答我。我们离开山区，向她的车那儿走去。她驾着车上了山，穿过栅栏，路过一条街之后，才开了车灯。我们一直没有说话，我的头依然很疼。她最终在看到第一个建筑物后，说道："你有必要放松一下，要不要去我那儿喝一杯？附近只有一个消防局，警察还得从洛杉矶西部赶来。你可以用电话报警。"

"一直往前开，到维斯塔去，这事就交给我吧。"

"有什么不妥的？我的经验或许能帮到你。我没什么害怕的。"

"用不着你，我想静下来好好想想。"

她吞吐着说道："我……好吧。"

转过弯后，她将车子开上了沿海公路，接着便顺着沿海公路的加油站，向位于北方的蒙特姆维斯驶去。片刻之后，我们便来到了那个咖啡店。那个咖啡店依然灯火通明，就如豪华游轮一般。我在她将车停在路边的时候下了车。我没有把车门关上。我掏出一张名片向她递去，说道："除了动脑筋的事之外，有什么需求，尽管找我。"

她一边用我的名片敲着方向盘，一边慢慢说道："我就住在第二十五大街上的八百一十九号。你能在贝城的电话簿上找到我的电话。给你带来困扰实在是不好意思。为了表示歉意，随时欢迎你来我家做客。我想你的头肯定还因为那一棍而处在迷糊的状态吧。"她将车头掉了过去，然后就驾着车离去了。我一直看着她，直至连尾灯都看不到为止。

我的车就停在咖啡店旁的停车场。穿过天桥后，我回到了车上。有个酒吧就坐落在我正前方的位置。我再次颤抖了一下。不过，我此刻还是应该去报警。我在开了二十分钟的车后，抵达了洛杉矶西警察局。我迷迷糊糊且摇摇晃晃地迈入了警察局。

❧12❧

警察在一个半小时之后，搬走了马里奥特的尸体，并将现场清理了一番。我在洛杉矶西警察局局长的办公室中，将这起事件的过程说了不下三遍。那是个非常明亮的办公室。算上我，里面一共四个人。牢狱中关着一个等着市区法庭传唤的醉鬼。那家伙不停地号叫着。除了那叫声外，警察局显得极为安静。

林赛·马里奥特口袋中的东西，都被放在了那边的桌子上。一道自玻璃中反射出来的强烈的白光，正照着桌子。那些东西看上去就如它们的主人一般离开了人世，失去了家园。来自洛杉矶市中心警察局的兰德尔，就坐在桌子的正对面。他的身材非常瘦弱，有着一双让人不敢逼视的冷峻的眼睛，和一头光滑的灰发。他的年龄大概在五十岁。他戴了一条暗红色的领带，领带上的那些黑点让我眼花缭乱。有两个看上去像保镖一样的壮汉，在他身后一边瞧着我，一边跺着脚。我掏出一支烟，将它点燃，之后就在那儿看着它自个儿燃烧，而没有去吸它。在我看来时间漫长得像经历了八十年。

兰德尔用冰冷的口气说道："你讲的这件事完全没有逻辑。那个叫马里奥特的家伙居然会在和对方沟通了几天，并谈好价钱之后，再花钱雇一个不认识的保镖和他一起去，并且是在见面前的几小时。"我说道："我只是和他一起去罢了，另外，我也没告诉他我带着枪，因此，严格意义上我不是保镖。"

"他是通过什么方式找到你的？"

"他说是从电话簿上找到我的，不过，他最初表示是经过一个朋友才知道我的。"

兰德尔自那些堆在桌子上的东西里面抽出一张名片，并将它在桌上推了过来。那是一张白色的，非常脏的名片。"你的名片，工作的名片，就在他身上。"

我在普锐斯玛峡谷的时候，没有翻马里奥特的钱包。钱包里就放着那张名片和一些别的名片。我向那张名片瞄了一眼。那的确是我的名片。名片的角落中有一个圆状的污点。它太脏了，对马里奥特那种喜欢干净的人而言更是如此。

我说道："没错，这表示我会把握每个能够发名片的机会。"兰德尔说道："马里奥特看来非常信任你，他让你带着八千块赎金。"

我大大地吸了口烟，然后将烟吐向天花板。灯光晃了我一下，致使我的后脑又疼了起来。我说道："我确实没有拿那八千块。"他冷笑了一下，装模作样地说道："不，假如你拿了那些钱，指定不会到这儿来。"我说道："我能够利用很多手段赚八千块。不过，我要是想杀一个这么容易就上钩的人的话，最多就是敲几下他的后脑勺。"

他身后的一个刑警向垃圾桶里吐了口痰。他只是稍稍点了一下头。"这起事件有个疑点，那就是犯人看上去并不专业。不过，他们也有可能故意如此。那不是马里奥特的钱吧？"

"这个我不是很清楚。不过，我记得应该不是，他没有向我透露那个被抢劫的女人的消息。"

兰德尔慢条斯理地说道："尽管我们依然不了解马里奥特，不过，我觉得他完全有霸占那八千块的动机。"我惊讶地说道："什么？"我想我那时的模样一定也很惊讶。兰德尔则显得非常冷静。

"你数过那些钱没有？"

"自然没数过。他仅仅给了我一个里面好像装了很多钱的信封。他说那些钱一共有八千块。他在我去之前原本就拿到那些钱了，他还用得着偷吗？"

兰德尔将视线移到了角落里。他向那边吹了口气，接着又耸了一下肩。他又说道："我们再说说更早前的事。那个无礼的马里奥特和一个女的，打算用一笔钱赎回那个翡翠项链和另外的珠宝。赎金和那些珠宝相比的确不是个大数目。马里奥特原本打算一个人去交赎金。我们并不清楚那些抢劫犯有没有提出这样的要求。不过，照一般的看法，抢劫犯通常会提出很苛刻的要求。然而，马里奥特最终还是决定让你陪着他一起去。不管是马里奥特，还是你，都清楚你们是要去见一帮有组织的抢劫犯。你们也很清楚他们可能不会履行诺言。马里奥特是出于恐惧的心理才找了你这么个伙伴。这没有什么不合情理之处。马里奥特完全不了解你这个伙伴。他说是通过相识的朋友找到你的，不过，他实际上极有可能是在某个聚会上拿到了你的名片。他最后决定让你带着赎金，并在车里说了那些话。你表示这个计划出自你手。不过，他或许就等着你这么说呢。假如你没有提出这个计划的话，他也会提出来。"

我说道："他最初不打算把钱交给我。"

兰德尔又耸了一下肩，说道："他最终还是这么做了。他之前的举动都不是出自真心的。他在接了一个电话后，就带着你去了那个他所说的地方。你本人没得到任何信息，一切都是马里奥特说出来的。你们抵达那里的时候，似乎没有发现任何人。你原本打算开着车进入那块儿平地。不过，因为车子太大而无法开进去。而实际情况是车子恰巧刮着左侧，才无法开进去。你于是下了车，并来到了山下的平地。你不但没看到人，也没发现任何状况，于是在那儿待了一会儿，便又向车那边走去。车上的人在你回到车旁时挥棒向你的后脑砸去。我们此刻做个假设，马里奥特打算吞掉那些钱，并让你挨那一棍。他直接采取了行动，而没有演什么戏。"

我说道："完全是在扯淡。马里奥特在打昏我后，将钱藏在了灌木丛中。过了一会儿，他便后悔了，于是将自己的脑浆给打了出来。"兰德尔目不转睛地看着我，说道："他肯定还有个帮手。那个帮手因为钱和他打了起来。你们两个都被打昏了。那个帮手最后不但出卖了马里奥特，还杀了他。那个帮手肯定是因为你不认识他，才留了你一命。"我在一个内层有玻璃的木头烟灰缸里掐灭了烟，用十分敬佩的眼神看着兰德尔。兰德尔冷静地说道："我们此刻所能做出的最合理的推断就是这个了。就我们当下了解的情况而言，这个推断并不违反常理。"

"将我打昏的可能是车里的人。这点并不正常。我可以怀疑将我打昏的是马里奥特，或许还存在另外的可能。不过，我见到他的尸体后，就排除了他的嫌疑。"

兰德尔说道："你被打昏已经算是最幸运的了。你虽然没有将带枪这件事告诉马里奥特，不过，他可能怀疑你带着枪，或者看到了自你袖中露出来的枪托，于是在你产生疑虑的时候打昏了你。你肯定不会料到车后座上的人会来这一手。"我说道："这推理可够精彩的，你着实是个厉害的家伙。不过，这推理只有在马里奥特不是这笔钱的主人，并且想霸占它们，而且还有个同伙的情况下才能成立。如此一来，他设计好的步骤便是我们两个在醒来后，发现都被打了一棍，并且找不到钱，然后和对方说声抱歉后，就回家把这茬给忘了。这种结局怎么样？我的意思是他试图得到怎样的一个结局。就他而言，这难道不是一个非常不错的结局吗？"兰德尔笑了笑，那笑容显得有些无情。他说道："就我所掌握的信息而言，这是与实情最贴近的推断。我不同意你的观点，我只不过在试图了解真相罢了。"我说道："这个推理并不好，因为我们目前掌握到的信息还无法支撑它。我们可不可以这么假设一下，马里奥特可能没有说谎，不过他恰巧认出了那个抢劫犯。"

"你的意思是你并没听到叫喊或摆脱纠缠的声音？"

"没听到。不过存在着两种可能，一种是他在抢劫犯忽然现身的时候，吓得不敢说话；另一种就是抢劫犯在极短的时间内就扣住了他的咽喉。他们一直在灌木丛里躲着，就那么看着我向山下走去。我走得可不算短，大概有一百英尺吧，你应该清楚这一点。躲在灌木丛里的那些抢劫犯在看到车里坐着马里奥特的时候，便用枪威胁他，让他赶快出来。他那时完全吓得不知所措。抢劫犯或许因为他的话或他的表情，而觉得他认出了他们。"

"在一片漆黑的夜里？"

我说道："没错，我们在晚上同样能认出一个人来，假如我们熟悉那个人的声音的话。"兰德尔晃了一下脑袋，说道："假如他们非常有纪律的话，那他们一般不会杀人，除非被对方惹得暴跳如雷。"他猛然间沉默了下来。他目光闪烁，似乎想到了什么。他一定是有了新的观点，因为他缓缓紧闭起嘴唇。他说道："抢劫。"我点了一下头，说道："这极有可能。"他说道："我还想问你一个问题，你是通过什么方式来到这儿的？"

"我驾车来的啊，是我自己的车。"

"你将车停在了什么地方？"

"就在那个位于蒙特姆维斯路边的咖啡店的停车场中。"

那两个站在他身后的刑警用怀疑的眼神看着我。他也向我投来严肃的目光。那个被关在牢狱里面的犯人本来打算唱支歌，结果因为嗓子不太好，便沮丧地哭了起来。

我说道："我在走回公路后，搭了一辆车。那辆车把我送到了停车场，开车的是个女孩儿。"兰德尔说道："你是说在那么晚的时间，有个女孩儿独自在荒无人烟的地方开车，并且还将车子停了下来？"我看着他们说道："没错，这个世界还是有好人的。她长得非常甜美，不过，我并不认识她。"我明显能从他们的表情看出他们在怀疑我。他们甚至在琢磨我干吗不说实话。我接着说道："她开的是辆小型的雪佛兰跑车。不过，我没有记住她的车牌号。"一个刑警一边向垃圾桶吐了口痰，一边说道："天啊，他忘了记车牌号。"兰德尔将身子俯向桌面，仔细瞧了我一会儿，说道："马洛，假如你在这起事件中撒了一丁点儿谎的话，那会对你的名声造成严重的伤害。顺便说一下，我并不满意你的推理。你可以用一个晚上的时间好好想想。我明天还会来录你的口供。另外，我想善意地告诉你一个情况。这可是谋杀案，负责处理这起事件的是我们这些警察。我们用不着你，就算你可以帮到我们。听好了，我们唯一的希望便是你能将实情告诉我们。"

"行，我照办就是。我现在有些不适，能够回家了吗？"

他用傲慢的眼神看着我，说道："你可以回家了。"

当下的氛围非常安静，我站起身来，向门口走去。兰德尔在我刚刚走了四步的时候，清了下嗓子，满不在乎地说道："哦，忘了件事，你知不知道马里奥特抽的是哪个牌子的香烟？"我将身子转过去，说道："知道，是产自南美的褐色香烟，就是装在法国珐琅烟盒里面的那些。"他将身子凑到前面，自那些堆在桌子上的东西里将那个刺着刺绣的盒子抽到了面前。

"你有没有见过这玩意儿？"

"自然，我现在就瞧着它呢！"

"我的意思是你以前见过它没？"

我说道："似乎在什么地方见过，你问这个有什么事吗？"

"你是不是搜过他的尸体？"

我说道："没错，我见过这玩意儿，也确实在他的口袋里翻弄了几下。抱歉，这是我的职业病。不过，我没有搞乱一件东西，他再怎么说也是我的客户。这一切都仅仅是出于好奇心。"兰德尔取过那个刺绣烟盒，并用两只手将它打开。坐着那儿的兰德尔就那么观察着。那三根烟已经不知去向，盒子如今空空如也。为了让我的神情看上去累一些，我用力咬着牙。这着实不是一件轻松的事。

"你有没有见到他抽过这里面的烟？"

"没见过。"

兰德尔傲慢地点了一下头，说道："你也看见了。这个与其他物品都被放入口袋中的盒子什么东西都没装。不过，盒子里面有些粉末。我还不敢肯定那是不是大麻。不过，我会用显微镜检查一番。"我说道："假如里面装过烟的话，那我推断他或许因为想振奋下精神，于是抽了几支。"在谨慎地将那个盒子关上之后，兰德尔将它推到了一旁。他说道："行啦，自己注意点儿就行。"接着我便离开了。

空中的星星非常亮，它们在雾气散去之后，就如人工制造出来的珠宝一般嵌在天上。我以非常快的速度驾着车。没有一间还在营业的酒吧，我实在太想喝几杯了。

～13～

我到了上午九点钟才起床。起床后，我用凉水洗了个头，读了两份送到门口的早报，喝了三杯黑咖啡。奴尔迪在报纸的第二个版面上略略登了一些和驼鹿迈洛伊相关的信息。他并没提自个的名字。林赛·马里奥特的事没有登在早报上，假如登了的话，也肯定在社会版上。吃了两个鸡蛋之后，我又喝了一杯咖啡。我穿好衣服，照了照镜子，觉得自己的眼圈有点儿黑。电话就在我准备出门的时候响了起来。

打来电话的是奴尔迪，他听上去状态不是很好。"是不是马洛？"

"没错，是我，你们逮住他了？"

他说道："没错，我们逮住他了。"平复了一会儿呼吸，他又提高了嗓门，说道："完全在我的意料之中，我们就是在文图逮住他的。那家伙的个头足有六尺六，简直就是个橡胶坝。朋友，我可不是在和你说笑。他打算去弗利思科。他租了一辆车，车上放着五瓶烈酒。他就那么一边喝着酒，一边驾着车。车速是七十迈。负责抓捕他的只有两个民警，他们都带着枪和警棍。"我在他沉默的工夫内想到几个有趣的词儿，不过，那些词儿与当下的氛围有些不符。奴尔迪接着说道："他在警察疲倦到准备休息一会儿的时候，就把车停在了警察的旁边，并且开始捉弄起了警察。他将警察的无线电丢入河中之后，又打开一瓶酒，然后一边喝着酒一边进入了梦乡。警察醒过来之后，用手铐铐住了他。为了弄醒那家伙，他们差不多用警棍打了他十分钟。他还打算反抗一下，不过，他那时已经无能为力了。我们就这么容易地逮住了他。他此刻已被我们关入监狱了。他犯的罪可真够多的。他袭击了警察两次，喝着酒开车，故意闹事，违规停车，还破坏了社会安定和公共设施。是不是很出格？"我说道："你是不是幽默得有些过分？你难道只是出于夸耀的心理，才和我说这些？"奴尔迪说道："这家伙叫斯图亚诺夫斯基，不是驼鹿。除了妻子之外，他还有四个孩子。他在圣杰克隧道工作。你掌握到迈洛伊的新情况没？"

"没有，我的头还疼着呢。"

"假如你有空的话……"

我说道："非常感谢，我没空，你们打算何时审问他？"奴尔迪嘲讽地笑了一下，说道："干吗问这个？"然后就挂上了电话。

我驾车来到好莱坞大道，在停车场停了车。我接待客户的时候，有时会迎来新的客户。基于这个原因，我常常不锁小接待室的门。安·蕾奥丹小姐在我打开门之后，冲我笑了笑。她正在看杂志，此刻将它收了起来。她穿着一件烟棕色的外套，里面是高领毛衣。她的头发在阳光下是完完全全的褐色。她头上戴着的是那种上边很小，下边又很大的帽子。帽子的一侧挨着肩膀，接近四十五度的样子，看上去非常漂亮。她的鼻子不是很大，蓝灰色的眼睛里是金色的眼球。她的上嘴唇比下嘴唇长，不过，并没有长很多。整体来看，她的嘴略微宽了点儿。她的额头不是很宽，却有点儿高，这一点倒是出乎我的意料。她有一张既迷人又漂亮的脸。她昨晚一定睡了个好觉，不然的话她不会笑得这么好看。她的年龄在二十八岁上下。

她说道："我不清楚你是怎么安排工作时间的，因此只能在这儿等着。到目前为止，我还没看到你的秘书。"我一边开办公室门，一边说道："我没秘书。"我打开门外的门铃后，说道："这是我的冥想室，是我一个人的。请进。"她走到我前面的时候，我闻到她身上散发着干檀香的味道。她在那儿站着，将视线移过那又破又旧的铁锈红地毯、肮脏的纱窗、落满灰尘的办公桌椅，以及那五个绿色的档案盒。

她说道："你似乎需要一个帮你接电话，并将窗帘拿去洗衣店的人。"我说道："请坐，我不是很勤奋，也不喜欢受拘束。另外，我还得赚钱。我打算在圣斯威逊节的时候去洗那些东西。"她回了一句后，便将皮包放在了我那张铺有玻璃的办公桌上。她在椅子上靠着。我在她拿起我办公桌上的烟后，给她点着了烟。吸了一口烟后，她一边吐着烟一边对我笑着。她有着很好看的牙齿。

"时间可真快啊，我们又见面了。你的头还疼不疼？"

"嗯，实在出乎我的意料。还有点儿疼。"

"警察有没有让你难堪？"

"他们就那样。"

"我是不是给你造成了困扰。"

"没有。"

"我觉得你在见到我之后心情依然不是很好。"

她在我点燃装满了的烟斗时，向我投来赞赏的目光。我说道："我不想把你给卷进来。我也不清楚原因何在。无论如何，这事现在与我无关了。我忍耐了整整一晚。另外，警察也不让我插手。"

"你是不是担心警察在怀疑我的情况下会对我用刑，才让我置身事外。你觉得他们肯定不会相信我大晚上会开着车瞎逛，并且还在好奇心的驱使下去了那个地方。"

"你怎么清楚这些？"

她委婉地说道："警察同样是人。"

"就我了解的情况来说，他们开始渐渐变得不是人了。"

她说道："你今天怎么了？干吗这么生气？"她接着漫不经心却又目标明确地扫视了一下我的办公室，说道："你的生意怎么样？我的意思是财务方面，你用这些办公设施可以挣不少钱吗？"

我哼了一声。

"我也许没必要提出这么一个冒昧的问题。"

"你想试一下？"

"你为什么不将我昨晚的事说出来？是不是因为我的身材和红发？我们已经适应了对方吧。"

我保持着沉默。她开朗地说道："我们聊点儿别的。你知道谁是那串翡翠项链的主人吗？"我不但觉得自己的表情有些慌张，并且还觉得有些蹊跷。在考虑良久之后，我才忽然想到自己根本就没和她聊过翡翠项链这回事。我用火柴再次点燃了烟斗，说道："我对这事没有多大的兴趣，干吗问起这个？"

"原因我清楚。"

"天啊！"

"你在夸夸其谈的时候会把脚趾头给崴了吗？"

"你是为了和我说这个事，才来我这儿的。接着说下去。"

她一边咬着嘴唇，一边凝视着我的办公桌。我觉得她那双蓝眼睛似乎有些湿润。她在过了片刻之后不再咬嘴唇，耸了一下肩，对我笑了起来。

"我这么追根问底确实挺讨人嫌的，我很清楚这一点。不过，这又有什么办法呢？我是从我爸爸那里继承的这个毛病。他叫克里夫·蕾奥丹，以前在贝城做了七年的警察局长。"

"我没忘记他，他现在过得怎么样？"

"他去世了。他在两年前被开除了，原因是一个叫莱尔德·布鲁纳特的家伙鼓动一帮赌徒，选了一个他们自己的人做了市长。我爸爸被他们调到了贝城的一个非常小的部门——记录鉴证科。于是他就辞职了。妈妈在爸爸去世之后没多久也离开了人世。这两年里，我一直是一个人。"

我说道："真是遗憾。"她将那支居然没有沾上唇膏的香烟掐灭之后，说道："我完全是因为自己和警察比较处得来，才来找你的。昨晚我就应该将这个告诉你。我今天早上弄清负责这起案件的是谁后，就去他那边。那家伙最初的确挺讨厌你的。"我说道："没事，他就会和我绕圈子。他始终不相信我，尽管我将整个情况都告诉了他。"她看上去心情不是很好。我站起来打开了窗户。街上的噪音一下子涌了进来，让人觉得很不舒服。我从那个深抽屉中取出一瓶酒，为自己倒了一杯。蕾奥丹小姐没有说话，不过，她很明显因为我刚才的行为而生气了。喝完那杯酒之后，我将酒瓶又放入了抽屉中，接着便坐了下来。

她用稍显冷漠的口气说道："你不打算请我喝一杯？"

"抱歉，我以为你不会在中午之前喝酒。这会儿连十一点都没到呢。"

她将眼睛眯了起来，说道："你这是在夸我？"

"我本来的意思是的。"

这是一句对我和她都毫无意义的话，她正在琢磨这句话。我喝了那杯酒之后，觉得舒服多了。她将身子向前伸了一下，并收回了她那戴着手套的、放在桌上的手，说道："你不打算找个助手，一个你只需说些好话就能聘到的助手？"

"没这个打算。"

她点了一下头，说道："你的确不需要助手，这完全在我的意料之中。我应该把我了解的情况告诉你之后就回家。"我没有接她的话。为了让自己看上去像是在考虑事情，我点燃了烟斗。她说道："那条翡翠项链可能来自博物馆，知道它的人应该不少。"我吹灭手中那支就要烧到我手指的火柴，将它丢入了烟灰缸中，说道："我根本就没和你聊过翡翠项链。"

"你的确没有，不过兰德尔和我聊过。"

"应该缝了他的嘴。"

"我向他发誓不会告诉别人，他和我爸爸很要好。"

"不过，你现在把它告诉了我。"

"你本来就清楚这事。"她试图用手捂嘴，不过，在抬了一半后，又慢慢放下了。与此同时，她的眼睛也瞪得老大。她低声说道："你应该是清楚的吧？"

"我还以为是钻石的。有串项链、一副耳钉、一个手镯和三个戒指。有个戒指上面嵌着宝石。"

她说道："你真没意思，那是一串价值八万的，由六十颗精雕细琢的翡翠组成的项链，每颗翡翠都是六克拉，极为罕见。"她又说道："你有着非常好看的褐色眼睛，不过，你觉得自己非常强势。"

"好吧，你怎么知道这些的？它的主人是谁？"

"我用了一个非常简单的方法。我觉得市里的大珠宝商一定对这么罕见的项链有些了解，便去拜访了一下布洛克的经理。我表示自己是个记者，正在撰写一篇有关罕见玉石的文章。我这是在引他上钩，你肯定清楚这点。"

"他就这么相信你了？就因为你那迷人的身材和红发？"

她的脸上泛起一阵红晕，说道："他反正告诉我了。她的名字是莱温·洛克里奇·格雷，住在贝城一个峡谷的庄园中。她相当富裕，她的丈夫，也就是格雷先生，是个拥有二千万财产的超级富豪。他大概是个银行投资家。格雷夫人之前在比弗利山庄的一个叫作 KFDK 的电台上过班。那个电台从前也是格雷先生的产业。格雷夫人不但有着一头金发，而且长相非常甜美。他们是在五年前结的婚。格雷夫人常常出去寻欢作乐，因为格雷先生不但十分年迈，而且重病缠身，每天还得在家吃药。"

我说道："看来布洛克的经理知道的还挺多。"

"我只从他那里获得了和项链相关的信息。告诉我其他事的是吉蒂·葛蒂·艾伯嘉斯特。"

我又从抽屉里取出了那瓶酒。她略带悲伤地说道："你打算成为像他们那样的醉鬼侦探吗？"

"为何不呢？他们常常能轻而易举地破案。"

"我在若干年前就认识了吉蒂·葛蒂。他留着希特勒那样的胡子，将近一百公斤，负责《新闻记事报》社会版面的编辑工作。你看看他找到的这些档案，都是有关格雷的。"她从包中拿出一张照片，并将其放在了桌子上。照片上是个三十岁左右的金发大美人。她戴着一顶帽子，穿着一身黑白相间的休闲服。那帽子和那身休闲服简直太般配了。她便是那种你梦寐以求的美人。她看上去有些自负，却还算亲切。

我赶紧倒了杯酒，并且一饮而尽："拿开，我要发火了。"

"为什么？这可是我专门为你找的。你不想见见她吗？"

我又向照片瞥了一眼，将它放在了笔记本下面。

"今晚十一点如何？"她问，"马洛先生，我可是在和你一本正经地谈事。我都给她打过电话了。她表示愿意和你聊聊，自然不会聊私事。"

"刚开始都不会聊私事。"我打算不再和她开玩笑，因为我发觉她有点儿烦躁了，"她为什么会见我？"

"自然是为了她那串翡翠项链。情况是这样的，我在克服了许多挫折之后，才和她通上电话。我对她也用了一遍欺骗布洛克的方法。不过，我没有骗过她。她让我和她的助手谈。她的声音听上去像昨晚喝醉了的样子。不过，她最终没有挂掉我的电话，因为我向她提了一个问题。我问她是不是有串翡翠项链。她片刻之后表示自己有那么一串项链。我又问她我能不能欣赏下。她让我告诉她原因。我又重复了一遍那些说辞，不过，她依然不相信我。我听到了她的哈欠声。另外，我还听到她正大声埋怨着身边的人，数落他们不该接我的电话。然后我表示自己是菲利普·马洛的助手。她就说了句'那又怎么了'。她的确是这么说的。"

"实在有点儿不敢相信。不过，现在的贵妇说起话来都像荡妇似的。"

蕾奥丹小姐高兴地说道："这个我可不清楚。她们或许本来就是荡妇。我接着又问她有没有直线电话。她虽然表示这与我无关，却没挂掉我的电话。"

"她正琢磨着那串项链的事，并且也不清楚你的目的。兰德尔或许也和她谈过了。"

蕾奥丹晃了一下脑袋，说道："兰德尔没和她谈过，他甚至连谁是项链的主人都不知道。我在和格雷夫人通完电话之后，就给他打了个电话。当他知道我查到了项链的主人后大吃一惊。"

我说道："他可能有利用你的必要。接下来又发生了什么？"

"我接下来就直接问格雷夫人她是不是想找回那串项链。我觉得我有必要问一些刺激性的问题，再说，我也不知道还有什么别的办法。这的确是个妙招。没过多久，她便给了我另一个电话号码。我随后照着那个直线电话号码给她打了过去，并且表示想见见她。她有些惊讶，我告诉了她整个事情的经过。她有些不想听。不过，马里奥特没有找她这件事本来就让她觉得有些蹊跷。我将约会的时间定在了今天下午两点，因为我推断她可能认为马里奥特带着钱逃到了南部。在她那边，我把你说得不但非常有本事，而且非常稳重。假如有机会的话，你是能够寻回翡翠项链的最好人选。她在我说到这儿的时候，兴致就已经提高了。"

她看上去有些忧郁，我一直沉默地盯着她。

"怎么啦？我这么干对不对？"

"你可不可以用下你的智力。警察已经立案了，再说，他们也警告过我，叫我不要插手这件事。"

"格雷夫人完全有雇佣你的权利，假如她想这么做的话。"

"她雇我做什么？"

她已经不想再待下去了，从她的举动上能看出来。她拉开包又将其拉上。"哦！天啊！这种漂亮的女人，你不想？"她停了片刻，咬了咬嘴唇，说道："马里奥特是哪类人？"

"我对他没什么好感，也不太清楚他这个人。在我看来他不够男子汉。"

"他是不是那种特别吸引女人的家伙？"

"对于某些女人确实如此，对于某些则不是。"

"哦，可是格雷夫人和他约过会，看上去她挺喜欢他。"

"和她约会过的不知道有多少个男人。目前来说，找到项链是非常困难的一件事。"

"为什么？"

我站起来，向墙边走去。我在来到墙边后，用力地在墙上拍了一掌。隔壁打字机发出的啪嗒声停了片刻后又响了起来。我的视线越过那扇没有关上的窗户，落在了那条位于曼森豪酒店和我的办公楼之间的过道上。咖啡店散出浓郁的香味，甚至在我的办公室里都能闻到那香味。我又回到办公桌前，将威士忌放回了抽屉里。关上抽屉之后我又坐了下来。我第八次，也许是第九次点燃了烟斗。通过那个不太干净的杯子，我认真地观察着她那张小脸，脸上满是诚恳。不同于其他那些诱人的金发美女，这是一个越看越有魅力的女孩儿。你绝对会喜欢上那张脸。我正笑对着那张脸。

"安，听好了，那些抢劫犯本来没打算杀死马里奥特，他们杀死他的行为很明显是个错误。他们里面应该有吸毒的人，那家伙可能是在控制不住自己的情况下杀死了马里奥特。某个人在马里奥特做出不恰当的举动时，将他打趴下。他们没能阻止是因为情况就发生在一瞬间。这帮纪律性非常强的抢劫犯应该不会弄别的事，他们清楚珠宝以及戴着珠宝的女人的行动，他们要的仅仅是合理的赎金。然而，如今成了一件命案，如此一来，就与常理相背了。我觉得那个将马里奥特杀害的人如今也不在人世了。他们或许已经知道了那串项链的价值，并且将它藏了起来，打算等到这件事被人遗忘的时候再卖它。那串项链也有可能和那个杀害马里奥特的人一起被丢入了大海。假如他们拥有很大的势力，也有可能在距此很远的一个地方将那串项链转手了。假如他们清楚项链的实际价值，那八千块的赎金的确不是很多。然而，它之所以很难被卖出去，也是由于自身的价值。他们原本不打算杀人，我非常肯定这一点。"

安正仔细地听我说话，她轻轻张开嘴唇，然后又缓缓闭了起来，并且认真地点了一下头。她用不是很高的声调说道："你的确很有本事，不过，你完全就是个疯子。"她拿着包站了起来，说道："你到底见不见她？"

"假如她有用得着我的地方，那兰德尔也没有阻止我的权力。"

"好吧，我想再多了解一些格雷夫人的情况，比如她在爱情这方面的情况。她应该得到了爱情吧？我还得为此去找一个社团编辑。"她的脸上写满了期盼。

我冷笑了一下，说道："谁又缺少爱情呢？"

"我就缺少，起码缺少真正的爱情。"她在我用手捂住自己的嘴的时候，向我瞪了一眼，然后就向门口走去。

我说道："你忘了件事。"

她停了下来，转过身，瞧了下我的办公桌，说道："什么事？"

"这个你很清楚。"

她又走回办公桌前，倾着身子，说道："他们不打算杀人，那为何要杀害马里奥特？"

"因为他们是那种被逮住后，如果得不到毒品，就会坦白一切的人。我想说的是他们不会将交易人置于死地。"

"你为何敢如此肯定杀死马里奥特的是个吸毒的家伙？"

"我就是说说，不敢肯定。再说，他们里面不吸毒的可没几个。"

她站直身子，点头微笑了一下，说道："原来如此。"接着她从包中取出一个小纸包，然后将它放在了桌上。纸包上有橡皮筋。我拿过纸包，解开橡皮筋，发现里面是三支带着烟嘴的俄罗斯香烟。我默不作声地瞧着她。她慌张地说道："我清楚这些东西是毒品，因此我不该拿走它们，我很清楚这一点。毒品之前都是简装的，不过，近来我在贝城见过几次这种包装。我觉得他太不幸了，死了之后还会被人在口袋中找到大麻。"

"那你就应该将里面有碎烟末的烟盒也一起拿走。警察已经将心思放在了那个空烟盒上。"

"我没有那个胆子。你那时也在那儿。尽管我很想回去拿，并且就要那么做了，不过，最终还是没有那个胆量。它给你造成困扰了？"

我说道："没有，它能给我造成什么困扰？"我在说谎。

她开心地说道："没有就好。"

"你为何不把它丢掉呢？"

她那顶略微倾斜的帽子遮住了一只眼睛。她将包拿到身边，琢磨了一会儿，说道："我认为我完全是因为自己是警察的女儿才会这么干的。"

"你不会将证据给丢掉的。"

她还有些慌张，她的脸甚至有了一层红晕。她笑了一下。我则耸了一下肩。

"好吧。"声音就如屋内的烟一般在空中悬着。她还没有闭上嘴，我没有答复她，她脸上的红晕更明显了。

"我不应该这么做，实在是太对不起了。"她迅速走了出去。

◈14◈

那些俄罗斯香烟都非常长。我用手拨弄着一支，然后将它们整整齐齐地排在了一起。我在做这件事的时候，还将椅子弄得不停地响。这些东西就是证据。不管是什么证据，你都不会丢掉它们。这些东西是什么证据？是某人吸毒的证据，是某人一旦进入社会，就对其无法自拔的证据。吸毒的混混实在太多了。放弃自己并试着吸毒的歌手、学生以及美女自然也不在少数。每个地方都可能种着美国大麻。然而，种植大麻的行为在美国是违法的。这表示在那些和美国差不多大的国家里，同样存在着许多种植大麻的人。我在办公室里坐着，抽着烟斗，听着好莱坞大街上的交通灯发出的当当声，和隔壁屋里的打字机发出的啪嗒声，以及弹簧发出的沙沙声。那声音就如一个在风的吹送下，于混凝土人行道上瞎跑的纸袋所发出的声音一般。这些香烟都比较大，不过，俄罗斯的大部分香烟都是如此。再说，大麻的叶子非常粗。证据，美国大麻，印度大麻，天啊！那个女人当时戴了顶什么样的帽子？我的脑袋真疼，疯子！

我打算做一件法医做的事情。我取出一把小折刀，这把小折刀并不是我用来清理烟斗的那把，小折刀的刀片非常锐利。我把它打开，我先用小折刀自中部划开香烟，然后用显微镜看看过滤嘴里面是什么物质。或许能在其中找到出乎意料的东西。这样的希望虽然十分渺茫，不过，他已经给了我一个月的工资了。我已经划开了一支香烟，然而，要想弄开过滤嘴则需要费一番力气。我是个意志坚定的人，我一定要弄开它，看看你能否阻挡住我？一张印有字迹且非常硬的纸片，裹在过滤嘴外面的光滑部分。我直起身子，一边抓着它们，一边试着将它拽出来，不过，最终失败了。我又拿起一支香烟，向过滤嘴里面瞧了瞧，接着用新的方法，也就是用小折刀的刀刃试了起来。我捏着过滤嘴靠近烟丝的那段很薄的部分，能够感觉到下面有粉末。我谨慎地割过滤嘴，接着更谨慎地竖着割开了滤嘴。打开滤嘴之后，再次发现了里面那张卷着的卡片。不过，我这回没有割到它。

我慢慢打开那张白色的，看上去如同薄牙片的卡片，发现它是一个人的名片。名片上所刻的阴影字非常巧妙。名片的右下角有一行字写着"只受理预约"，左下角是斯蒂尔伍德海斯的电话，中间写有"朱尔斯·埃莫森"这几个字，字体略大，中下部写有"心理咨询师"这几个字，字体稍小。我取过最后一支烟，试着在不用刀子的情况下将名片取出来。我这回虽然同样费了一些力气，不过，最终还是成功了。那是一张和上张名片相同的名片。接着我又将名片放回了烟里。

我向往常那样看了一下表，接着将烟斗放入了烟灰缸中。不过，我要想弄清楚此刻的时间，就还得看一下表。我用一张纸包好那两支已经断了的香烟和那张被割坏的名片，又用另一张纸将那支带有名片的香烟卷了起来。我将这两个纸包放入了抽屉，然后上了锁。

我在椅子上坐着，一直瞧着那张名片。"朱尔斯·埃莫森"，"只受理预约"，"心理咨询师"，"斯蒂尔伍德海斯的电话"，可是没有地址。在一个中国或日本的丝绸香烟盒中，装有三支带有名片的大麻烟。顾客只需用三十五至七十五美分的价钱，就能在诸如隆兴堂或宏福兴这样的东方商店中买到一个那样的盒子。商店中那些做作的日本人，在你表示阿拉伯月亮的香味闻上去就如弗利思科·赛迪店中的女孩儿时，会向你嘘一下，然后放声大笑。这香烟就在一个已经去世了的男人的口袋中。然而，这个男人不但有比那个烟盒值钱很多的烟盒，还抽过里面的烟。他一定是没发现口袋中放着这么个家伙，才没将其拿出来。这盒烟或许本来就不属于他。他可能是在酒店的大厅中拿到的。别再考虑他身上有这盒香烟，别再琢磨它了。

此时电话响了起来。我漫不经心地接起电话，并且一下就辨认出对方是个警察，因为对方的声音不但非常僵硬，而且极为冷淡。电话那边是兰德尔，他没有大喊大叫，却始终保持着冷淡。

"马洛，你的撒谎技术可不错啊。你说你根本就不认识昨晚的那个女孩儿，并且表示她是在你从事发地点走到大道上后，顺便捎你回去的。"

"你可能也有女儿，并且不希望自灌木丛中跳出来的报纸记者用闪光灯照她吧。"

"你没对我说实话。"

"我感到非常庆幸。"

他在一段时间内没有说话，仿佛在盘算着什么。他接着说道："先不说撒谎这件事了。我和她见过面了。她到我这儿将她的经历和我说了一遍。她是我认识且极为佩服的一个人的女儿。"我说道："她和你说了，另外，你也和她说了。"他用冷淡的口气说道："由于此次调查变成了秘密调查，因此，我只跟她透露了一点。我同样是因为这个原因，才给你打的电话。我们此刻就有个能将抢劫犯一网打尽的机会。我们正着手这么干。"

"行啊，今天早上就成了谋杀案了。"

"另外再告诉你一件事。那个上面刺着龙的烟盒里面的粉末是大麻。你肯定自己没见过他抽那里面的烟？"

"我肯定，不过，我并没有一直待在他身边。我和他在一起的时候，只看到他抽过另一个烟盒里的烟。"

"这个我清楚。好吧，就这样吧。你可要记得我昨晚警告你的话，别插手这件事。你只需做到闭嘴就行，要不然……"

我在他沉默的时候打了个哈欠。他忽然说道："我听到了。你可能觉得我不应该指证，不过，你一旦做出不当举动，就会被当作关键证人而遭受拘押。"

"你是说这件事还没有上报？"

"他们会逮住犯人，不过，他们不清楚事件还有什么隐情。"

我说道："你也不清楚吧。"他说道："我已经警告你两次了，我再警告你一次。"我说道："你已经将太多东西透露给了一个不应插手此事的人。"我挂了电话。好吧，他尽管去查吧，让他见鬼去吧。

为了能让自己冷静下来，我一直在办公室里踱着步。喝了一些酒后，我又像往常那样看了看表。我再次坐了下来。我依然没有看清时间。

心理咨询师，朱尔斯·埃莫森，只受理预约。假如能够得到充足的钱和时间，便能治好所有创伤，小到一个提不起兴趣的丈夫，大到蝗虫灾害，这样的事都不在话下。他或许是个离家出走的少男少女，研究恋爱失败的专家，或想远离寂寞的女人。他此刻打算保持财产，还是将其卖掉？我会因为这种行为而显得更聪明，还是会因此遭受伤害？男人或许会悄悄去找他。那些壮汉或许会在他的办公室外大声怒吼，就如狮子一般——他们的口袋里塞满了现金。不过，女人应该占了客户的很大比例。有做白日梦的老女人，有无比亢奋的瘦女人，有大口喘气的胖女人，有那种带厄雷科特拉症的年轻女人，有形形色色的女人。有钱是这些女人的共同特征。医院没有在星期四为朱尔斯·埃莫森先生安排坐诊时间。有钱的女人或许正将钱送到他那儿呢。

一个传播热闹的家伙，一个冒牌的艺术家，一个将他的名片卷入身上的大麻中的、已经死了的年轻人。

我提起电话，让接线员将号码接到斯蒂尔伍德海斯那里。

∾15∾

电话那边是个陌生女人的声音，那声音显得既沙哑又低沉，而且非常干硬，"你好。"

"能否让埃莫森来听电话？"

"我是埃莫森先生的秘书，不好意思，埃莫森先生没有在电话上谈事的习惯，我能帮你传话吗？"

"我想去拜访他，不过，我不知道他住在哪儿。"

"哦，你打算看埃莫森专科？他对你深表谢意，不过，他的时间可够紧的，你打算什么时候来？"

"就此刻，今天的任何一个时刻都可以。"

她充满歉意地说道："哦！不好意思，你或许要等下星期才可以来，我需要看一下预约情况。"

"有必要看吗？别理会预约的事了，你有铅笔吗？"

"但是……我自然有铅笔，我……"

"那好，记一下，我住在以瓦尔旁的喀汗加大楼，准确点儿是好莱坞大道六百一十五号。格伦维尤7537是我的电话，我的名字是菲利普·马洛。"我又拼读了一遍难写的单词，等着那边的答复。

"嗯，马洛先生，我已经记下了。"

我说道："我是因为一个叫马里奥特的人，才想拜访埃莫森先生的。"我也拼读了一遍马里奥特的名字。我又说道："这是一件极为要紧的，和人命相关的事情。我现在就想去拜访他，现在，用另一个词说的话就是马上。明白了吗？"那个陌生的声音回道："你的口气实在是太怪了。"

我摇了摇电话，说道："没有啊，我一直都是这么说话的，我觉得挺不错的。这件事非比寻常。我是个私人侦探，埃莫森一定会答应见我的。我不会在拜访他之前报警的。"那个声音说道："那么你是警察，哦，不是。"语气冷的就如自助餐的食物一般。我说道："听仔细了。我是个私人侦探，不是警察。不过，这件事极为要紧。你有我的电话了吧，打给我好吗？"

"先生，我有电话。我会说马洛先生病了。"

我说道："没错，他甚至连床都下不来，你认识他？"

"自然不认识。你表示这件事牵扯到人命，埃莫森先生挽救了不计其数的人。"

我说道："成与不成就掌握在他的手里，我在这儿等你的电话。"

挂断电话之后，我拿起了那瓶酒。我觉得自己完全变成了一个绞肉机。过了十分钟后电话响了起来。那边说道："埃莫森先生约你在六点钟见面。"

"非常好，在什么地方？"

"他会为你派辆车。"

"把地址告诉我就行了，我自己可以开车过去。"

那声音冷淡地说道："他会派车接你的。"然后就果断地挂上了电话。

我又瞄了下手表。午饭的时间已经过去了。我一点儿也不觉得饿，刚才那杯酒还在我的胃里翻滚着。我点燃一支香烟。空中弥漫着一种如同水管工人的手帕般的味道。我向伦勃兰特先生点了一下头，然后便拿着帽子出门去了。在走向电梯的途中，我忽然想到了一件事。我完全是在没有任何意识和原因的情况下想到这件事的，它就如一块忽然掉下来的砖头一般。我停下来，靠在走廊的大理石墙上，用手转了一圈头上的帽子，然后忽然放声大笑。

有个女孩儿此时恰巧自我身边走过，她当时正从电梯向办公室走去。那女孩用异样的表情看着我。我挥手和那女孩儿打了个招呼，就向办公室走去。我提起电话，拨通了一个人的号码。对方是我认识的一个人，在一家叫作劳特·伯克斯的产权公司上班。

我问他："你仅仅凭借地址，就能查到房产信息吗？"

"自然能，我们有产权交叉索引。你打算查什么地方？"

"西五十四街一千六百四十四号。我想弄清一些实情。"

"你的电话是多少？我待会儿打给你。"

差不多过了三分钟后，他给我打来了电话。

他说道："把你的铅笔拿出来。这儿写着房子的主人是一名叫作杰西·皮尔斯·弗洛里安的寡妇，在默普尔伍德四号卡拉迪斯一带新增的十一街区八栋。"

"哦，接着是？"

"再就是半税，一个十年下水道评估协议，两个十年街道改善协议。第一信用协议是两千六百元，记录一直都很良好。"

"你是不是说他们在十分钟之内，就能将此类信息卖给你？"

"并没有这么快，不过，要比抵押快很多。这里面的东西都很正常，就是价格偏高。一般情况下，只有新房子才能有这么高的价格。"

我说道："那房子不但有年头了，而且在相当长一段时间内都没有修整过。假如我买的话，最多给一千五百元。"

"没错，这的确很不一般，因为再供资金是四年前弄的。"

"哦，掌控它的是谁？是不是投资公司？"

"不是，是一个叫林赛·马里奥特的光棍儿。怎么了？"

我接着又和他说了一些话，不过，我已经不记得我和他说过什么或我如何向他表示谢意的。我在那儿坐着，就那么一直呆呆地瞧着墙。我的胃忽然恢复了知觉，我有些饿了。于是我下楼去曼森豪斯的咖啡店吃午饭。用过午饭后，我将那辆停在办公楼边的停车场里的车开了出来。我驾着车驶向东南方的西五十四大街。我这回没有带酒。

❧16❧

这里毫无变化，就和几天前一模一样。除了一辆冰激凌车，两辆正在奔驰的福特车，以及汽车在转角处扬起的灰尘外，路上就没什么其他的东西了。我缓缓驶过一千六百四十四号后，在比上次更远的地方将车停了下来。我步行回来的路上认真地瞧了一遍两旁的房子。我站在那所房子跟前，瞧着那些黄褐色的、没有浇水的草坪，以及那颗棕榈树。屋内似乎没人，当然也可能有人，只是看上去似乎没人的样子。那把摇椅依然寂寞地躺在门廊前。我拾起人行道上的一张废纸，将其放在腿上拍了几下。这时我看到隔壁的那个距我最近的窗帘在动。仍旧是那个老妇人。我打了个哈欠，向下拉了拉帽子。那个贴在窗户玻璃上的长鼻子都快压扁了，那个满头白发的人一直看着我刚刚站过的地方，那双眼睛在我于人行道上散步的时候，始终窥视着我。我回头迈入了她的院子，然后爬上木质阶梯，接着就按起了门铃。门突然就开了，仿佛装有弹簧一般。那个老女人个子很高。她的下巴就像兔子的下巴似的，她的眼睛在如此近的距离下显得非常锐利，就如平静的水面上的光一样。我将帽子摘了下来。

"你便是那个替弗洛里安夫人报警的老人？"

她用十分镇定的目光瞧着我，不打算放过我的每一个特征。她甚至清楚我肩胛骨上的痣。

她用非常响亮的鼻音说道："小伙子，你是谁？我没说我是，也没说我不是。"

"我是个侦探。"

"哦，天啊，你那么说是基于什么目的？她此刻在干什么，我既没看见，也没遗漏。那里一切都很正常。亨利已经为我准备好了所有东西。"

打开纱门之后，她将我拉了进去。家具油漆的味道弥漫在整个门厅之中。家里有些很旧的家具。角落中摆着贝壳。我来到客厅，发现主人用棉布罩起了一切能够罩起来的东西。

她忽然用极为怀疑的口气说道："你和我说……我之前没有见过你。不，我肯定见过你，那个男的就是你。"

"对，我还是个侦探。亨利是谁？"

"哦，亨利就是个为我服务的黑人小男孩儿。小伙子，你打算干什么？"

她那双瞧着我的眼睛非常有神。她穿着一件红白相间的围裙。为了适应刚刚放入嘴里的假牙，她咬了几下。

"他们昨天去完弗洛里安夫人家后，来过官员没有？"

"什么官员？"

我极有耐心地说道："穿着制服的官员。"

"没错，来过，那些人来做过口录，可是他们根本就一窍不通。"

"给我说说那个拿着枪的壮汉，你是因为他才选择报警的。"

她给我形容了一下那个壮汉的样子。没错，那就是迈洛伊。

"他的车是什么样的？"

"一辆甚至都快容不下他的小车。"

"你只能告诉我这些了？那家伙是个杀人犯。"

她的眼睛笑眯眯的，不过，她的嘴则惊讶地张开着。她说道："小伙子，我倒是希望自己能多告诉你一点儿东西，可惜我不是很熟悉车。什么？杀人犯！看来这儿的人又要受折腾了。我记得我二十二年前搬来这儿的时候，这儿基本上都夜不闭户。可是，现在呢，不管是政客，还是盗匪，或腐败的警察，都在用机枪为自己争利益。因此我不得不随时了解情况。小伙子，让人愤怒的恰恰是这些让人愤怒的事啊。"

"哦，你熟悉弗洛里安夫人吗？"

她抿了一下嘴，说道："她这个邻居可不怎么样。她和谁都不打交道。到了大晚上，她不是扯开嗓门儿唱歌，就是将收音机开得特别响。"她接着向前倾了一下身子，说道："我虽然不是很肯定，不过，我觉得她一直在喝烈酒。"

"是不是常常有人去拜访她？"

"连一个人都没有。"

"你自然不清楚，夫人。"

"我，莫里森夫人，除了趴在窗户上看，还能干什么呢？"

"我觉得这些肯定非常有意思。弗洛里安夫人在这儿住了挺长一段时间了，我算了一下，她在这儿待了将近十年了。她从前有个丈夫，后来死了。那男的在我眼中并不是个称职的丈夫。"她停了一下，考虑了一会儿后，说道："我认为他的死很正常。"过了一会儿，她又补充道："我没有听过别的说法。"

"她丈夫有没有给她留下遗产？"

她用力嗅了几下，用冰冷的口气说道："你喝过酒？"

"是牙医给的，我刚拔了一颗牙。"

"我无法忍受那玩意儿。"

我说道："它已经坏了，不得不使用药。"

"我同样无法忍受药。"

我说道："我觉得你是正确的。她丈夫给她留下遗产了吗？"

"这个我可不清楚。"她的嘴就像杨梅干那么小。她已经无法再为我提供什么了。

"有人在那些警察离开之后来过吗？"

"没看到。"

"莫里森夫人，太谢谢你了。你实在是个热心肠的人，我告辞了。"

我离开客厅，打开门，她在我身后一边咬着她的假牙，一边清着嗓子。她用略带温和的口气问道："假如有事，我该和谁通电话？"

"打给奴尔迪中尉，大学4-5000。她是在靠救济生活吗？"

她用冰冷的语气说道："这个邻居可不接受什么救济。"

我一边瞧着那个精雕细刻的餐边柜，一边说道："有一段时间，它在苏福尔斯非常讨人喜欢，我敢在这事上打赌。"

她柔声说道："梅森市！没错，我和乔治有过非常好看，并且是最好看的房子。"

我打开纱门向外走去。我又向她表示了一番谢意，此刻她笑了起来，她的笑也很锐利，就如她的眼神一样。她猛然说道："每月开始的时候都会寄来一封挂号信。"我将身子转过去，等着她再透露一些情况。她向前倾了倾身子，说道："我在每月的头一天，都能看到在她门前让她签字的邮递员。她离家前会打扮一番，直至夜半时分才会回来。回家后，她会在后半夜持续唱歌。我偶尔会因为她发出的噪音太大，而选择报警。"

她的肩膀非常瘦弱，我用手拍了几下，说道："莫里森夫人，你太有心了。"为了示意我准备离开，我戴上了帽子。

走到半路上时，我忽然想到了一件事，便再次返了回去。她依然一动不动地在纱门里面站着。她身后的入室门依然敞开着。我上了阶梯，说道："明天便是四月的头一天，愚人节。莫里森夫人，你一定会观察她是否收到了挂号信的，没错吧？"她凝视我的眼睛散发着些许光芒。她开始放声大笑，笑声有些尖，很符合老女人的笑声的特征。她一边笑着，一边说道："愚人节，她或许收不到信。"

我在她发笑的时候离开了。那笑声听上去和一只母鸡发出的打嗝声非常相像。

❧17❧

在按过那位老女人的隔壁，也就是弗洛里安夫人家的门铃，并敲过她的门后，依然没有人来给我开门。我再次敲了一遍，依然是同样的结果。纱门是开着的，于是我试探了一下入室门，发现它也是开着的，便走了进去。客厅还是原来的布置，我甚至还能闻到从前的味道。地板上没人。弗洛里安夫人昨天坐的摇椅旁的茶几上，依然放着那个不太干净的酒杯。收音机已经不再响了。我向沙发旁走去，摸了摸垫子的下面，发现那个见鬼的酒瓶还躺在那儿，只是又增加了一个。我叫喊了几下，没有收到任何答复，接着便模糊地听到一个呼吸的声音。那声音显得非常忧郁，并且夹杂着哼哼声。跨过拱门之后，我小心翼翼地向那个小走廊走去。哼哼声自那个开了一半的卧室门中传来。我将头探入门中，向里面瞧了瞧。

弗洛里安夫人就那么直直地躺在床上，被子盖着她脖子以下的所有部分。她的嘴差点就要含住一个起毛的被角。她的脸就如垂死的人的脸一般，又松又黄。她的头发又脏又乱，就那么随意地分散在枕头上。她缓缓睁开眼睛，麻木地盯着我。卧室里不但有睡眠和酒的味道，还有脏衣服的味道，非常令人作呕。一个价值六十九美分的闹钟，一直在那个外表已经非常破旧的灰白书桌上响着。它所发出的滴滴声实在够大的。她那张变了形的脸正映在闹钟上的那面镜子中。她翻过相片的衣箱还在原来的地方。

我说道："下午好，弗洛里安夫人，你是不是很难受？"

她轻轻动了一下嘴，抿了一下嘴唇，接着又用舌头润了润嘴唇，清了清嗓子，说道："你们逮住他了？"她的声音就像破旧的留声机所发出的声音。她的眼睛虽然恢复了一些神采，可是依然透着悲伤。

"那个驼鹿？"

"对。"

"还没逮住，不过，用不了多长时间了。"

她转了一下眼睛，接着又猛然睁开了眼睛。

我说道："他或许还会来，你应该把门锁住。"

"哈，你觉得我会怕驼鹿？"

"我昨天和你聊的时候，觉得你有些怕。"

她琢磨了一会儿，结果仿佛也没琢磨出什么，说道："带没带酒？"

"没带，我这段时间过得比较艰难。弗洛里安夫人，我今天没带任何酒。"

"买杜松子酒可花不了几个钱。"

"好吧，我待会就去买。你确实不害怕迈洛伊吗？"

"我为什么怕他？"

"哦，你不怕他，那你怕的是什么呢？"

没过多久，她的目光便又失去了神采，她说道："你还是走吧，你们这些警察给我带来了太多困扰。"我沉默地靠着门框，将一支香烟放入嘴里，接着用嘴唇狠狠地颠了一下香烟。香烟的那头甚至碰到了我的鼻子，这实际上是个高难度动作。她接着又说了起来，仿佛自言自语般地说道："他非常不错，不但有钱，还有朋友。警察根本就逮不住他，你们完全是在浪费时间。"我说道："这就是一般性的工作，仅仅是自我防卫。他有可能去什么地方？"她冷笑了一下，接着用被角擦了一下嘴，她说道："取悦，拍马屁，警察的脑袋可够灵活的。"我说道："我非常喜欢驼鹿。"这个话题引起了她的兴趣，她的目光可以反映出这点，她说道："你认识他？"

"他昨天杀那个黑人的时候，就是和我在一起的。"

她放声大笑，简直把脸都笑开了，自她眼内涌出的泪水已经流到了她的脸上。

我说道："一个非常魁梧的壮汉，不过，也有颗温柔的心。他很想找到他的维尔玛。"

她从容地说道："我还当是她的家人在找她呢。"

"他们也在找。不过，你表示什么都不在了，她已经离开了人世。她是在哪儿去世的？"

"达尔赫忒，就在德克萨斯州。她感冒了，接着她的肺部受到了感染。"

"你当时就在那儿。"

"自然不是，我是听别人说的。"

"好吧，弗洛里安夫人，你是听谁说的？"

"一个我记不起名字来的舞女。我可能会在一杯烈酒的刺激下想起来。我觉得自己就像陷入了死亡之谷中。"

我心中想着她看上去就如同一个死骡子一般，我当然没有将这种想法说出来。我说道："在买杜松子酒前，我还想问你一件事。我不知道因为什么就看到了你的房产证。"她半睁着眼睛，动也不动地在被子里躺着，简直和一个木头人没什么两样。尽管她没有眨眼皮，不过，依然在喘气。我说道："这里的房子的估价都非常低，可是这所被抵押给一个叫林赛·马里奥特的家伙的房子，却有个非常大的信托协议。"她依然没有挪动身子，不过，迅速地眨了一下眼睛。此时她的目光变得非常锐利，她最终说道："我以前是他的佣人，他对我非常不错。"我拿下嘴里的香烟，漫不经心地瞧了它一下之后，便又将它放入了烟盒之中。"马里奥特在我昨天刚刚见完你的几小时后，便打通了我办公室的电话，并且雇用了我。"

她用极为沙哑的声音说道："他让你做什么？"我耸了一下肩，说道："这是秘密，我不能说。我昨晚见到了他。"她用厚重的嗓音说道："你可真是个智商不低的痞子。"我没有说话,从容地看着她。她冷笑了一下,说道:"智商不低的警察。"我将一只手搭在门框上,觉得有些黏,我突然很想洗个澡,仅仅因为我的手碰了一下门框。我说道:"好吧,那就这样吧。我正在琢磨我来这儿是出于什么目的呢,或许仅仅是个巧合,什么也不为吧。可是,我又觉得的确存在着一些原因。"她直接地说道:"智商不低的警察,再说,也不算个警察,就是个艰难过活的侦探罢了。"我说道:"我也是这么认为的。好吧,弗洛里安夫人,再见。另外,我想提醒你明天不会再有挂号信寄来了。"

她将被子丢在一旁,她的目光正散发着怒火,右手握着一支闪光的小左轮手枪——那是银行家专用的手枪,它依然能够发挥作用,尽管看上去已经有些年月了。她大声说道:"说,快点说。"那支指着我的枪有些摇晃,我就那么看着它。她的手抖了起来,她的嘴边甚至流着口水,可是,她目光中的怒火依然没有退去。我说道:"我们可以和谐相处。"

门口和我之间的距离只有几英尺,我开始行动了。她的枪和她的下巴一起下落,我在枪还在下落的时候,跑出了敞开的卧室门,我向身后吼道:"仔细琢磨一下吧。"卧室里毫无动静。

以极快的速度穿过餐厅和走廊后,我自屋内跑了出来。我在走向外面的时候,觉得后背很不适,仿佛有枪正指着我,然而,一切都很正常。我顺着街道向我的车走去,接着便驾着车离开了。三月的最后一天真是够热的,简直和夏天没什么区别,我在驾车的时候,脱掉了外套。两个一脸忧郁的巡警,在第七十七街的警察局前的巡逻车边站着。进入大门之后,我看到有个警察正在扶手旁翻阅案件记录。

我向那人问道:"奴尔迪在不在楼上?"

"应该在,你是他的朋友吗?"

"嗯。"

"哦,好吧,上去吧。"

我上了楼梯,过了走廊之,来到了奴尔迪的办公室前。我敲了敲门,接着听到里面回了一声后，便进去了。奴尔迪将一只脚放在一把椅子上，自己正坐在另一把椅子上剔牙。他直直地朝前举着左胳膊，一脸凶相地瞧着左手的大拇指，仿佛那个大拇指有点儿不听使唤，我则觉得那是一个相当正常的大拇指。他将脚放在地毯上，收回左手，将其放在大腿上，然后将视线移到了我这边。他的外套是深灰色的。一个非常狼狈的雪茄头正躺在桌子上，等着他把它丢入烟灰缸中。

我取过另一张椅子上的坐垫，坐了下去。接着又取出一支烟，将它放入了嘴里。

奴尔迪一边瞧着他的牙签，一边说道："你。"

"怎么了？"

"迈洛伊这事不归我管了。"

"现在谁管它？"

"谁也不管，因为那家伙看到我们登在报纸上的通缉令后跑去了墨西哥。"

我说道："哦，不过，他没有犯多大的罪。"

他用他那双灰白的眼睛瞧了一下我的脸，说道："你依然对这件事很上心？我觉得你并没有放弃追查。"

"我昨天晚上接了一个生意，不过，没有完成任务。那个小丑的相片还在你这儿吗？"

他到处翻寻了一遍后，自笔记本下抽出了那张相片。我看了看她的脸，她看上去依然是那么迷人。我说道："这其实是我的。我打算将它拿回来，假如你没有将它存档的必要的话。"奴尔迪说道："我差不多把这件事给忘掉了。我认为应该将它存档。不过，你可以把它收起来。至于存档的事，就交给我吧。"我站起来，将相片放入胸前的口袋中，用满不在乎的口气说道："那就这样吧。"奴尔迪用冰冷的口气说道："我闻到的是什么味儿？"我将视线移向了他桌旁的一根绳子。他顺着我的视线瞧了过去。在将牙签丢到地上之后，他又用嘴含住了那个雪茄头。他说道："不是这两个。"

"仅仅是不清晰的直觉。假如事实如此，我会和你说一声。"

"伙计，事情可是相当的复杂，我得找个能够突破的地方。"

我说道："你这么勤奋，应该得到奖励。"

他点着一根火柴，看上去非常满意。奴尔迪在我出门的时候，忧郁地说道："我都想笑了。"

包括警察局大厅在内的整个大楼都非常安静。那两个巡警在我迈出大门的时候，依然瞧着巡逻车的挡泥板。我驾着车向我的办公室驶去。电话在我刚进入办公室时响了起来。我将身子俯在办公桌上，拿起电话说道："你好，哪位？"

"你是菲利普·马洛先生吗？"

"正是。"

"这儿是格雷夫人家，莱温·洛克里奇·格雷。格雷夫人打算在家里见你，假如你有空的话。"

"什么地方？"

"贝城埃思特路八百六十二号。我能否认为你会在一个小时内抵达？"

"你是不是格雷先生？"

"我当然不是先生，我是管家。"

我说道："假如你听到有人按门铃，那便是我。"

❦18❦

尽管这里距海边不是很远，却依然望不到海，倒是能领略弥漫在空气中的海的味道。埃思特路有一个非常长的慢转角，相当不错的房子遍布在内陆附近的路侧。超大豪宅就坐落在峡谷的附近，豪宅不但有铁质大门和十二英尺的院墙，还有十分漂亮的矮树篱笆。假如你能进入豪宅，便可以享受里面那既舒适又柔和的阳光。里面非常安静，身处其中，就如身处贵族的静音盒里似的。

一个男仆在半敞的大门旁站着。那男仆上身穿着深蓝色的俄罗斯短袍，下身穿着亮马裤和亮黑色的绑腿。他有着清秀的面容、宽阔的肩膀、黝黑的皮肤，以及光滑耀眼的头发。他头上的那顶时髦的帽子，恰好为他挡住了射向眼睛的阳光。他嘴里叼着一支烟，仿佛为了避开呼出来的烟一般，将头侧在了一边。他只有一只手戴着手套，那只没戴手套的手的中指上戴着一枚很大的戒指。我推断这儿就是八百六十二号，尽管我没看到门牌号，我将车子停在门口，将身子探出车外，向他打听了一下。他没有答复我，起初是好好地观察了一下我这个人和我那辆车，接着便将那只没戴手套的手放在身后，朝我走了过来。在距我的车还有几英尺远的地方停下来，他再次将我观察了一番。

我说道："格雷先生住在哪？我正在找他的家。"

"这里便是，不过，你不能进去。"

"我是受邀前来的。"

他点了一下头，说道："你是？"他的眼中闪着微弱的光芒。

"菲利普·马洛。"

他在回了句"稍等"后，便从容地向大门中的门卫亭走去。他拿起门卫亭的电话，简单地说了几句，然后就走了回来。

"你带证件了吗？"

我让他瞧了瞧转向柱上的证书。他说道："这不管用，我如何能够肯定你是这辆车的主人？"我拔了车钥匙，下了车之后，向他走过去。来到他面前时，甚至能嗅到他身上的味道，他最近这次喝的是黑格和黑格威士忌。

"你偷喝过酒？"我说。

他一边笑着，一边观察着我。我说道："听好了，你们的管家认识我的声音，让我给你们管家打个电话。你是让我跟在你后面过去，还是让我自个儿过去？"他礼貌地说道："我就是个员工，假如我不……"他还没把话说完，便又对我笑了起来。我拍了一下他的肩膀，说道："非常好，你是丹尼莫拉还是达特茅斯学院毕业的？"他说道："天啊，你干吗不早透露你是警察呢？"

我们看着对方笑了起来。他在我走入那个半开着的大门之后，向我挥了挥手。不管在屋内还是在屋外，都无法瞧见里面的车道，因为曲折的车道两侧有高大的树篱。我的视线穿过一扇绿门，看到一个日本园丁正在一块非常大的绿草坪上拔着杂草。草地上的草就像天鹅绒似的。那个园丁露出鄙夷的笑容，那神情正是日本园丁所独有的。再前面的地方还是树篱。除了树篱，我在面前一百尺之内，没有再看到任何其他的东西。我走到树篱的终点时，发现那里有个圆形的停车场，停车场内总共停了六辆车。一辆是没有开篷的敞篷跑车；一辆黑色轿车，有大的像自行车车轮一样的轮毂，而且带着镀镍的前进气格栅；一辆是小型跑车；两辆是最新上市的、极为好看的双色别克。停车场前是一条能够直接抵达房子旁边入口处的水泥路，非常宽阔。

在停车场的远处，左侧，有个下沉式花园，花园的四角都安置着喷泉。花园的入口有个铁质大门，门的中部嵌有正在飞行的丘比特。石椅的两侧都蹲有一个狮身鹰头雕像。灯杆上的雕像则都是半身的。花园的中央有个椭圆形的池塘，池塘内有睡莲，睡莲的叶子上蹲着一只青蛙，不管是睡莲还是青蛙都是用石头刻出来的。再远一点儿的地方是一条或许是通向祭坛的玫瑰柱廊，树篱虽然遍布于柱廊的两侧，却没有彻底遮住柱廊的内部，在阳光下映出斑驳的影子。左侧再远一点儿的地方是野趣园。有个日晷位于一处被设计得有些颓废的墙角。那里种满了各种各样的花，它们正竞相开放。至于房子，就是这么个情况。它的颜色在加利福尼亚州显得更灰一些，比白金汉宫更小一些。它的窗户没有克莱斯勒大厦的窗户那么多。

我小心翼翼地来到边门，按了按门铃。里面的铃声非常低沉，接近教堂的钟声。开门的是一个男人，穿着一件带着金色纽扣的条纹上衣。他对我鞠了一个躬，将我的帽子拿了过去，他每天的工作就是如此。有个男人就在他身后的暗处站着。那男人穿着一件带着燕子领的黑上衣，系着一条灰色的条纹领带，他下身的那件条纹裤非常整齐，他将头向前探了探，说道："马洛先生？请！"

我们走入了一条静到连苍蝇声都听不到的走廊。走廊的两侧挂满了油画，走廊的地板上铺着东方地毯。在墙角那里，我们转入了另一条走廊。自落地窗能够看到远处有一片大海，我猛然想起自己就在太平洋边上，那里便是太平洋的海面。如此一来，这所房子便是坐落在峡谷的边界了。

我们来到了一扇门前，管家缓缓地打开门之后便站在了一侧。接着，我走进了门里。这间屋子的布置可说相当的奢侈：地面虽然又光又亮，却一点儿也不滑，上面铺有一小块地毯，那地毯看上去非常旧，简直赶上伊索的姑妈的年纪了，然而却薄得像丝绸似的；壁炉前是淡黄色的皮质大沙发和躺椅；屋内的一个角落和一张矮边几上都有一束正在开放的鲜花；墙的颜色接近暗羊皮纸的色泽；这是一个融合了古典和现代优势的，既宽敞又舒适的屋子。坐在屋内的三个人看到我进门后，便一下子不说话了。三个人中有个是安·蕾奥丹，她还是我上午见过的那个样子，只不过她的手里多了一个里面装有琥珀色饮料的杯子。还有一个是个男人，他有着僵硬的下巴、深陷的眼睛、又高又瘦的身材，以及一张无比悲伤且毫无血色的暗黄的脸。他穿着一件黑西装，胸前插着一支红色的康乃馨，看上去很有礼貌。他的年龄大概六十岁或六十岁出头。

最后一个就是那位金发女郎。我没有认真观察她穿的那件不太鲜艳的又蓝又绿的衣服，他们一定会找最优秀的裁缝为她们量身打造最好的衣服，她那双蓝眼睛在她那件衣服的映衬下显得更蓝了，那件衣服也让她看上去更有青春活力。她的身材简直到了完美无瑕的地步。她的衣服并不复杂，仅仅在喉咙那儿有个钻石扣子。她将指甲涂成了洋红色。她有一双非常好看且不是很小的手。她的嘴相当丰满，她向我轻松地微笑了一下，然而我却看到一阵沉思自她眼中划过。她说道："马洛先生，你能来实在是我的荣幸。这是我的丈夫，亲爱的，帮我为马洛先生调杯酒。"

格雷先生的眼中满是悲伤，他握了握我的手，我发觉他的手不但有些湿，还很凉。他为我调了一杯苏格兰威士忌和苏打混起来的酒，将酒递给我之后，格雷先生便在一个角落中坐了下去，并且一直保持沉默。我饮了半杯酒，向蕾奥丹小姐笑了笑。她仿佛发现了新线索似的正满不在乎地看着我。金发女郎一边瞧着酒杯，一边轻轻说道："你什么都能帮我们做吗？如果能的话，我实在不知道怎么表示感谢。相比再和那些恐怖的抢劫犯打交道，这完全就是很小的损失。"

我说道："我其实并不是很清楚这件事。"

"我真期待你能帮忙。"她又向我笑了一下，我感到浑身不自在。

喝完剩余的酒后，我开始冷静下来。大皮沙发扶手旁有个铃绳，格雷夫人摇了下那个铃绳，一个仆人走了过来。格雷夫人用手指了指那个托盘，仆人观察了一下四周，发现蕾奥丹小姐依然端着刚才的那杯酒，于是调了两杯酒，接着便出去了。格雷先生很明显是不饮酒的。

格雷夫人看上去有些无所谓，她交叉着两腿，和我都端起了各自的酒。我说道："我甚至不敢相信自己的办事能力。我们从哪儿着手呢？"她再次对我笑了笑，说道："我认为你能行。林赛·马里奥特信任你到什么程度？"蕾奥丹小姐在那儿坐着，一直瞧着别处，因此，她并没注意到格雷夫人向她瞥了一眼。格雷夫人一边看着她的丈夫，一边说道："亲爱的，你还打算将精力放在这件事上吗？"格雷先生站起身来，说道："马洛先生，很高兴见到你，不过，我有些不适，想去休息一会儿，非常抱歉。"

他太有礼了，为了表示我的敬佩之心，我甚至想扶着他出去。他离开后，像是担心吵醒什么似的，将门轻轻地关上了。格雷夫人凝视了一会儿门口后，便将视线移到了我身上，她的脸上依然带着笑容。

"对于蕾奥丹小姐，你应该充分地信任吧。"

"格雷夫人，蕾奥丹小姐只是恰巧清楚这起事件。我不会彻底相信任何人。"

"哦。"她先饮了几小口酒，接着便一饮而尽，然后放下了酒杯。她忽然说道："抛弃这种客客气气的饮酒方式吧。我们谈谈闲话。在你们这个职业中，你可算是个罕见的帅哥。"我说道："这是挺费劲儿的职业。"

"我说的不是这个。你能挣很多钱吗？我是不是有些放肆？"

"不但挣不了几个钱，而且还很耗费心力。不过，有时候也挺有意思的，偶尔还能撞见大案。"

"我想多了解一些你的情况，不知道你介不介意。你是如何成为私人侦探的？我拿不到酒，可不可以往前推一下桌子？"

那是一个小桌子，上面放着大银托盘，我站起身来，将它自光亮的地板上向她那边推去。我说道："我之前在地方检察院上过班，不过后来被开除了。我们这行里面的大部分人之前都干过警察。"

她笑了一下，笑得极为动人，说道："一定不是因为你办事不力，我非常肯定。"

"不是，是吵架。他们又和你通过电话吗？"

她"嗯"了一声，便将视线移到了安·蕾奥丹的身上，并等着她的反应。安·蕾奥丹手拿那个里面装满了酒的酒杯站了起来。接着她将酒杯放在了托盘中，说道："你们肯定要聊上一段时间，假如事情的确是这样的话，格雷夫人，你能抽时间和我谈话实在是我的荣幸，我承诺一定不会将我们所谈的内容记录下来。"格雷夫人笑着说道："哦！天啊！你是不是打算走了？"

安·蕾奥丹沉默了片刻，她就那么咬着嘴唇，仿佛在琢磨是该将它伸出来，还是该将它咬下来，或者就那么咬着。"不好意思，我得离开了。我仅仅是马洛先生的朋友，而不是他的助手，你清楚这一点。格雷夫人，再见。"金发女郎对她笑着说道："我这儿随时都欢迎你。"接着便按响了两次铃。这回进来的是管家，他开了门，以很快的速度离开后，安·蕾奥丹关上了门。格雷夫人在门关上了很长一段时间之后，依然朝着门微笑着。又过了一段时间之后，她说道："这样比较好点儿，你是怎么认为的？"

我点了一下头，说道："你或许在想假如她仅仅是我的朋友的话，怎么能了解这么多情况呢？她是个好奇心非常重的女孩儿。她完全凭借自己的力量查出了翡翠项链的主人——你的情况，以及许多其他的信息。至于另外一些实情，则恰巧在她了解的范围之内。她昨晚驾着车闲逛的时候，刚好看到了那片平地上有光，于是就去看了看，接着就很自然地了解了马里奥特于昨晚被害的事。"格雷夫人拿起一杯酒，做了个鬼脸，然后说道："原来是这样。这实在是件让人胆战心惊的事情。不幸的林赛原本就非常可耻，他的朋友自然也不例外。不过他就这么死去依然有些恐怖。"她打了一个寒战，并且睁大了那双有些无神的眼睛。我说道："蕾奥丹小姐的父亲之前在贝城的警察局长任上干了很多年，因此无须担心她，她一定会守口如瓶的。"

"嗯，她和我说过，你不喝酒吗？"

"我正在喝'一种别的酒'。"

"我们肯定能好好相处。林赛·马里奥特和你说过抢劫的过程吗？"

"他说在从这里到卡德罗的路上有三四个抢劫犯。他说的并不是很清楚。"

她的头发闪着金光，点了一下头，说道："没错，好笑的是，之后他们将一个非常不错的戒指还给了我们。"

"他和我提过这件事。"

"不过，我很少戴那串项链，那些翡翠再怎么说也是古董，非常罕见。可惜，它被那帮抢劫犯给抢去了。我想他们甚至还不清楚它值多少钱呢。你怎么看？"

"假如他们清楚的话，应该明白你不会戴它。清楚它值多少钱的都是些什么人？"

她依然有些不在乎地交叉着双腿，只不过，她现在正在沉思，就这么看着她思考实在是件令人愉悦的事。

"我觉得很多人都知道它值多少钱。"

"不过，他们应该不清楚你会在那天晚上戴着它。清楚这件事的都有哪些人？"

"我的女仆。不过，她可有很多偷它的机会。再说，我肯定她一定不会有这个心思。"

"为什么会这么想？"

"我也不是很清楚。在选择是否信任一个人的时候，我完全是凭借直觉的。我对你同样怀着信任的态度。"

"你是否信任马里奥特？"

她的神情变得严肃起来，她的目光也带着些许防范，她说道："这得分时候，我不会在每件事情上都信任他。"她不但非常冷静，也非常会说话，她用词准确，恰到火候。

"那好，我们排除女仆，司机会不会？"

她摇了下头，说道："那天是星期四吧？我想乔治没有来。再说，那晚是林赛开的车，并且是开的他自己的车。"

"我不清楚。马里奥特说那是四五天前的事。假如是星期四的话，那就和昨晚刚好隔了一个礼拜。"

"没错，一定是星期四。"她的手在拿我的酒杯的时候，触到了我的手，柔软极了。她又说道："乔治星期四不上班。"在为我倒了杯苏格兰威士忌后，她又向里面喷了些苏打水。她也为自己调了一杯这样的酒，这是一种会让你在冲动的状态下不停去喝的酒。她的目光依然带着些许防范，她柔声说道："林赛和你提过我的名字吗？"

"他很谨慎，没和我提过。"

"哦，那他也可能没告诉你正确的时间。我们来梳理一下，我们现在排除了女仆和司机，我的意思是我们现在排除了内部可能的涉案人员。"

"不过，我并没有将他们排除在我的名单之外。"

她笑了起来，说道："好吧，我起码在尝试。接下来是管家牛顿，他那晚或许看到我戴那串项链了。可是，我那晚穿着那件白色的狐皮披肩，并且项链垂得非常低，因此，我推断他没有看到。"

我说道："你看上去像在做梦，我敢打赌。"

"你是不是有些醉意？"

"我一点儿都没醉。"她将头向后仰去，并笑了起来，笑声十分迷人。到目前为止，我见过的在这种情况下看上去依然漂亮的女人只有四个，她便是其中之一。我说道："不会是牛顿，我推断他不会和痞子打交道。不过，这仅仅是推断。会不会是那个仆人呢？"她琢磨了一会儿，摇了一下头，说道："他那天没有看到我。"

"是否有人指定让你那天戴那串项链？"

她目光中的防范变得强烈起来，说道："你不是在开我的玩笑吧？"

我酒杯中的酒还有一寸高，不过，她又将它蓄满了。我并没有拦她，而是品味着她颈上那好看的线条。我在她蓄满酒杯后，再次和她一边喝酒一边谈了起来。我说道："在我做出分析之前，先让我们好好了解一下那晚的情况。说说吧。"

她拉起袖子，看了看手表，说道："我得去……"

"让他等着吧。"

她目光一闪，我不禁为之心动。她说道："这太直接了。"

"就我的职业而言，这没什么。你是打算谈谈那晚的事，还是将我赶出去，选一个吧，动动你那迷人的头脑。"

"你坐到我这儿来比较好一些。"

我说道："我早就期待这样了，说得更准确点儿就是，我在你交叉双腿的时候，就有这个心思了。"她向下拉了拉衣服，说道："这衣服真见鬼，老是向上缩。"我在她身边坐了下来，就坐在那个黄色的皮质大沙发上。她低声说道："你办起事来非常敏捷吧？"我保持着沉默。她一边斜看着我，一边说道："你常常做这种事吗？"

"可以说从来就没这么做过。"

"你太忙？"

我说道："让我们专心点儿，谈谈我们此刻所盘算的，或者说谈谈我在想的一个问题，你打算给我多少钱？"

"哦，我还以为是你打算帮我找回项链的事，或者起码在这件事上用点儿心，原来是这个问题。"

我说道："在工作的时候，我只能按自己的套路来，就是这种套路。"我一口气喝完了杯子里的酒。杯子几乎立了起来，我甚至还吞了一些空气。

我又说道："我还得查一件案子，一件谋杀案。"

"那可和这无关，我的意思是负责那件案子的是警察，没错吧？"

"没错，仅仅是一个不幸的家伙花一百块雇佣我做他的保镖，可惜我没有尽责。我为此惭愧极了，都想大哭一场。我能不能哭一下？"

她又倒了两杯苏格兰威士忌，说道："喝一杯。"我觉得她喝这酒就像喝胡佛水坝的水一般毫无感觉。为了不让酒洒出来，我尽可能地拿稳酒杯，说道："行了，我们刚刚说到哪了？女仆、司机、管家以及仆人都不是，那我们接下来就说说私事。你们是怎么遇上抢劫的，我或许能从你这儿了解一些马里奥特没有向我透露的内容。"她的神情变得严肃起来。她将身体向前倾了倾，用手撑着下巴，"我先和林赛去布赖伍德山参加了一个聚会。之后林赛又建议去卡德罗喝杯酒并跳个舞。我们在去卡德罗的时候，正碰上日落大道尘土飞扬的施工场面。于是林赛返回的时候选择走圣塔莫尼卡大道。我在回来的路上无意中看到了一个叫依迪奥的破旧旅馆。有个啤酒吧位于旅馆的对角处,酒吧前停着一辆车。"

"酒吧前就停了一辆车吗?"

"没错,只有一辆,那地方非常破。那辆车发动之后,一直尾随着我们。我那时完全没有将这件事放在心上,再说,我干吗要把这件事放在心上呢!林赛在我们就要从圣塔莫尼卡大道转上安古洛大道时,表示要走另外一条路,然后就将车子转到了一条住宅区的街道上,那是条有些曲折的路。没过多长时间,就有一辆车忽然跑到了我们的前面,那辆车碰了一下我们车的挡泥板,于是停了下来。一个男的接着便过来向我们赔礼。那男的穿着风衣,围着好几圈围巾,他头上的帽子都快遮住脸了,因此,我没有瞧见他的脸。我甚至什么都没瞧见,只知道他有着又高又瘦的身材。我当时就有些害怕。我后来才回忆起他没有踏入车前被灯照亮的地方。"

"那是一定的,他们可不想让你记住他们的模样。再喝一杯吧,这次是我敬你的。"

她将身子向前倾了倾,皱起了那两条没有描画的眉,接着就陷入了沉思。她在我调了两杯酒后,说道:"他在靠近林赛的时候,向上拉了一下围巾,只将两只眼睛露在了外面。他一边用一把闪着光的手枪指着我们,一边说道:'为了各自的方便,还是保持安静比较好。'另一个人片刻之后便自其他地方向我们走来。"

我说道:"那里是比弗利山庄。那四平方英里是加利福尼亚警备力量最集中的地方。"她耸了一下肩,说道:"可惜依然出现了那样的事。站在我身旁的那个人一直保持沉默,戴着围巾的那个人则让我交出皮包和珠宝。于是我将皮包和珠宝交给了那个站在林赛身旁的人。将皮包和戒指还给我的也是那个人。他说他们想和我们做个买卖,不让我们急着去找警察或保险公司。他冷静极了,他甚至表示他们能把这桩买卖做到保险公司那儿。不过,他们并不打算这么做,因为如果他们这么做的话,就需要付给律师一笔钱。他应该是那种受过一定教育的人,这可以从他的言谈上看出来。"

我说道:"这可真像是埃迪干的,只是那家伙已经葬身在芝加哥了。"她又耸了一下肩,并在我们喝了一杯后,说道:"之后他们就离开了。我们也返回了家中。我没有让林赛把这件事透露出去。我一共有两部电话,一部是转接,一部是直接,那部直接的就在我的卧室里。直接电话的号码自然没有记在电话簿上。有人在第二天打通了我那部直接电话。"我点了一下头,说道:"他们只需花几块钱就能得到一个号码。他们常常这么干。某些影星一个月就要换一次电话号码。"我们又喝起了酒。

"我让对方去和林赛聊这件事,并表示林赛能替我拿主意。假如他们没有提出无理的要求,我们就会按他们的要求做。对方接受了这个提议。我推断他们自那时起就一直有意拖着,目的是想看看我们如何应对。我们最后谈妥了赎金,是八千块,这个你也很清楚。"

"你可以认出他们吗?"

"自然认不出来。"

"兰德尔了解这些情况吗?"

她再次朝我笑了起来,说道:"是的,他了解。这件事给我造成了太多的困扰,我们还要接着聊它吗?"

"他评价什么没有?"

她打了个哈欠,说道:"或许有吧,不过,我不记得了。"

我在那儿坐着,一边拿着空酒杯,一边陷入了沉思。她拿走我的酒杯,接着又倒满了它。我自她手中拿过酒杯,又用左手将它拿住,接着用右手抓住了她的左手。她的手又暖又滑,并且非常柔软,我感觉舒服极了,她用力握住了我的手,她可不是一朵纸花,而是一个身体结实的美人儿。她说道:"我觉得他有自己的观点,不过他没有将它说出来。"我说道:"不管是谁,在这件事上都有自己的观点。"她将头缓缓转过来,看了看我,又点了一下头,说道:"你不会遗漏这些吧?"

"你们认识多长时间了?"

"很多年了，他之前是我丈夫的 KFDK 电台的播音员。我在那里认识了我丈夫，也认识了他。"

"这个我清楚。不过，马里奥特似乎挺富裕，他虽然不是个超级富豪，却有大把的钱。"

"他继承了一部分财产后便不再去电台上班了。"

"他继承了一部分财产？这是事实还是他告诉你的？"

她耸了一下肩，又用力握了一下我的手。我也握了握她的手，说道："那笔财产可能没有多少，再说，他花钱一向很大方。他借过你的钱吗？"她看着被我握住的手，说道："你是不是还挺传统的？"

"我还在工作。你的苏格兰威士忌真不错，我都有点儿醉意了。"

她将手自我手里抽了出来，并揉了一会儿，说道："不错。假如你有闲暇的话，就练练手劲儿吧。林赛·马里奥特显然是个吃软饭的。他在敲竹杠这方面可是一流的。"

"你有什么不好的事被他知道了？"

"我不知道应不应该告诉你这个。"

"这或许有些傻。"

她笑着说道："无论如何，我都决定告诉你。有次我喝醉之后，在他家里睡着了。他脱了我的衣服，并拍了很多照片。"我说道："真是个杂碎。你得到那些照片没？"她用手拍了拍我的手腕，柔声说道："你的名字是什么？"

"菲利普，你呢？"

"海伦。吻我。"

她轻轻地躺在我的大腿上，我开始低头亲她的脸。她一边眨着眼睫毛，一边亲我的脸。她从那洁白的牙齿中将舌头伸了出来。那舌头就如蛇一般。她的嘴唇稍稍张开着，在我就要吻到她的嘴唇的时候，门开了。格雷先生不声不响地来到了屋里。我当时还来不及放开她。我抬头向格雷先生看了看，觉得自己就如芬尼根被埋葬时那样手脚冰冷。我怀中的金发女郎依然静静地躺着，她甚至没有闭上那稍稍张开的嘴唇。她脸上的表情像是在做梦，又像是在嘲讽。格雷先生稍稍清了清嗓子，说道："实在抱歉。"接着便又不声不响地向屋外走去。他眼里尽是悲伤。我推开了她，站了起来，并用手帕擦了擦脸。她依然在沙发上半躺着。一只长袜的上方是裸露的肌肤。她用模糊的语气说道："刚刚进来的是谁？"

"格雷先生。"

"别理他。"

我走过她身边，在刚刚的那把椅子上坐了下来。她在片刻之后也坐了起来，并一动不动地瞧着我。

"没事，他能理解，他还打算怎么样？"

"我觉得他看到了。"

"我都和你说过了，没事的。还要怎么样？他是个病人，最终会……"

"别用这么大的嗓门说话，我讨厌这样的女人。"

她自身旁的包内取出一个小手帕，用它擦了擦嘴，接着又取出镜子照了几下。她说道："你说的没错，我们喝了不少酒。今晚十点钟在观景楼俱乐部见。"她说话的时候没有看我，并且一直在急促地呼吸着。

"那是个很好的地方吗？"

"那里的老板是莱尔德·布鲁纳特。我和他非常熟。"

我回了一声"好"。我依然感到非常冷，并且有些想吐。我觉得自己就像窃取了穷人的钱似的。她又取出一支唇膏，并轻轻地涂了起来。在涂嘴唇的时候，她一直用逼人的目光看着我。接着她向我丢来镜子。我接住镜子，并用它照了照脸，然后便走过去将镜子还给了她。她靠在沙发上，用懒洋洋的目光看着我。她喉咙的所有部分都映入了我的视线。

"怎么了？"

"没事，十点钟在观景楼俱乐部见。穿得简单点儿。我可就一件晚礼服。在酒吧见？"

她点了一下头，她的目光依然是懒洋洋的。我决绝地向屋外走去。走廊上，那个仆人为我拿回了帽子。他的脸上没有任何表情，简直和大石像没什么两样。

❧19❧

我顺着那条曲折的车道向下，朝着大门的方向走去，并最终隐没在那些高大的、被修剪的非常齐整的树篱中。此刻站在门岗旁的是个穿着普通衣服的壮汉，看上去明显是个门卫。他在我离开的时候朝我点了点头。

我听到一声汽车的喇叭声后转过头，发现身后便是蕾奥丹小姐的车。我来到她面前，瞧了瞧她，发觉她的神情不但非常冷漠而且充满了嘲讽。她在驾驶座上坐着，将那双纤小的、戴着手套的手放在方向盘上。她对我笑了笑，说道："我正在等你。我明白那件事与我无关，她在你眼中是怎样的人？"

"我推断她的腰带一定不是很紧。"

她的脸一下子就红了起来，生气地说道："你怎么常常用这种口气说话。在某些时候，我非常讨厌男人，年轻的小伙、男歌星、狡猾的富翁、足球健将、小白脸，还有私人侦探，都十分讨厌。"我一边用忧郁的眼神看着她，一边说道："有时，我的话会让人难堪，此刻更是，这些我心里都清楚，不过，你是从谁那里得知他是小白脸的？"

"你说的是哪个人？"

"别装了，就是马里奥特。"

"哦，这可是个非常靠谱的推断。不好意思，我没有说那是可耻的。我觉得你能够毫不费劲地脱下她的衣服。不过，你是在吃别人剩下的，这点毫无疑问。"

阳光下，这条既曲折又宽阔的大道好似正在打盹儿。一辆被仔细喷绘过的小货柜车悄悄地驶到路那边的房子前，又向后倒了倒，接着便穿过侧门，驶向了里面。车的一面喷有"贝城婴儿服务"这几个字。

安·蕾奥丹将身子向我这儿倾了倾。悲伤和惆怅弥漫在她那双淡蓝色的眼睛里。她起初轻轻地噘了一下嘴，接着又咬了咬嘴唇。她一边急促地喘着气，一边用不太高的尖声说道："我觉得我帮不上什么忙。你是不是也不希望我插手这件事？你也不希望自己在想出办法前生出个人主观判断？"

"我无法为格雷夫人提供任何帮助，也完全不需要别人的帮助。警察根本就不在乎我的看法。格雷夫人表示他们是被一辆停在酒吧前的车跟上了。这意味着那不是一起普通的抢劫案。一定是内部的某个人在看到格雷夫人戴了翡翠项链后，将情况透露了出去。"

"假如他没透露出去呢？"

我说道："假如他透露出去了呢？"我自口袋中掏出一支烟，说道："不管是哪种情况，我都没发现任何蛛丝马迹。"

"在心理这方面呢？"

我眼前的世界一下子变得朦胧起来。我说道："心理方面？"她从容地说道："天啊，我还当你是个侦探呢。"我说道："我们没有聊这方面的事情。我有必要变得谨慎起来。格雷先生可是个富豪，而且这是个能用钱摆布法律的地方。回忆一下警察在这起案子中所干的那些可笑的事情吧。他们没有登报，没有宣传，没有牵入鲁莽的陌生人。另外，他们还忽视了那些关键的线索。他们仅仅让我守口如瓶，不要干预此事，虽然我本来就不想搭理这件事。"安·蕾奥丹说道："你几乎擦掉了所有的口红。我谈的是心理学。不管怎样，能够认识你依然是件值得高兴的事。好了，再见。"她启动汽车，踩了踩油门，然后便在飞扬的尘土中消失不见。我就那么看着她远去。

她离去之后，我又向路那边看了看。那辆上面喷有"贝城婴儿服务"的小货柜车的司机，是个穿着又亮又整齐的白制服的家伙。他的外表看上去的确非常干净。在将一个装着东西的纸箱放上车之后，他便驾着车离去了。我推断他仅仅是因为换尿布这样的事才来的。

我回到车上，看了看表，就要五点了，接着便发动了汽车。那的确是很不错的苏格兰威士忌，我在它的伴随下返回了好莱坞大道。我正在等红灯。我在车里向自己大声吼道："那个女孩儿真是迷人。不管是谁，只要是男人，就会喜欢上她。"没人回应。我又说道："不过，我就不喜欢。"还是没人回应。我又说道："今晚十点在观景楼见。"这次有人回了一句，那家伙说道："呸。"我觉得那声音听上去就是我发出来的。

回到办公室的时候，已经是五点四十五分了。隔壁的打字机依然在发出啪嗒声，然而，整个大楼却显得极为安静。我在椅子上坐下，点着烟斗，开始等待。

❧ 20 ❧

一种熏人的味道笼罩着那个印第安人。门铃响了之后，我前去开门，他那股味道在我还没瞧见是谁的时候，就穿过小接待室的门，涌入了我的鼻子。他有着魁梧的身材，看上去很像一个乞丐。他就如一尊青铜雕像般在走廊的门旁站着。他穿着一件棕色的西装。不过，他的衣服裤腰非常瘦，上衣的肩膀也非常窄。就他的头而言，他那顶被汗水浸满了的帽子起码小两个号。他戴着那顶帽子就如一所屋子顶了一个风向标似的。那帽子看上去仿佛是被自己先前的主人盖在他头上似的。他的衣领不但很像马项圈，而且有着马项圈那样污秽的棕色。衣服的外面垂着一条领带。领带结就如用钳子夹出的豌豆那么大。还有一条非常显眼的黑丝带缠着他的喉咙，那黑丝带就在污秽的衣领上，好像一个老妇人极力为脖子部分做的点缀。他有着又高又挺的鼻子、下垂的脸颊骨、又宽又扁的脸、差不多没有眼皮的眼睛、如铁匠般的肩膀，以及两条看上去又短又笨拙并且如黑猩猩般的腿。后来我了解到那双腿虽然很短，却非常敏捷。假如他穿上一件白色的长袍，并略微装扮一下的话，完全就是个卑鄙的罗马参议员。他身上的那种味道并不是城市中的那种让人难以忍受的味道，而是那种原始人的味道。

他说道："嗨，赶紧走吧。"

我返回办公室，用食指朝他勾了一下。他就如那些在墙上爬的苍蝇一般过来了，没有发出一点声响。我在椅子上坐了下去，并且用非常专业的动作转了一下椅子，接着又向那把位于办公桌对面的椅子指了指。他没坐下。他有着非常小也非常黑的眼睛，那眼睛此刻正蕴含着敌意。

我说道："去什么地方？"

"嘿，我是好莱坞的印第安人，名叫普兰丁二世。"

"普兰丁先生，坐下来吧。"

他的鼻孔非常大，简直可以媲美老鼠洞。他张大鼻孔，呼了一下。

"我并不是什么普兰丁先生，而是普兰丁二世。"

"有什么可以帮上忙的吗？"

他提高声调，说道："'总统'说抓紧时间回去，他让我如同火箭般带着你回去。他表示——"我说道："别说了，我可不是学校的女老师，别再用那些儿童黑话和我说话。"印第安人说道："疯子。"我们在接下来的很长一段时间内，就那么隔着办公桌数落对方。可惜，我在这一领域比不上他。随后他脱下帽子，并将它翻了过来。用一个手指沿着防汗圈摸了一圈后，他取出了防汗圈，接着又自帽檐处拨开一个回形针，自里面取出一个纸包，并将它丢在了桌上。他那顶帽子把他的头发勒出了一个圈。他愤怒地用手指着那个纸包。他肯定用牙咬过指甲，并且咬了无数次。我将纸包打开后，发现里面是一张我熟悉至极的名片，那名片与那三根俄罗斯香烟的过滤嘴中的名片没有任何不同。我一边盯着他，一边用手玩弄着烟斗。我打算用自己的眼光降服他。不过，他没有任何反应，简直就如一面砖墙。

"他打算做什么？"

"他想让你像火箭般迅速过去。"

我说道："疯子。"他缓缓闭上嘴，将一只眼冷漠地眨了眨，接着又几乎笑了起来。"另外，作为雇佣我的定金，他还得支付我一百块。"我竭尽所能地让他觉得一百块在我眼中和五美分没什么区别。他用疑惑的口气说道："什么？"我一边用手做了一个一百的手势，一边说道："一百块，如果付不起的话，那就不要再打搅我了，懂了吗？"印第安人冷笑了一下，说道："哈哈，厉害的角色。"用那只不太干净的手翻了一会儿帽子后，他又将一个纸包丢在了办公桌上。我拿过纸包，将它打开，发现里面是一张一百块的钞票，而且是新的。印第安人在没有弄帽带的情况下，就直接将帽子戴在了头上。这么一来，他那副模样看上去就更好笑了。我坐在那儿一边把嘴张的老大，一边盯着那张钞票。我说道："心理医生的看法没错，智商这么高的人让我心生恐惧。"印第安人说道："快点走吧。"

我自抽屉中取出一把点三八口径的柯尔特自动手枪。在去见莱温·洛克里奇·格雷夫人的时候，我并没带它。我脱去外套，戴上皮枪套，把枪塞入枪套，然后又穿上了外套。印第安人就那么漫不经心地看着我做完了这些事。他说道："坐我的那辆大车。"我说道："我想开我的车，我对大车已经没什么好感了。"印第安人用威胁的口气说道："坐我的车。"我说道："那就坐你的车。"

将办公桌和办公室的锁都锁上后，我关了门铃。就像平时一样，我没有锁接待室的门。走完走廊后，我们又下了电梯。就连电梯工人都闻到了印第安人身上的味道，那味道可真够重的。

～ 21 ～

　　车子停在消火栓旁。那是一辆定制车，是七座的帕卡德，有着深蓝色的车身，并且是最新款，里面装饰着灰色的绒布。坐这种车有必要戴上珍珠项链。坐在车上的是个看上去不像美国人的司机，有着一身黝黑的皮肤和一张冷漠的脸。印第安人让我坐在后座。我就如一个被"好闻"的殡仪员任意安排的高级尸体般，孤单地在那儿坐着。印第安人在副驾驶座坐着。车子在路中间转了个头。一个站在街旁的警察轻轻地喊了声"嘿"后，便马上俯身系起了鞋带。他那声"嘿"喊的似乎非常假。

　　我们顺着日落大道向西快速且安静地奔驰着。我偶尔还能闻到那个印第安人的味道，他就在司机旁边静静地坐着。尽管司机看上去像是在打瞌睡，却很容易地就超过了那些速度非常快的敞篷跑车。我所坐的这辆车像拉着后面的车向前飞驰一般。一路上，司机遇到的都是绿灯。某些司机有时也能碰到这种情况，不过，他一路上都是如此。我们顺着曲折的道路继续奔驰着，路过了很多地方，有被古锡和花边贴满了的橱窗；有上面写着影星名字的古玩店；有豪华的现代住宅区，好莱坞皮条客可以在那里揽到无数客人；有格鲁吉亚殖民区的那些老旧建筑；有紫色帮会经营的、里面配备着有名的厨师和同样有名的赌博室的新夜总会。还有一家汽车餐厅，实际上可以说是一家独立的餐厅。餐厅里，女孩儿们戴着鼓乐队队长帽，穿着丝质的白色军上衣。不过，她们的下半身则只穿着那种士兵穿的、戴有穗子的亮长靴。路过这些地方之后，我们又路过了比弗利山庄那非常宽的慢弯路。北面的山隐约可见，豪宅在其中若隐若现。南面有一片绚丽的灯光区，在没有起雾的黄昏时分清晰可现。

过了比弗利山庄之后，我们向一条山路驶去。海上吹来一阵晚风，我觉得有点儿冷。

这片地方的热气此刻已经飘走了，下午的时候，它还非常的暖和。附近的豪宅一片明亮，远一点的建筑也亮着灯光。我们以极快的速度路过了这些地方。前进的途中，我们还路过了一个非常大的绿色马球场，以及它旁边和它差不多大的练习场。接着我们又驶向了上方，路过了一片有钱人种下的不出产橙子的橙林。前方的路开始变窄，我们也渐渐看不到那些明亮的豪宅了。斯蒂尔伍德海斯就是这儿了。

一阵青草的味道自峡谷那边飘了过来，让我回忆起那个伸手不见五指的夜晚和那个死去的家伙。开始路上还能见到房子，它们就像浮雕般凌乱地嵌在山的另一侧。接下来除了漆黑的山麓和点点星光之外，就什么也看不见了。如同绸带般的水泥路的一侧是山坡，山坡旁有几株如同不想睡觉的、调皮的孩童一般的野花；另一侧是险峻的山谷，那边杂乱地分布着一些橡树和常绿灌木。假如你在那儿停下来仔细等待，就能听到鹌鹑的叫声。此时路的前方出现了一个急转弯。碾过不牢固的石头之后，车子继续顺着上坡路前进。路旁长着野生的天竺葵。我们能在路的最上方看到隐约的灯光。那是一座如同一个鹰巢或一个寂寞的灯塔似的城堡，它就位于山顶之上。这是一栋还能让人看得下去的、带着尖角的房子。它融合了古典及现代的风格，由玻璃砖和灰泥建造而成。概括来说，这是一处开心理咨询所的理想之地。在这儿，你不管怎么喊话都不会收到任何回应。

非常厚重的墙里有扇黑门。门上的灯在汽车抵达房子时亮了起来。那个司机用电子打火机点着了一支烟，我随后便闻到一股难闻的烟味。那个印第安人一边嘀咕着一边下了车，然后打开了后车门。我接着也下了车。我们向黑门走去，接着那门就自己开了，里面是条不太宽的走廊，玻璃砖墙在闪着光。那个印第安人喊道："嗨，厉害的角色，进去吧。"

"普兰丁先生，还是你先进去吧。"

于是他一脸严肃地向里走去。那扇门在我们进去后，又如它自己开了的时候一样不声不响且非常怪异地自己关上了。我们在那条不太宽的走廊的终点进了一个小电梯。关上门之后，那个印第安人按了下按钮，电梯便载着我们缓缓向上升去。我此刻嗅到的印第安人身上的味道不知道比之前嗅到的要真切多少倍。

迈出电梯之后，我们走入了塔楼中。塔楼的四周都设有窗户，此刻正开着灯。我在这儿依稀能看到远方那闪着波光的海面，以及黄昏下的天际。所有的山此刻都正渐渐隐没于黑暗之中。这儿的地上铺着颜色很淡的老式波斯地毯，墙上都镶着嵌板。除此之外，这里还放着一张接待桌，桌子被用心地雕刻过，仿佛是自古老的教堂中偷来的。一个女人在桌子后面坐着，她此刻正用一种毫无感情的、仿佛一碰就会变成粉末的笑看着我。她有着光滑卷曲的头发，以及带点儿亚洲特征的、既瘦且黑的脸。她的手指戴着若干个大戒指，其中有个是月长石戒指，还有一个是嵌着银的翡翠戒指。那翡翠戒指在她手指上看上去就像是从廉价商店买来的奴隶手镯，尽管那可能是真翡翠。她的手完全不适合戴戒指，因为它不但非常粗糙，而且又黑又干。她耳上戴的则是重彩宝石。

她说道："哦，马洛先生，你能大驾光临实在是太好了。埃莫森先生一定非常欢迎你。"她的声音听上去相当熟悉。我将那张印第安人给我的一百块放在了桌子上，并回头看了看。那个印第安人已经坐着电梯下楼去了。我说："非常感谢，不过，很抱歉，我不能接受。"她的嘴唇干的有些过分了，在说话的时候还会发出沙沙声。她再次笑着说道："埃莫森不是打算雇佣你吗？"

"我需要提前弄清楚自己要做什么。"

她点了一下头，接着便缓缓地站了起来。为了凸显自己的身材，她穿了一件像美人鱼皮一样紧的裙子。假如你钟情腰部下面大四个号码的身材的话，那她就挺符合要求的。她说道："请这边走。"她按了一个位于面板上的按钮，接着便有一扇门悄无声息地开了。踏入那间透着乳白色光的屋子前，我又转身看了看她那张比埃及还老的脸，以及那张脸上的笑容。接着我身后的那扇门又悄无声息地关上了。

　　屋内没人。这是一个八角形的屋子。天棚上的黑丝绒直垂到地上，天花板很高，并且同样是黑色的，或许也是黑丝绒的。一张八角形的桌子就立在晦暗的黑色地毯中间。那桌子"大"到只能搁下四条胳膊。一个有着黑色底座的乳白色圆球立于桌子中央，它实际上是盏灯。我反正不清楚这盏灯是怎样发挥作用的。桌子的每一面都摆有像桌子的缩小版的白色八角形凳子。每面墙边也都摆着一个这样的凳子。这个屋子就布置了这些东西。没有窗户，墙上甚至连一个灯座都没有。我看不见我刚才进来的那扇门，所以，假如这屋子还有别的门的话，我一定也看不见。在那儿站了十五秒后，我开始觉得有人正在监视我。这里或许有我无法看见的供偷看的小孔，我并不打算去找它。这屋子安静极了，我甚至能听到我的鼻子发出像窗帘摩擦一般的轻微的沙沙声。

　　此时我对面墙上的一扇隐藏起来的门滑开了。一个男人走进后那扇门又关上了。来到桌旁，他低着头在一个八角形凳子上坐了下去。他朝我挥了挥手，到目前为止，那是我见过的最漂亮的手。

　　"请坐在我对面，别紧张，也别抽烟，竭尽所能地彻底放松下来。有什么我可以帮忙的吗？"

　　我坐了下去，取出一支烟，并将它放入了嘴里，但我没有点烟。他有着又高又瘦，并且笔直如钢管的身材。他的头发也是我到目前为止见过的最漂亮的头发，就如刚刚自真丝产品中抽出来的蚕丝一般。他的皮肤非常嫩，就如玫瑰花瓣似的。他是那种看上去很难推测年龄的人。他可能三十五岁，也可能六十五岁。他梳着背头，侧面看上去像极了巴里摩。他的眉毛就如天花板、地毯以及墙面的颜色一样黑。他的眼睛既像梦游者那深不见底的眼睛，又像古堡中一口有九百年历史的井。你将一块石头丢入那口井，等了很长时间都没有等到声响，正一边苦笑一边转身要走的时候，却忽然听到了来自井底的、既遥远又微弱的水声。你甚至都不敢相信世界上居然会有这么深的井。他的眼睛不但深不见底，而且没有任何的灵魂和表情。他那双眼睛既能够直直地看着一个人在烈日下被钉住，并且被挖掉眼睛后狂叫，也能够直直地看着一个人被一群狮子撕碎。他穿着一件双排纽扣的黑西装，西装明显出自高级裁缝之手。他凝视着我的手指，眼前像蒙了一层雾一般。他说道："放松，否则我就无法再思考下去了。"

我说道："放松还可以使黄油和冰融化，使猫喵喵叫。"他做了一个世界上最小的微笑后，说道："你肯定不是来惹事的，我对这点非常有信心。"

"你似乎已经不记得我来这里的目的了。我已经将那一百块还给了你的助手。你应该想起来了，我之所以会到这儿来，完全是因为一些烟，烟的过滤嘴中藏着你的名片，那是卷着大麻的俄罗斯烟。"

"你打算弄清楚事情的真相？"

"没错，付那一百块的应该是我。"

"倒是没有这个必要。答案非常简单，这只不过是弄清楚的许多事件中的一件罢了。"他的脸就像天使的翅膀似的，非常光滑。我在那一刻差点开始信任他了。

"那你为何还特意让一个不懂礼貌的印第安人用专车去接我，并且给了我一百块？我还想问一下，那个印第安人身上的味道怎么那么难闻。你既然用他做手下，为何不让他去洗个澡？"

"他生来就是一个极有培养价值的人。他就如钻石般罕见，也如钻石般在某些情况下隐藏在污秽的地方。你是个私人侦探？"

"对。"

"你在我眼中就是个笨蛋。你不但看上去很无知，而且做的都是无知的事。你同样因为一些无知的原因才来到了这里。"

我说道："我明白了，我没用多长时间就把自己是个笨蛋这件事给记住了。"

"我觉得我已经没有再留你的必要了。"

我说道："你并没在留我，而是我在留你。我想弄清楚你的名片为什么会藏在烟里。"他耸了一下肩，说道："你又问了一个无知的问题。我可以将名片送给任何人。另外，我也不会将大麻送给朋友。"

"我觉得还是说得更清楚一点儿比较好，你有没有见过一个装有那些烟的仿玳瑁盒子？那盒子不是中国的就是日本的。"

"我不记得自己见过那种东西。"

"那我就说得再清楚一些。你知不知道林赛·马里奥特这个人？那烟盒就是在他口袋里发现的。"

他琢磨了一会儿，说道："没错，我知道他。他很怕摄像机，我给他看过这个病。他打算在电影界闯荡，不过，他并不适合干这个，他完全是在浪费时间。"我说道："我能想到，他要是拍电影的话，肯定和伊莎多拉·邓肯有一拼。另外，我还想弄清楚的一件事是，你干吗给我一百块？"他用冰冷的口气说道："我的马洛先生，我可不是傻瓜。我是个江湖医生。这是份非常敏感的工作。换句话说，这是份危险的工作，那些胆子不大的医生可不敢干这个。我随时都有可能遭受威胁，尤其是遭受你这种人的威胁。我仅仅是在解决危险前做了一下估计。"

"我这不算什么大事吧？"

他礼貌地说道："简直太小了。"他用左手做了个非常怪的手势，因此我将视线移向了那只手。他将手缓缓地放在白色的桌子上。瞧了瞧那只手后，他又抬起了那深不见底的眼睛，并且将胳膊交叉着放在了桌上。

"听。"

我说道："我闻到了，我没料到是他。"我将头转向了左面。黑丝绒下面的第三个白凳子上，就坐着那个印第安人。他就那么闭着眼睛静静地在那儿坐着，仿佛都睡了个把小时了。他的头稍微前倾着，阴影布满了他那张黝黑的脸。他身上的那件白色罩衫，遮住了他剩下的所有衣服。我转回头，又向埃莫森看了看。他的脸上再次出现了一个小到极致的微笑。我说道："我敢打赌，老太太要是见了他那副样子，准会害怕得把假牙给吓掉。他究竟是做什么的？难道一边在你腿上坐着，一边唱法国国歌？"

他很焦躁地做了一个手势，说道："请说关键部分。"

"我昨天晚上作为一个被马里奥特雇佣的保镖，陪着他一起去做一件事，就是去一个由抢劫犯指定的地方交赎金。我们到了那里之后，有人自我背后把我给打昏了。我醒来之后发现马里奥特已经遇害了。"

埃莫森既没有说什么，也没有表现出慌张的样子。他的脸上甚至连一点反应都没有。然而，他毕竟有些激动，那激动对他来说已经是相当剧烈的了。他抬起交叉着的胳膊，接着又换了一个姿势。他嘴角露出看上去非常无情的表情。他此刻如公共图书馆门前的石狮般动也不动。

我说道："那些烟便是在他身上发现的。"他一边用冷酷的眼神看着我，一边说道："由于警察还没来过，因此，我觉得发现那些烟的并不是警察。"

"完全正确。"

他从容地柔声说道："那一百块看来有些少。"

"那要看你购买的是什么东西。"

"你是不是将那些香烟全都带过来了？"

"只带来一支。不过，这什么都证明不了。你不是说你可以将名片送给任何人吗？我就是想弄清楚它们怎么会藏在那里。你的看法是什么？"

他轻轻地说道："你知道多少关于马里奥特的事情？"

"完全不清楚。可是，有些事情就暴露在外面，因此，我对他还是有一些了解的。"

埃莫森在那个白桌子上轻轻地敲了几下。那个印第安人依然低头沉睡着。

"另外，我想了解一下你认不认识格雷夫人？就是贝城的那个贵妇。"

他点了一下头，说道："认识，她说起话来不是很流利，我给她看过这个病。"我说道："你的医术可真够高明的，她现在说得好极了，简直和我不相上下。"这一点儿都打动不了他，他依然在敲着桌子，那声音就如暗号似的，让我很不舒服。过了一会儿，他不再敲桌子了，接着又将胳膊交叉起来，他此时正稍稍向后仰着身体。

我说道："你们彼此认识是我这次觉得比较满意的一点。认识马里奥特的人也包括格雷夫人。"他从容地说道："你是如何了解到这些的？"我保持沉默。他说道："你会将那些和香烟有关的事情透露给警方吧。"我耸了一下肩。埃莫森说道："你可能在琢磨我为什么没将你赶出去。普兰丁二世可以像掰断一根芹菜杆那样轻松地掰断你的脖子。我同样在琢磨自己为何没赶你出去。你的推理似乎还挺多的。我根本就没为敲诈勒索掏过钱，那买不回任何东西。再说，能够帮我的朋友多得是。不过，依然有许多让我非常不好受的事情，这也是情理中的事。我仅仅是个江湖医生。那些性爱、心理和神经病领域的专家，以及那些在书架上摆有医学作品、并且手拿橡胶锤的伪君子，则都是医师。你做出了怎样的推理？"

我打算用眼神打败他，不过，最终失败了。我觉得自己在舔嘴唇。他轻轻耸了一下肩，向前倾了倾身子，用两只手抱起那个乳白色的球，说道："你不必表示自己的观点。我也不会怪罪你。我得认真考虑一下这件事。我也不是始终都是正确的。你的智商可能超出了我的预料。另外——"我说道："我认为马里奥特是个敲诈犯，而且只将女人作为敲诈目标。另外，他还为一个抢劫珠宝的犯罪集团提供信息。不过，将适合敲诈的女人的信息透露给他的又是谁呢？有了信息，他便能掌握那些女人的踪迹，然后渐渐去认识和了解她们，最终向她们表示自己的爱意，并让她们出来的时候戴上价值高昂的首饰。一切都成功之后，他便会向

115

同伙通报情况，告诉他们作案的地点。"埃莫森防范地说道："你对马里奥特以及我本人就是这样的印象？我有些恶心。"

我将身子向前靠了靠，我们两个人的脸相距不到一英尺。我说道："埃莫森，你和这起敲诈案脱不了干系。这始终都是一起敲诈案，你不管怎样隐瞒，都改变不了这一点。原因不单单是你的名片，你不是也说过吗，你可以将名片送给任何人。当然也不是因为大麻，你不会干那么拙劣的事。可是，不管是哪个名片，它的背面都存在一处空白的地方。某些隐形的字就位于那些空白的地方，甚至位于那些印着字的地方。"

他脸上现出一丝不易察觉到的冷笑。他在那个乳白色的球上移动着手指，灯灭了，屋内一片漆黑。

◈ 22 ◈

我用极快的速度向后踢了一下凳子，然后站了起来。我原本打算从胳膊下面的枪套中掏枪，可是情况非常不妙，我还没解开我外套上的纽扣，而且我的速度也不够快——在向人开枪的时候，我一向都很慢。接着，我听到一阵风声，并嗅到一股难闻的气味，那个印第安人在黑暗中偷袭了我。他抓住了我的胳膊，接着把我举了起来。我那时还有机会掏出枪并在屋里乱射一气，然而，我此刻是在独自战斗，那并不是个好方法。我没有掏枪，而是向他的手腕抓了过去，由于太滑，那手腕很难被抓住。那个印第安人正喘着气。他忽然就将我脸朝下地扔到了地上，接着又抓住了我的手腕，他以极快的速度将我的胳膊扭到了背后，然后又用膝盖顶住我的背部——那膝盖硬得就和石头一样。他的另一只手则抓着我的脖子向后弯，我能够弯曲，我可不是市政大楼，他就那么一直让我弯着。

出于本能，我非常想叫出来，可是我怎么也叫不出来——尽管我的喉咙在喘着气。那个印第安人将我丢到地上，一边用两只手掐住我的脖子，一边用剪刀脚困住我的身体。直到现在有时自梦中醒来，我依然觉得他在用手掐着我的脖子，那双光滑的手就那么掐着我，那难闻的气味简直快让我窒息了，接着，我会离开床铺，去喝点儿酒并听会儿收音机。

我几乎就要去见上帝的时候，灯亮了起来，血液充斥着我的眼睛，因此我觉得灯光都是红色的。我的面前有一张不停晃动脸。我能感觉到有一只手在轻轻地抚着我。另外，我也能感觉到那双掐着我的手依然没有松开。一个柔柔的声音说道："让他缓一下吧。"

那个印第安人不再用力的时候，我试图从他的手中逃出去，结果一个发着光的东西在我嘴边敲了一下，那个柔柔的声音说道："让他起来吧。"把我提起来之后，那个印第安人又用手抓住了我的手腕，他让我背对着墙面。那个柔柔的声音说道："这家伙不是个行家。"那个发着光的又冷又硬的东西朝我的脸上打了一下。我觉得有什么暖暖的东西流过我的嘴角，我舔了一下，觉得很咸，而且还有股腥味。

有只手摸完我的钱包后，又翻了翻我的口袋，最终翻出并打开了那个包着香烟的纸包。我隐约看到那只手将那个纸包放在了我身前。那个声音轻轻地问道："那里面的香烟只有三支吗？"那个发着光的东西又朝我嘴边打了一下。我咽了口唾沫，说道："没错。"

"剩下的在什么地方？"

"我把它们放在了我办公室里的那张办公桌中。"

那个声音说道："你或许没有说实话，不过我肯定能找到它们。"那个发着光的东西又打了我一下。我眼前似乎有一串钥匙，那钥匙正发着微弱的红光。那个声音又说道："用点儿力。"那个"钢爪"简直快抓入我的喉咙了。我背对着那个印第安人，装作在回避他那强壮的腹肌和那难闻的气味。我用手抓住了他的一只手指，打算将它弄弯。那个声音说道："很好，他在按你的套路来。"那个发着光的东西又在我的嘴边打了一下。那个声音说道："他已经无力反抗了，放手吧。"

那两只胳膊放开之后，我差点朝前摔到。我向前迈了一步后才稳了下来。埃莫森在我面前一边笑着，一边用他那只嫩手拿着我的枪，枪口就对着我的胸部，这一切就像做梦一般。他轻声说道："我能让你吃些苦头，可是需要这样吗？我就算朝你开上一枪，你也不会有什么改变。你就是卑微世界中的一只小虫罢了。难道不是这样的吗？"他的笑脸看上去是那么的漂亮。我鼓足劲儿在他那笑脸上狠狠打了一拳。他不但晃了晃身子，还流出了鼻血，这和我预料的情况没多大出入。他接着又站稳身子，拿起了枪，他柔声说道："年轻人，坐下。你虽然打了我一下，不过，我并不生气，反而非常开心，因为有个客人待会儿就过来，这恰恰给我提供了帮助。"我摸了摸白凳子，然后坐了下去。我把头放在了白桌子上，那个乳白色的灯就在我的头边，它此刻正发着柔和的光。我侧着头瞧了瞧那盏灯，我被那美好又柔和的灯光给吸引住了。我的四周悄无声息，十分安静。我觉得自己快睡着了，就这么将滴着血的头放在桌子上，然后准备入睡。一个拿着枪的又瘦又帅气的魔王正朝着我微笑。

23

那个印第安人说道："行啦，你还是干脆点儿吧。"我坐起身，并将眼睛睁开。

"'亲爱的'，到其他的屋子去。"

我模模糊糊地站了起来。穿过一扇门后，我们来到了另一个地方。那是一个每面墙上都有窗户的接待室。我本来打算瞧清楚一点儿，却发现外面已经一片漆黑。那个戴了许多与她不般配的戒指的女人，就在自己的办公桌后面坐着。一个男人在他旁边站着。

"'亲爱的'，请坐。"那个男人推着我坐了下去。这把椅子非常直，人坐上去非常舒服，不过，我完全没有享受这把好椅子的兴致。那个在桌后坐着的女人，一边拿着一个打开的笔记本，一边高声念着上面的东西，一个脸上毫无表情且长着灰白胡子的矮老头在一旁听着。

站在窗户旁的埃莫森，正背对屋子望着远方那波澜不惊的海面。他的视线渐渐移动，那视线越过码头的灯光后，抵达了世界的尽头。他那副看海的样子让人觉得他对海有着很深的感情。他转过头来，并将视线移到了我身上。我能看到他已经洗去了脸上的血迹。不过，他的鼻子依然肿着，比原来的大了两倍。我看到这一情形后情不自禁地笑了起来，并且笑得身子都发疼。

"朋友，你觉得这很有趣？"说话的是那个将我扶过来的人，他此刻就站在我的面前，我瞧着他，他就像被吹出来的气球似的臃肿，足有两百磅那么重。他的声音非常悦耳，就如马戏团那些邀请观众的人的声音一般。他的牙有斑点。他不但非常强壮，而且非常灵活，谁都左右不了他。他极有可能是那种不但不会在晚上做祷告，而且还会将口水吐在警棍上的警察。然而，他那双眼睛看上去很有幽默感。他有一双弓形腿。他拿着我的钱包，就在我面前用手刮着它，仿佛他非常热衷搞破坏——假如没什么可刮的话，脸也是个不错的对象。

"嘿，朋友，你是来自大地方的？是个私人侦探？来敲诈？"他头上那顶帽子的帽檐朝着后方。他那不太干净的棕色头发在汗水的浸润下，显得颜色更深了。血丝充斥着他的眼睛。

那个印第安人的手简直就是钢爪。我用手摸了一下喉咙，觉得十分难受，就像是被轧布机轧过似的。

念完了笔记本上的东西后，那个女人便将笔记本合上了。那个长着灰白胡子的矮老头点了一下头，接着便向那个与我说话的人身后走去。

我揉了揉下巴，问道："你是警察？"

"朋友，你觉得呢？"

警察常常会用这种开玩笑的方式。那个长着灰白胡子的矮老头只睁着一只眼睛，他正用那只眼睛瞅着我。我一边看着那个长着灰白胡子的矮老头，一边说道："你们不是洛杉矶的警察。洛杉矶绝不会招长着那种眼睛的人。"那个很壮的警察将钱包递给我。我翻了一下，发现里面什么都没少，不管是钱还是名片，都还在，我对此颇感讶异。那个很壮的警察说道："朋友，说些东西吧，说些能提起我们的兴致的东西。"

"把我的枪还给我。"

他将身子向前倾了倾，琢磨了一会儿。我看到他似乎在费劲儿地考虑着。他说道："朋友，你想拿回你的枪？"他接着看了看那个长着灰白胡子的矮老头，对他说道："他还想拿回他的枪。"他接着又一边看着我，一边对我说道："朋友，你打算用枪做什么？"

"我打算干掉一个印第安人。"

"哈，朋友，你打算干掉一个印第安人。"

"没错，就是一个印第安人，一枪就——砰！"

他又将头转向那个长着灰白胡子的矮老头，对他说道："这家伙挺固执的，他打算干掉一个印第安人。"我说道："嘿，海明威，听好了，别翻来覆去地说那些我说过的话。"那个很壮的警察说道："这伙计肯定是疯了，他刚刚居然用海明威来称呼我。这伙计是疯了，对吧？"那个长着灰白胡子的矮老头嘴里叼着烟，一直保持沉默。那个在窗边站着的，又俊俏又高大的男人，缓缓地转过身来，用很低的声音说道："我认为他的精神可能有些不太正常。"那个很壮的警察说道："可我不叫海明威啊，那家伙怎么会用这个名字来称呼我？"那个长着灰白胡子的矮老头说道："我没看到枪。"他们瞧了瞧埃莫森。埃莫森说道："布林先生，我将它们放在里面了，待会儿给你。"那个很壮的警察俯下身，稍稍弯着膝盖，对我说道："朋友，你为什么用海明威来称呼我？"他的脸就对着我的脸。

"还有女人在这儿。"

他又站起身来，瞧着那个长着灰白胡子的矮老头说道："你觉得——"那个长着灰白胡子的矮老头点了点头，接着便转身向屋外走去。那扇滑动门开了，他便走了进去。埃莫森在他后面也跟着走了进去。屋里安静极了。那个很壮的警察一边瞧着我的右眉毛，一边很疑惑地缓缓摇着头。那个女人则瞧着桌面，不过，她的眉头皱得很紧。

那个长着灰白胡子的矮老头在那扇门又开启之后返了回来。他递给我一顶帽子，也不知道他从哪里搞到那么一顶帽子。接着，他又自口袋中掏出了我的枪，然后将它递给了我。我用手掂了掂枪，很容易就弄清楚了枪中没有子弹。我把枪放入胳膊下后便站了起来。那个很壮的警察说道："朋友，我们到外面去，我认为你能从外面的空气中得到一些好处。"

"行，海明威。"

那个很壮的警察失望地说道："又来了，这家伙是因为有女人在这儿才用海明威来称呼我的。这个词在他的字典中是不是骂人的话？"那个长着灰白胡子的矮老头说道："快点。"那个很壮的警察拽着我的胳膊向那个小电梯走去。电梯来了之后，我们进入了电梯。

∽24∽

我们在一楼下了电梯，接着便通过那个不太宽的走廊迈出了那扇黑门。这里非常高，风无法将海雾吹上来，外面的空气清爽极了，我大口地呼吸着。那个很壮的警察依然拽着我的胳膊。一辆挂有私人牌照的黑色汽车停在那边。打开汽车的前门之后，那个很壮的警察抱怨道："朋友，对你来说，这尽管有些寒酸，不过，你还是能从清爽的空气中得到一些好处。你看怎样？朋友，我们可不愿意做让你不痛快的事。"

"那个印第安人在什么地方？"

他慢慢摇了一下头，接着便将我推入了车里。他对坐在副驾驶座上的我说道："我们将那个印第安人放在了后面，依照法律，你能用弓箭射死他。"我转头瞧了一下后座，没看到任何人。那个很壮的警察说道："见鬼，他不在了。一定有人悄悄把他放了。果然不能将东西放在没锁好的车上。"那个长着灰白胡子的矮老头一边在车后座坐下去，一边说道："快点。"海明威自另一侧上了车，发动了汽车。他那个啤酒肚正顶着方向盘。我们回转方向，顺着那条长着野生天竺葵的路向山下驶去。他们一直保持沉默，我则一边望着远处的星星，一边领略着自海边吹来的凉风。抵达那条直路的最下方后，我们便转入了那条水泥山路，接着以正常速度继续向前驶去。

"朋友，你没车是怎么来的？"

"是埃莫森派车接我来的。"

"出于什么目的？"

"一定是他想见我。"

海明威说道："这家伙的脑袋没坏，依然在正常运转。"他朝车外吐了口痰，接着很帅气地转了个弯，然后继续向山下驶去。"他说你在电话里盘算着勒索他一把。如果你的确在勒索他的话，他觉得最好还是看看你是个怎样的家伙，于是就派车接了你。"

我说道："他知道我没有必要自己驾着车回去，因为他清楚自己会叫一些熟悉的警察过去。海明威，是这样的，没错吧？"

"又来了。他将录音机放在桌下，然后让他的秘书录下了你们的谈话内容。那个秘书在我们抵达那里后，让这位布林先生听了一遍录音内容。"

我掉头瞧了一下布林先生。他并没瞧我，他正在极其从容地抽着烟。我说道："她确实让他听了录音，不过，那些录音极有可能是他为了对付此类情况，而提前安排好的假证。"海明威非常有礼地问道："就算是这个情况，我想你可能也想告诉我们你是出于什么目的才去见那个家伙的。"

"你是不是想说假如我不告诉你们的话，我的另半个脸也会遭殃。"

他做了个夸张的手势，说道："天啊，你觉得我们会那么干吗？"

"海明威，据说你和埃莫森有很不错的交情，是不是？"

"没有，我仅仅是执行公务，倒是布林先生和他处得不错。"

"那个见鬼的布林先生到底是谁？"

"哦，就是坐在后座上的那个。"

"除了坐在后座以外，他还有什么本事，他来头很大吗？"

"哦，天啊，还没几个人不认识布林先生。"

我说道："好吧。"我忽然觉得非常累。

极度的沉默再次将我们笼罩。汽车转了很多弯后，依然在曲折的水泥山路上行使。视线范围之内依然是无边的黑暗。我觉得疼痛更加剧烈了。最先打破沉默的是那个很壮的警察。他说道："我们此刻也算对彼此有了一定的了解，并且这会儿也没有女人，我认为再谈你去那的目的实在毫无意义。我觉得有意思的倒是'海明威'这三个字。"我说道："这就是个玩笑，一个老早以前的玩笑。"

"不管怎样，我都很想知道叫'海明威'的究竟是哪个家伙。"

"是个老是重复一句话，直至让人相信那是一句非常不错的话的家伙。"

那个很壮的警察说道："那肯定需要大把的时间。你这个私人侦探倒是有个好头脑。你保住你的牙了吗？"

"还行，但是得补几颗。"

"朋友，你的运气够可以的了。"

后边那人说道："别说了，下个路口右转。"

"好的。"

驶入山下的一条小土路后，海明威又将汽车向前开了一英里。我越来越能真切地闻到山里的草味。后边那人说道："就是这里。"海明威将车停了下来，然后拉了拉手刹，接着将身子移到我这边，打开了我这侧的门。"朋友，认识你非常高兴。不过，就此别过吧。以后别再来了，起码别再因为做买卖到这儿。走吧。"

"要我从这儿走回家？"

后边那人说道："快点。"

"没错，朋友，你要从这儿走回家。有什么不妥吗？"

"没什么不妥。我刚巧想一个人考虑点儿事情，比如，可能你们两个人都是警察，也可能只有一个是警察。我认为你们不是洛杉矶的警察，而是贝城的警察。你们为什么干预不属于你们管辖范围的事？我对这点非常疑惑。"

"朋友，要想弄清楚这点可不是件容易的事。"

"海明威，晚安。"

不管是海明威还是坐在后边的那个人都没有答复我。我打算下车，我将身子向前倾了倾，用一只脚踩着脚踏板。我觉得自己的头依然昏昏沉沉的。我虽然没看清楚后边那人做了个什么动作，但我清楚地感觉到他干脆地做了个动作。我脚下出现一个比黑夜还要漆黑的黑洞。我掉入了那个洞里，那几乎是个无底洞。

⌒25⌒

屋里到处都是烟。这些烟就如窗帘上的吊珠一般，一条条地垂于半空。这些烟就那么一动不动地在空中飘着，尽管那边的墙上似乎开着两扇窗。这个屋子的窗上装有防盗网，看上去非常陌生。我的脑袋仿佛睡了一整年似的又晕又空。我一边躺着一边考虑着那些让我觉得非常不适的烟。过了很长一段时间之后，我深呼吸了一下，发觉自己的肺非常疼。我高喊道："失火了。"喊完之后，我居然笑了起来。我不知道自己怎么会笑，不过，我真的笑了起来。我躺在床上就像个疯子似的笑着。我非常不喜欢自己的笑声。

仅仅喊了一声之后，便听到外面传来一阵脚步声，接着是钥匙开门的声音。开门的是个男人，他进来后用右手掐着腰。这是一个穿了一件白袍，个头不大却非常胖的男人。他有一双又平又黑，并且眼神非常奇怪的眼睛。一些灰色的小泡散布在他的眼角上。我在将头转向他的时候，打了个哈欠。我枕着的实在是个很硬的枕头。我说道："抱歉，杰克，我不是有意的。"

他在那儿站着，眉头紧皱。他现在正用右手抚摸着自己臀部的右侧。他有着灰白的皮肤和如同贝壳似的鼻子。他显然非常愤怒，脸都绿了。他嘲讽地说道："你还打算被套些束缚人的衣服？"

"杰克，我正常极了。我睡了太久，完全忘了自己都做了哪些梦。这是什么地方？"

"一个和你的状况绝配的地方。"

我说道："这确实挺好。不管是人还是空气，都让人满意。我觉得我有必要再睡会儿。"他说道："那最好了。"他离开后又关上门，并且锁上了它。我渐渐听不到脚步声了。

空中依然到处飘着烟，他明显没有对它们造成任何影响。它们就如窗帘一般既不动也不散。屋内依然有充足的空气，它们正在移动，我的脸能感觉到这一点。不过，那些烟就如千百只蜘蛛织成的灰网一般，始终处于静止状态。我正琢磨着他们是在什么地方逮到蜘蛛的呢。

我穿着一件病服，是县城医院的那种棉线法兰绒病服。这是一种质量不好，并且做工简陋的病服，前面没有开襟。我的脖子被领子磨得很难受。脖子上的伤依然没好，让我想到了某些事。我用手摸了下脖子，瞬间感受到一种更强烈的疼痛——单单一个印第安人。好吧，海明威，你不是愿意做个侦探吗？只需学习九节课，非常简单，到时能赚大把钞票。我们不但会颁发侦探徽章，如果多出五十美分，还会附赠手铐。我虽然能感受到脖子的疼痛，却发现摸脖子的手指没有一点儿感觉。那似乎是一串香蕉，而不是我的手指。我瞧了瞧手指，它们看上去依然是手指。情况不妙，这手指应该是寄来的。它们一定是和手铐、徽章，以及侦探毕业证书一起寄来的。

屋外已经彻底黑了下来，夜幕肯定降临了。天花板的中间，有一个三根青铜链子吊着的玻璃瓷灯罩。瓷灯罩中的什么东西正射出光来。瓷灯罩的四周是一圈橙蓝相间的突出部分。我凝视着这些东西。我已经不想再看那些烟了。那些突出的部分此时如舷窗一样打开了，自里面伸出许多会动的，就如玩具娃娃般的活脑袋。那些脑袋都非常小。里面有个金发女郎，她戴着一顶很好看的帽子，她的金发显得有些蓬松；有个戴着帆船帽的男人，长着像尊尼获加商标上的一样的鼻子；还有个很瘦的男人，那个男人的领结非常皱，他看上去就像海边度假小镇的服务员，正用无礼地语气说道："先生，你要几分熟的牛排？"

使劲儿闭上眼之后，我眨了眨眼，接着又睁开了眼，只看到用三根青铜链子吊着的玻璃瓷灯罩。空气依然在流动，可是那些烟雾还保持着静止状态。我用做工简陋的床单角擦了擦脸上的汗。拿着床单角的手指依然毫无知觉。它们是函授学校在我付了一半学费，并学了九节简单的课后寄给我的。爱荷华州锡达城二四六八九二四邮箱便是他们的邮寄地址。

我从床上缓缓坐了起来。片刻之后，我能够用脚触碰地面了。我那赤裸的脚非常疼，仿佛上面被扎满了针一样。夫人，右侧柜台出售别针，左侧柜台出售针线、别针、带扣等。我在自己的脚能感受到地面后，试着缓缓站起来。不过，我依然做不到。我只能扶着床，俯下身，用力喘息。我似乎听倒床下传来一个声音。那声音反复说道："有人给你下药了……有人给你下药了……有人给你下药了。"我开始向前走去，那模样活像一个醉鬼。一张烤着白漆的桌子就位于那两扇带有防盗网的窗户下，就在它们的中间。桌上有半瓶看上去还可以的威士忌，我向威士忌走去，世界上毕竟有良心的人居多。你或许会因为自己在电影院里，不小心踢了身旁人一脚而心存愧疚；你或许会朝着早报乱骂一气；你或许会对某些政治家失望，并且觉得他们十分卑鄙下流。不过，世界上毕竟有良心的人居多。将威士忌放在这里的人一定有很宽广的胸襟，就像梅·威斯特的屁股那么大。

拿起威士忌后，我用两只手抱住了它。我的手依然没什么真切的感觉。我将威士忌举到了自己的嘴边，就像举着金门大桥。我满身都是汗水。很狼狈地饮了一口之后，我极其谨慎地放下了酒瓶，还用舌头尽可能地舔了舔下巴。这个酒瓶里的威士忌有一种怪味，我感受到那种怪味的时候，在墙角发现了一个洗手盆。我跌跌撞撞地朝那个洗手盆走去，并在刚靠近它的时候就吐了起来。时间在悄悄溜走，我觉得我的胃在翻腾，非常不舒服。在困难地抓住洗脸盆的边后，我开始大声叫了起来，简直和动物没什么分别。

觉得好了点儿后，我再次跌跌撞撞地朝床那边走去。来到床边后，我躺了下去，并且用力喘起气来。那些烟开始变得模糊，也开始显得有些假。它们或许仅仅是我眼里的杂物罢了。那些烟突然在一瞬间就不见了。屋里的所有东西在那盏挂在天花板上的玻璃瓷灯下清晰毕现。我再次坐了起来，发现一把非常重的椅子就摆在门口附近。在那个穿白衣服的男人进来的门旁还有一扇门。那可能是衣橱的门，那个衣橱或许正放着我的衣服。这是一间相当干净的屋子，墙是白色的，地上铺着灰色和绿色方块相间的地毯。我就坐在一张没普通床高的医用铁床上，这张床的两侧都有用来绑缚手脚的皮环扣。假如可以离开的话，这实在是一间非常不错的屋子。

我此刻彻底恢复了知觉。胳膊、脖子和头，都开始剧烈地疼起来。我记不起胳膊是怎么受伤的了，我将病服的袖子卷了起来，困惑地看着它。我的胳膊和肩部之间到处都是针孔，另外，每个针孔上都贴着一块纱布，是那种透明的，大小和二十五美分硬币差不多的纱布——那是麻醉剂。他们为了让我静下来，给我注射了麻醉剂。为了让我可以说出话来，他们甚至可能给我注射了镇静剂。他们一次给我注射了太多的麻醉剂，我的身体能挺过来实在是件幸运的事。这得看体质，有些人能从这么多的麻药中挺过来，有些人就不行。

对于刚才的情况，我一下子恍然大悟。我因为麻醉剂才看到了那种烟，以及那些从灯罩里伸出来的头；听到了一些不知来自哪里的声音；产生了一些奇怪的诸如防盗网、手铐以及没有知觉的手脚的想法。

为了让我在醒来后继续睡下去，他们可能故意将那瓶威士忌放在那里等我去喝。

我用了很大力气才站了起来。不过，我差点儿撞在墙上，因此只好再次躺了下去。很长一段时间之后，我才慢慢稳住了呼吸。此刻，我浑身是汗，并且浑身疼痛不堪。汗水从额头顺着鼻子的两侧滑到了我的嘴边，我不但能感觉到这一点，还滑稽地用舌头舔了一下。我再次尝试着坐起来，缓缓用脚踩着地站起来。我忍耐着说道："马洛，这不算什么。你是个身高七尺的热血男儿，有一颗永不服输的心。洗上一个澡后，你的体重还有一百九十磅。你能做到，你有坚挺的下巴和健壮的肌肉。有人将你打昏过两次，差点儿扭断你的脖子，并且差点儿用枪托打碎你的下巴，还给你注射了大量麻药，简直快把你变成疯子了。不过，这有什么！再平常不过了。让我们看看你有多大的本事，先穿上裤子。"我再次倒在了床上。

时间在悄悄溜走。我不知道过了多长时间，因为我没有表。不过，就算有表，又能用它做什么呢？我又坐了起来，并且觉得更累了。再次站起来后，我开始朝前走。这可不是一种有趣的走路方式。我的心跳得很厉害，就像兔子在跳似的。我此刻很有必要再躺下去睡一觉，再好好地休息一段时间。朋友，你的身体不太妙啊。行啦，海明威，我此刻非常虚弱，甚至连剪个手指甲，打碎一个花瓶的力气都没有。

不可能，我决意离开。我非常坚强，我不要待在这里。我又倒在了床上。

我第四次站起来的时候，觉得情况有些好转了。在屋里走了两个来回后，我到洗脸盆旁洗了洗脸。我靠着洗脸盆用手捧着喝了几口水。停了一段时间之后，我又喝了许多水，并且觉得身体的状态更好了。我一直走着，连续走了差不多半小时之后，我觉得自己的膝盖开始抖了起来。不过，我的头脑依然保持着清醒状态。我又喝了许多水，喝水的时候，我都快喊起来了。

我再次向床那儿走去。那可以说是世界上最漂亮的床了，床上到处都是玫瑰花瓣。这床实在太软了，他们肯定是从卡洛尔·隆巴德那儿搞来的。我情愿用自己剩下的光阴来换这床上的两分钟。漂亮到极点的床，以及漂亮到极点的眼睛，漆黑的氛围，平静的呼吸声，垂下来的眼睫毛，在这软软的枕头上永远睡下去。

我接着向前走去。

他们建造了金字塔，看腻了又推到了它们，接着又用拆下来的石头筑起了胡佛水坝，水坝为晴朗的南部引来了水以及水灾。

我边走边琢磨着，我不能瞎琢磨，我已经准备好和人谈论一番了，于是停了下来。

∽ 26 ∾

他们一定是专门将那把椅子放在那个地方的。它对我来说实在是太重了。他们也将衣橱锁了起来。我撤去床单，将床垫拉倒一旁后，看到一张弹簧网，每根弹簧都是又亮又黑的金属弹簧，并且都有九英寸那么长。我将心思都放在了拆下一根弹簧上。我之前可没干过这么费劲的事。我终于在十分钟后拆下一根弹簧，代价是我伤了两根手指。我挥了挥重重的弹簧，觉得非常好。接着，我又瞧了瞧对面的威士忌，我差点儿把它给忘了，它会有用武之地的。我又喝了一些水，然后坐在弹簧上，休息了一段时间，向门口走去，朝着门缝处大声叫道："失火了！失火了！失火了！"我颇为得意，等了一段时间之后，听到走廊那边传来非常重的跑步声，然后是钥匙插入锁里的声音，接着便是开锁的声音。那扇门被一下子推开了，我站在门后。那家伙拿着一根铁棍，那铁棍有五英寸长，上面裹着棕色的皮革。他瞧了瞧那张空空的床，接着又扫视了一下整个屋子。我一边笑着，一边用弹簧朝他的头上砸去。他倒下去之后，我又用弹簧打了他两下。我从他那只已经失去力气的手中拿过铁棍的时候，他悲惨地叫了一声。我用膝盖顶着他的脸，我的膝盖都因此生疼。他还在呻吟着，我在他还没大声喊叫之前，用铁棍将他打昏了过去。

我拔下门上的钥匙，接着反锁了门，开始在他身上搜寻起来。他身上有许多钥匙，衣橱的钥匙也在其中，我的衣服就挂在衣橱里。翻了几下之后，我发现钱包里的钱不见了。我来到那个穿白衣服的人旁边，在他口袋里摸了一遍，发觉里面装着不少钞票。他这种职业肯定无法挣那么多钱。取回我的钱后，我将他放回了床上，接着用床两侧的皮扣环捆住了他的手脚，并用床单堵住了他的嘴。我把他的鼻子打出了血，于是等了很长一段时间，最终弄清楚他可以用鼻子呼吸的时候离开了那里。

他仅仅是个为了维持工作和工资而勤于职事的小人物，我非常同情他，他可能还有老婆和儿女，这实在太不幸了。这根铁棍便是他仅有的防身武器，上天对他太不好了。在他的手没被绑住的前提下，我将那瓶放了药的威士忌放在了他能拿得到的地方。我在他肩膀上拍了几下，我简直都要因为同情他而哭起来了。属于我的一切东西，包括枪和枪套在内，都在衣橱中，不过，枪是空的。我用发抖的手穿上了衣服，接着又打了一个非常大的哈欠。他依然一动不动地在床上躺着。我将他锁在屋内，便离开了。

这条走廊不但非常安静，而且十分宽阔。走廊上有三个门，每个门都是关着的，并且每个门里都没有一点儿声音。走廊就像门里面一样静。走廊的中间铺有一条酒红色的地毯。走廊的终点有个小转弯，向右通往另一条走廊——这是一条通向老式白橡木楼梯的走廊。那个楼梯又通向楼下的走廊。楼下的走廊同样铺着地毯，走廊的终点有两扇彩色的玻璃门。那里同样寂静无声，一道门缝正透着光。

这栋房子实在是太旧了，没人会再建造这种老式的房子。我推断这栋房子的前面种满了鲜花，并且有一侧是玫瑰花。在加州那灿烂的阳光下，玫瑰花显得恬淡、从容又随和。另外，房子的面前或许还有一条非常安静的街。不过，哪个人会关心这栋房子里的事情呢。唯一重要的便是不能让房里的人大声喊叫。

　　一个男人的咳嗽声在我刚打算下楼的时候传了过来。我害怕地马上观察了一下身边的状况。我看到另一条走廊终点处的一扇门并没有关上。我顺着走廊小心翼翼地向那边走去，然后就在那个开了一半的门旁边等着。我的脚正沐浴在从那里透出的光线中。一声沉闷的、由胸腔发出的咳嗽声，再次自里面传了出来，那声音听上去非常从容。我想知道里面是什么人，但这事根本和我无关，快点离开这里才是关键。那家伙可能是那种配得上别人用脱帽的方式来打招呼的人，或许他有很高的本领。我又挨近了门口一些，并听到里面正发出翻报纸的声音。此刻我能看到屋内的一些情况。这间屋子从家具上看来起码不是监狱，倒很像一个类似办公室的地方。屋内铺着很好的地毯，挂着蕾丝边的窗帘，摆着一张黑色的办公桌，除了一些刊物，办公桌上还放着一顶帽子。

　　屋内的弹簧垫上肯定躺着一个肥胖的家伙，因为它正嘎吱作响，那声音就如那家伙的咳嗽一般。我用指尖缓缓地推开一点儿门，却没发现任何情况。我将头缓缓挪过去，向里窥探了一下，发现有一个人正在一张床上躺着，床上到处都是报纸。烟屁股塞满了烟灰缸，有的甚至掉在了床头柜和地毯上。拿着报纸的是一双非常大的手，藏在报纸背后的也一定是张很大的脸。我只能看到那人在报纸上方露出的又黑又浓的卷发，以及很小的一处白皮肤。那张报纸动了一下，可是躺在床上的那个人并没将头抬起来。我在这段时间内甚至都不敢呼吸。

　　他的胡子有必要打理一下了。在人们的眼中，有些人的胡子常常有打理的必要，他就是那种人。我以前在弗洛里安，也就是那个位于中央大街上的黑人区，见过这个家伙。他那时正穿着一件非常大的运动外套，那衣服上有个和高尔夫球差不多大的白纽扣。他那时还拿着一支军用柯尔特枪和一杯威士忌酸酒。他拿着那支军用柯尔特枪就像拿着一支玩具枪一般。他从容地迈出了一扇非常破的门。另外，我还目睹他做了一些让人非常遗憾的事情。他翻转身体，并且打着哈欠，又咳嗽了一声之后，他用手去拿香烟。香烟就放在床头柜上，他取出一支香烟，用嘴将它含住，然后用那根被他用大拇指和食指夹着的火柴点着了，接着他的鼻孔便喷出了烟。他一边将那份报纸移向自己的脸，一边叫道："啊！"驼鹿迈洛伊看上去生活得很是悠闲。

我偷偷离开那里，然后顺着走廊返了回去，接着便踩着楼梯向楼下走去。从一扇没有关好的门中传来了轻声细语。为了听到谈话的声音，我在那里安静地站了一段时间。我一直没有听到谈话的声音，我又向那扇门靠了靠，然后才听到原来里面的人在与别人通电话。我听不清那个人的话，他的声音太低了，简直像是在耳语。里面传来挂断电话的声音，再次静了下来。我有走的必要了，并且我得和这里保持很远的距离。慢慢推开那扇门之后，我迈入了里面。

❧ 27 ❧

这是一个办公室，不但大小适中而且非常整齐、专业。办公室的墙上挂着一个急救箱，房间里摆着一张消毒柜、一个书柜和一张大办公桌。消毒柜是由玻璃和白色珐琅组成的，里面正煮着很多注射器和针头。书柜上放着许多书，那些书不但非常重，也非常厚。办公桌上的东西不是很多，有钢笔、记事本、预约本，以及青铜切纸机等。一个男人的胳膊肘也在办公桌上，他正用手撑着腮部仔细地考虑着什么。他的手指是黄色的，此刻正伸展着。他那柔顺的、仿佛画出来的头发，在他的手指间穿过，他头发的颜色很接近潮湿的沙子的颜色。我又向前迈了几步，他抬起头来，将视线移到了我身上。他准是顺着桌子边看到了我挪动的鞋子，于是发现了我。他有一张如同羊皮纸一般的脸。他那深陷的眼睛没有一点颜色。他拿开撑着腮部的手，缓缓地向后仰去，接着用冷峻的表情面对着我。然后，他又做了一个明显表示讨厌的手势。他无可奈何地摊了摊手，放下双手的时候，将一只手挪到了很接近桌角的位置。他的食指在我拿出铁棍并马上向前挪去的时候，依然在缓缓地移向桌角。

我说道："你们的保镖在我的帮助下，已经'进入梦乡了'，那个报警器今晚帮不上你的忙。"他眼神恍惚地说道："我建议你还是躺着比较好，你看上去太虚弱了，太虚弱了。"我一边说了一句"你的右手"，一边立马用铁棍向那边砸去。他的右手马上就缩了回去，活像一条受伤的蛇。

虽然没什么值得开心的事，不过，我依然咧起了嘴，笑着来到了桌后。他的抽屉中自然藏着一支枪，他们总是选择用抽屉来藏枪，不过，他们也总是来不及拿枪——就算他们摸到了枪，也来不及了。他抽屉里的枪是那种普通的点三八口径式。我将它拿了出来，这支枪虽然不如我的枪，不过，可以为我的枪提供子弹。于是我取出了那支枪里的子弹。他的抽屉里只放了一支枪。

他那双深陷的眼睛依然没有任何光彩。他只是稍稍动了一下。我说道："你或许也将报警器藏在了地毯下面。总部行政办公室的铃或许正响着呢。不过，我可是个常常用暴力来解决问题的人。你还是不要按警报器为好。假如有人会在一个小时之内光临此地的话，我保证他没法活着出去。"将他那支枪中的所有子弹都取出来之后，我将它们装在了我的枪中。接着，我将他枪膛里的弹壳射了出来，然后放下了。我返回桌前的位置时，已经给手枪上了膛。我向后退去，关上了那扇装有弹簧锁的门。听到弹簧锁发出的咔擦声后，我闩上了门。我在办公桌前的一把椅子上坐下去的时候，感到筋疲力尽。我说道："威士忌。"

他的手指了指。我又说道："威士忌。"他向那个医药柜走去，然后取出一个杯子和一个外表很光的瓶子，瓶上贴有绿色标签。我说道："我喝过你的威士忌，差点儿就到卡特琳娜岛了。拿两个杯子。"于是他取了两个小杯子。打开酒瓶后，他在两个杯中倒满了酒。我说道："你先来。"他笑了一下，然后拿起一个酒杯。我在他喝过之后，也喝了起来。我拿过那个酒瓶，将它放在自己的旁边。我在酒的热量传入心里时，开始觉得那颗心再次跳了起来。它终于不再待在外面，而是回到了我的体内。

"先生，你感觉好点儿了吗？"

我说道："我做了一个很糟糕的梦，梦见有人将我锁在了一间屋子里。他们把我绑在床上，还给我注射了麻药。因此我成了一个病人，我的身体变得十分虚弱。我得不到一口吃的，只好睡觉。我打昏了一个人，然后用他对待我的方式对待他，我将他绑在了床上。我并不是个需要让人花费大量心思的人，他们却在我身上花了太多心思。"他一边沉默地看着我，一边琢磨着，他似乎在琢磨我的生命还能维持多久。

我说道："我醒过来之后，看到烟雾弥漫了整个屋子。但那不是真的，而是我的幻觉。你这种人可能会用'视觉神经刺激'来称呼那种现象。接着我大声喊了起来，因为我看到那些吐出来的烟变成粉红色的蛇。一个穿白衣服的浑蛋进来之后，给我看了看他那根铁棍。为了拿到这根铁棍，我可着实准备了一番。他不但拿了我的衣服，还拿了我的钱。不过，我拿到他的钥匙之后，便又将我的东西拿了回来。之后我才来到了这儿。我此刻已经恢复过来了，你打算说些什么？"

他说道："我不打算说任何东西。"我一边慢慢地晃动着铁棍，一边说道："那些话就在你嘴边，它们希望并且等着你将它们说出来。这便是我从那个不听话的人那里拿到的铁棍，你有必要问问它是否同意你的做法。"他脸上露出一种迷人至极的笑，是那种刽子手在举起斧头对准你的脖子时，所露出的笑，这是一种略微带点儿谨慎以及和蔼的笑，有点儿像慈父的笑。假如你还能多活一段时间的话，便会对这种笑产生好感。

"请马上将铁棍给我。"

我将铁棍扔到了他的左手里。

他和蔼地说道："马洛先生，请将你的枪也给我吧。你的身体太弱了，我有规劝你的必要。你还是躺下去好好休息一番吧。"

我凝视着他。

他说道："我是个医生，叫桑德堡。我不愿意让一些不合情理的事发生。"他的笑容硬的如同被冰冻住了的鱼。他那长长的手指正在动，就如一只快要死去的蝴蝶。他将铁棍放在了他前面的桌子上，然后和蔼地说道："请将你的枪也给我吧，我有必要规劝你。"

"典狱官，现在的时间是？"

尽管我戴着手表，可是它已经不走了。那家伙看上去有些吃惊。

"为什么问这个问题？大概到子夜了吧。"

"今天是礼拜几？"

"先生，到底发生了什么事，现在自然是礼拜日的晚上。"

为了稳住身体，我靠在了桌子上。或许我和他之间的距离太近了，他很有可能夺去我的枪。

"已经过了四十八个小时了。我肯定是晕了过去。不过，将我带到这儿的又是谁呢？"

他可能来自流浪者救助协会。他一边看着我，一边将他的左手缓缓地移向了我的枪。我向他警告道："别惹我骂人，别惹我生气，别逼我发疯。我是如何来到这儿的，回答我。"

他的胆子挺大，他的手向我的枪抓了过去。不过，他并没有抓住。我已经向后坐了坐，并且把枪放在了膝盖上。他的脸一下子就红了起来。他给自己倒了一杯威士忌，然后一饮而尽，接着又做了个深呼吸，耸了一下肩。酒并不合他的胃口，只要是吸毒者都不喜欢酒。他用很尖的声调说道："带你来的是个看上去非常不错的警察。假如你从这儿逃出去，一定会在很短的时间内落网。"

"警察不会干这种事。"

他因为这句话而有些激动，他那淡黄色的脸出现了异常。我说道："晃晃酒，然后再把酒杯倒满。带我来这儿的是什么人？他是通过什么方式把我带来的？他为什么要带我来这儿？我今晚心情颇佳，不但很像在泡泡中跳舞，而且还听到了妖女发出的邀请。打开那个老旧的留声机，放些让人愉快的音乐。我没有杀人。粗暴的医生，回答我。"他用冰冷的口气说道："你觉得非常不舒服，你体内的麻药还在发挥作用。你当时就快没命了，我只好给你注射了三针洋地黄。由于你又喊又叫，我们只好将你绑了起来。假如你以这种状况逃离我的医院的话，很有可能闯祸。"他的语速非常快，他的嘴就像是往外倒话似的。

"你的意思是你是一名药科医生？"

"对，我已经和你说过一遍了，我叫桑德堡。"

"在一个中了麻醉剂的毒的人面前，你居然如此冷静，你说的根本不是真话。再让你说一次，别说其他没用的。我只想弄清楚带我来你这愚蠢的私人诊所的是什么人？"

"但是——"

"但是什么，别提什么但是。我决定送你点东西，我决定用麦姆斯酒淹死你。莎士比亚听说过这种酒，我还希望自己此刻能泡在麦姆斯酒缸中呢。我们再来点药吧。"我拿过他的酒杯，然后在两个酒杯中都倒满了酒，说道："卡洛夫，喝吧。"

"带你来这儿的是那个警察。"

"哪个？"

他一边用手指转着他的酒杯，一边说道："这里是贝城，那自然是贝城的警察。"

"哦，那家伙叫什么？"

"他是加尔布勒斯警官，我敢肯定，他不是一名正规的巡警。在星期五的晚上，他和另一个警察在屋外看到了你。你那时已经不省人事了。他们把你带到我这里，因为我这里离你当时昏倒的地方不远。我那时还以为你吸了过多的毒，不过，我的看法或许并不正确。"

"这听上去是个好故事，再说，我也无法证实它。不过，你为何要把我关在这里？"

他那双手始终在动，他此刻又摊了摊手，说道："我已经说了无数遍了。你应该在这儿待上一段时间，因为你太虚弱了。你究竟打算让我干什么？"

"你的意思是我还没有付你医药费？"

他耸了一下肩，说道："自然没付，总共是两百块。"我将椅子向后推了推，说道："一点儿都不贵，不过，你要有那个本领的话，就来取吧。"他刻薄地说道："假如你逃离这里，短期内就会落网。"我靠着桌子，凑到他面前说道："卡洛夫，我不光要从这儿逃出去，给我把那个保险柜打开。"他站了起来，说道："你错的越来越离谱了。"

"你不按我说的做？"

"自然不会。"

"我手中这玩意儿可是一支枪。"

他苦笑了一下，那笑容看上去十分无奈。我说道："那是个又新又大的保险箱，这也是一把非常不错的枪。你依然不打算按我的吩咐去办？"他的神情没有起一丝波澜。我说道："见鬼，一个人在自己手里拿着枪的时候，本来能够指挥任何人。不过，这在你身上似乎收不到效果。难道不是如此吗？"他又笑了起来，那笑容带着虐待的快感。我向后退去，我已经完全不知所措了。我在桌旁坐了下去，感到非常惊讶。他缓缓张开了嘴，就在那儿等着。我一边靠着桌子站着，一边凝视着他的眼睛。这种状况维持了很长一段时间，接着我将嘴咧了开来，他头上出现了汗水。他的笑就像一块抹布，一块非常脏的抹布。我说道："相比我的手来说，你的手实在是太脏了。"我向门口退去，然后打开门离开了。

这是一个有些偏的屋子，屋子的门上没有装锁，屋子的外面是那种带着顶的门廊。屋子的前面是一个种满了鲜花的花园，除了一扇门，花园还有尖尖的白篱笆。这个夜晚又冷又湿，并且看不到月亮。借着屋外的灯光，我能够看到位于角落中的指路牌上的字——德斯坎索大街。我认真地听了一会儿，没有听到警报声，我没有听到任何声音。我又看到了一个上面写着二十三大街的指路牌。二十五大街才是我的去处，安·蕾奥丹住在八百街区八百一十九号，我最好的避难所就是那里。

步行了很久之后，我才发现自己依然拿着那支枪。我又认真地听了一番，没有听到警报声。我觉得外面的空气好极了。不过，我快消耗完自己从威士忌那里得到的能量了，我继续朝前走去。松树和砖房分布在街旁。那些房子看上去不像是南加州的，很接近西雅图的国会大厦。八百一十九号房的灯光还未熄灭。在一颗非常高大的柏树旁，有一条非常小的车道，房前还种有玫瑰。我向那边走去，并且又认真地听了一会儿，依然没有听到警报声。我按了下门铃，对讲机在门铃响了一段时间之后传来了声音。

"你是？"

"马洛。"

对讲机那边的声音开始变得杂乱，或许是对讲机被挂断的声音，或许是她呼吸的声音。安·蕾奥丹打开了门，她穿着一件淡绿色的睡衣，那双看着我的眼睛瞪得非常大，看上去有些可怕。在门廊的灯光下，她的脸一下子就失去了血色。她伤心地说道："天啊，你看上去就像是哈姆雷特的爸爸。"

❧ 28 ❧

客厅里摆着几把玫瑰色和白色混和的椅子、一个又高又大的嵌入式书架、一个带着很高的黄铜柴架的黑色大理石壁炉。地上铺着带着花纹的棕褐色地毯。窗上挂着淡黄色的窗帘。客厅外面是放下来的百叶窗。如果不算光滑的地板和那面长镜的话，那客厅中就没有供女人使用的物品了。

我将脚放在脚踏上，然后在一张陷得非常深的椅子上坐了下去。坐下之前，我吃了一片吐司面包和两个煮得非常嫩的鸡蛋，喝了一杯酒、两杯黑咖啡和许多掺了白兰地的黑咖啡。那是很长一段时间之前的事了。我虽然记得自己是在餐厅里吃的这些东西，可是我忘了餐厅的模样。我的胃不再空空如也，有能够消化的东西了。我的脑袋大体上清醒了过来，我的身体也得到了恢复。

坐在我对面的安·蕾奥丹稍稍向前倾着身体，她的眼睛略微带点忧郁，柔顺的红褐色头发就在那双黑眼睛之上，发中还插有一支铅笔。她此刻正用那只好看至极的手撑着那个近乎完美的下巴。我没有将所有的事情都透露给她，尤其是没有告诉她有关驼鹿迈洛伊的事。她看上去有些忧虑。

她说道："我看你是醉了。我觉得如果你没醉的话一定不会来找我。我还以为你被那个有一头金发的家伙给缠住了。我还以为，我也不清楚了。"我一边观察了一下周围的东西，一边说道："你肯定不是通过写作得到这些东西的，我敢打赌。你的想法不会换来一毛钱。"她说道："我爸爸可不是当下那个又肥又笨的警察局长，他完全是用自己的正常收入买的这些东西。"我说道："那和我毫无关系。"她说道："德尔瑞有一部分属于我们的地。那都是一些沙地。我爸爸之所以会买那些地完全是中了他们的圈套。不过，后来有人在那里发现了石油。"我点了一下头，然后端起那个十分好看的水晶杯，饮了一口，杯里的东西很暖和，不过，我并不清楚那是什么。

我说道："假如有个人想立刻就搬到你这边住，你介不介意？"

她说道："假如他是那种每个人都决心将其逮住的人……"

我说道："他或许会因为没瞧见管家而使用暴力。"

红霞在她脸上弥漫开来，她说道："不过，你宁愿让人打碎你的头；将你的下巴当作篮板来拍；将你胳膊扎的到处都是孔……谁知道以后还会不会有事。"

我一直保持沉默，我疲倦极了。她说道："我因为你在埃思特路上的那种语调，差点儿推断你已经不记得过滤嘴的事了。无论如何，你还有些智商，懂得去查那些过滤嘴。"

"那些名片什么都无法证实。"

她一边看着我，一边说道："你刚刚说那人为了不让你插手这件事而找了两个警察。那两个警察不但狠狠地揍了你一顿，而且还囚禁了你两天。照这么看，为了防止再次挨打，你还是别再插手这件事为好。"
我说道："这是我的说话方式——直爽，说这话的应该是我。你为什么会做出那样的判断？"

"敲诈行为的幕后主使便是那个看上去很体面的心理医师。他先挑好对象，然后欺骗他们，接着让马里奥特那种人将她们诱出来，最后再进行抢劫。"

"这是你的真实想法？"

我喝完杯子里的东西之后，装出一副筋疲力尽的样子，不过，她完全没有将这些放在心上。她一边看着我，一边说道："这自然是我的真实想法，你也是这么想的吧。"

"我认为没有这么简单。"

她笑了起来，那是一种既尖刻又舒适的笑。她说道："不好意思，我现在才记起来你是个侦探。假如这起事件就这么简单的话，那实在是对你的一种侮辱。情况一定没这么简单，是吧？"

"没这么简单。"

"好吧，我来听听你的看法。"

"这仅仅是我的感觉，具体情况我并不清楚。可不可以帮我倒些酒？"

她站了起来，说道："你知不知道，你偶尔得喝些水，品品水是什么滋味。"她拿起我的杯子的时候，说道："这是最后一杯了。"接着她就离开了客厅。过了一会儿，我听到了冰块撞击金属发出的叮当声。我将眼睛闭了起来，开始享受这不值一提的声音。假如那些家伙如我所料的那样对我非常了解的话，一定会来这儿，那样的话就糟了，我来这儿可不是个正确的决定。

她回到客厅后，将酒杯递给了我。她拿着酒杯的那只手和我的手接触了一下，那手很冰凉。我抓住了她的手，并且隔了一段时间后，才缓缓地放开了它。我觉得自己仿佛正在一个漂亮的山谷中做梦，不过，太阳照着我的脸，我只能醒来。

她又坐到了椅子上，并且不停地换着姿势，她的脸一片通红。点着一支烟后，她又将视线放在了正在喝酒的我这里。

我说道："埃莫森十分凶残。可是，我也不清楚自己为何会推断他不是抢劫活动的幕后主使。我的推断或许并不正确。假如他是幕后主使，并且清楚我掌握着他的犯罪证据的话，那他一定会让我死在那家黑医院。他开始时一直都很有礼貌，直至我不经意间谈到隐形文字的时候，才开始对我大打出手。看来他是畏惧某种东西。"她一边安静地看着我，一边说道："隐形文字就在那上面？"我咧了咧嘴，笑着说道："起码我没有瞧见。"

"将东西藏在香烟的过滤嘴中，你不认为这样的隐藏方式非常怪异吗？假如他们始终都没有找到那些东西呢？"

"马里奥特所畏惧的东西吸引了我的注意。假如他出了事，那么警察就有可能发现那些名片，警察不但会翻他的口袋，而且会谨慎地观察一切有疑点的地方。我对此充满了疑问，假如马里奥特和他们是一伙的，那他们一定会将他身上的所有线索都消灭掉。"

"你是说杀马里奥特的是埃莫森，或是埃莫森的手下？不过，这起事件并不一定就和马里奥特知道埃莫森的情况有关。"

我将后背靠在椅子上，喝完了那杯酒，然后装作在琢磨问题，顺便点了下头，"不过，谋杀案和珠宝抢劫案一定存在联系。我们接下来再设想如果埃莫森和珠宝抢劫案存在联系的话……"

她说道："我觉得你一定非常疲倦了，是不是打算睡觉？"她的目光流露着调皮。

"在这里？"

红霞一下子就从她的脸部蔓延到了颈部，她提了提下巴，说道："我是这么认为的，我已经是成人了，用不着管教了。"我放下酒杯，站起身来，说道："我一向都很粗鲁，可是，如果可以的话，你是不是愿意将我送到出租车车站？"她愤怒地说道："见鬼，你实在是个傻瓜！他们不但把你打得完全变了样，还给你注射了大量的麻药，我觉得你现在最需要的是好好睡一觉，然后在清晨起来后恢复精力，再做从前的那个侦探。"

"我觉得我会睡很长时间。"

"你这个傻瓜，还是去医院吧。"

我说道："听好了，虽然我的头脑现在还不是很好，不过，我不能在这儿待太长时间。那些人对我充满了敌意，尽管我目前还没掌握他们的犯罪证据。无论如何，法律不会因为一番话而发挥作用。再说，这里的法律部门完全失去了公正。"她喘着气说道："这里有非常好的治安环境，你不能推断……"

"行啦，这是个非常好的地方，芝加哥也还可以，你在那里就算待上很长一段时间，也不会见到手拿冲锋枪的家伙。这自然是个好地方，洛杉矶简直没有办法和它比。他们无法买通大城市的所有人，然而，他们能在小城市做到这点，差异就是这个，所以我只能离开。"她仰着下巴站了起来，说道："你现在就在这里睡觉，里面还有一间卧室，向右转便……"

"确保锁上你的门？"

她的脸又红了起来，她咬着嘴唇说道："我有时觉得你很不简单，有时又觉得你太坏了。"

"无论我是哪种人，你能不能将我送到出租车车站？"

她咬着牙说道："你是个虚弱的病人，哪里都不能去。"我一边冷笑着，一边说道："我还不至于病到没脑子的地步。"

　　她以极快的速度向客厅外跑去，跑到客厅和走廊的台阶时，她险些摔倒。她没有戴帽子，不过披了一件法兰绒长风衣。她那红褐色的头发看上去就如她的脸一样愤怒。砰地打开侧门后，她便冲向了外面。车道那边传来了她的脚步声。接着我又听到她打开车库门的声音，以及开关车门和发动汽车的声音。车穿过落地窗之后，车灯光照入了客厅之中。我站起身，拿过椅上的帽子，然后关了灯。我向落地窗那边看了一下，发现上面装有耶鲁锁。关上门之前，我又转过头看了看这间房子，这的确是一间非常好的、能够在其中得到充分休息的房子，我关上门，在她将车开到我身旁时上了车。

　　带着我去公寓的路上，她始终愤怒地保持着沉默。我们终于到了我的公寓，我下了车。冷冷地向我甩了一句晚安后，她便在路中央将车头掉了回去。她的车开出很远以后，我还没掏出口袋里的钥匙。

　　公寓的大门每天十一点就会关上，我打开门，穿过大厅和电梯间，那里常常弥漫着霉味。我走出电梯，来到了自己的楼层。服务部的前面摆着许多牛奶瓶。走廊不是很亮，通过那扇门，我能看到里面那扇红色的防火门和一扇纱门。一阵带着厨房味道的微风从那边吹了过来。我来到了一个如同酣睡的猫一般安全的地方。开了家门之后，我走进了自己的家里。我将身体靠在门上，在那里呼吸着家、烟、尘土，以及一个单身汉长期生活所留下来的味道，这些都是我所熟悉的味道。我过了很长一段时间之后，才开了灯。我脱去衣服，在床上躺了下来。噩梦纠缠了我整整一晚，每次醒来我都浑身是汗，清晨醒来的时候，我终于再次恢复了体力。

29

我在床边坐着，身上穿着睡衣。我很想离开床，不过，这对我来说有些困难。我觉得自己的身体还没有得到完全的恢复，不过，一切都还好。我还清楚自己有一份能够拿到酬劳的工作，我的身体状况还没坏到它应该坏到的那种地步。我觉得自己的舌头非常干燥，仿佛里面混着沙子一般。我不但觉得自己的头很疼，而且觉得它非常热并且十分巨大。我的喉咙硬邦邦的，我的下巴毫无感觉。我有生以来遭遇的最差劲的一个清晨便是这个了。这个清晨很阴暗，不仅弥漫着浓雾，而且还有些凉意。费了很大一番力气之后，我终于从床上爬了起来。我的肚子有点儿疼，可能是因为吐得太多了，我揉了揉此刻已经空空如也的肚子。我用左脚踩着床角，因为我的左脚不但有了知觉，而且不疼了。

在我宣泄怨气的时候，一阵非常急的敲门声响了起来。那敲门声实在是太嚣张了，你甚至会因为那种敲门声产生这样的想法：将门打开两英尺，然后再使劲关上，好挤出他的脑浆。我将门开了两英尺多，门外站着的是兰德尔侦探中尉。他看上去不但非常整洁，而且十分严肃。他戴了一顶套叠式平顶帽，穿了一件棕色的华达呢外套，不过，他的眼神依然不怎么友善。我在他轻轻推门的时候，往旁边躲了躲。进屋之后，他关上了门，然后将整个屋子观察了一番。他一边观察着屋子，一边说道："这两天我一直在找你。"

"我病了。"

在屋里转了一圈，他摘下帽子，然后用胳膊夹住了它。他的脚步轻快极了。他那头灰发又亮又滑。这位警察的身材并不高大。他拿出插在口袋中的一只手，谨慎地将帽子放在了一堆刊物上。

他说道："你是在外面养的病？"

"医院。"

"哪个？"

"是一家宠物医院。"

他似乎被我打了一个耳光似的，一下子将头转了过来。他的皮肤并不是很有光泽。"就此类事来说，今天是不是有点儿早？"

我没理他，而是点了一支烟，并且狠狠地吸了一口，然后又在床上坐了下去。他说道："如果不将你丢入一堆病人之中，那谁都治不好你的病，是这样的吧？"

"你还是不要抱太高的期望。我患病了，并且起床后还没顾得上喝杯咖啡。"

"别插手这个案子，我已经警告过你了。"

我又抽了口烟，说道："你既不是上帝，也不是耶稣。"我都有点儿不熟悉自己了，不过，这种感觉还挺有意思的。

"你大概吃了不少苦头吧，我给你带来了太多困扰。"

"或许吧。"

"你清不清楚我不再追查下去的原因？"

"清楚。"

他一脸漠然地向前倾了一下身子，那动作快的都快赶上一只猎犬了。

"什么原因？"

"你不知道我在哪。"

他转着脚后跟，向后仰了仰身子。他开始变得有些温和起来，他说道："我以为你能说些其他的事。假如你是和我说的话，我一拳就能把你的下巴给打下去。"

"你肯定收到命令了，因此才不会畏惧两千万。"

他稍稍张着嘴，正略带困难地呼吸着。他缓缓地自口袋中掏出一包烟，接着将它打开。他用颤抖的手指抽出一支烟，将其放入嘴里，接着便走到那个摆着刊物的桌子旁去拿火柴，谨慎地点着烟之后，他吸了一口，他没有将火柴梗丢在地上，而是将它放入了烟灰缸。他说道："我之前，也就是在星期四的时候，已经用电话警告过你了。"

"是星期五。"

"没错，是星期五。不过，看样子那并没奏效。我虽然清楚原因，然而我那时还不知道你居然掌握着其他证据，我仅仅建议别放过那条线索。如今看来，这办法还真不错。"

"你说的证据是什么？"

他沉默地看着我。我说道："咖啡或许会让你变得更亲切点儿，来杯咖啡怎样？"

"不需要。"

我说道："反正我挺需要的。"我说着便站起身，向小厨房走去。兰德尔忽然说道："我还有话说，坐下。"我没有搭理他，依旧向小厨房走去。我在茶壶里倒了些水，然后把它放在炉子上。喝了两杯自水龙头里流出的冷水之后，我一边拿着第三杯水在小厨房门口站着，一边凝视着他。他一直保持着静止状态，他在凝视地板。就如非常厚的面纱一般，自他嘴里冒出来的烟挡住了他的半张脸。我说道："我得去见格雷夫人，因为她邀请了我。这难道不对吗？"

"我说的不是这个。"

"没错，不过，你刚刚说过这个。"

他仍旧是一脸漠然的样子，那突出来的尖额骨依然很红，他抬抬眼皮，说道："是你一定要见她，而不是她邀请了你。另外，你不但聊了一些不堪入耳的事，还打算接下敲诈案这笔买卖。"

"真滑稽。我记得她根本就没聊工作。她的故事在我眼中毫无意义，我是说那一点儿都不吸引我。我简直就不知所措。我认为她肯定和你说过了。"

"她的确和我说过。抢劫犯就藏在那个圣莫妮卡啤酒吧。不过，这没什么用处，我在那儿没发现任何线索。我们同样没在对面的那家旅店中找到目标，待在旅店里的都是一些不太重要的角色。"

"她说是我一定要见她？"

他耷拉了一下眼皮，说道："她没说过。"我咂了咂嘴，笑着说道："喝点咖啡如何？"

"不需要。"

我再次去小厨房弄了些咖啡，然后等着水开。兰德尔这回在我后面跟着，他现在就在门口那儿站着。

他说道："这些抢劫珠宝的犯人起码有十年的作案历史了。不过，他们之前一直都在好莱坞附近一带干这个，这回却选了一个不是很近的地方。要说原因，我倒是知道一些。"

"好吧，假如这起案件是由一个犯罪集团干的，并且你最终能抓获他们，那它就会成为从我定居在这个城市起，所知道的第一个告破的集体谋杀案。我能够想到数不尽的文章和标题。"

"马洛，非常感谢你这番话。"

"假如我有不对的地方，请指出来。"

他马上说道："没有，你是对的。到目前为止，我们已经突破了两点，不过，这仅仅是个起步罢了。某些小角色还以为自己能安然无事呢！"

"那么，来点儿咖啡怎么样？"

"假如我喝的话，你能不能不挪揄我，而是和我来一次真正意义上的男人的对话？"

"我努力吧，不过，我不能肯定自己会把所有的东西都交代出来。"

他用嘲讽的口气说道："我用不着那些。"

"你今天的这身行头可真不错。"

他红着脸说道："花了二十七块五呢！"我一边向炉旁走去，一边说道："天啊，这警察可够敏感的。"

"你这咖啡是怎么做的？还挺好闻。"

我一边冲着咖啡，一边说道："咖啡是粗磨的，用的不是纸质过滤器，而是法式过滤法。"我取出壁橱里的糖和冰箱里的奶油，和他一起在对面的角落中坐了下来。

"你说你在医院里养病，这是借口吧？"

"这是真的，我的确在贝城遇到点儿困难。他们用一种由他们自创出来的疗法招待我，那可不是什么可口的饮料，那是一种由麻药和酒混合而成的疗法。"

"什么，贝城？马洛，那种粗鲁的方式不是很合你的胃口吗？"他的眼睛似乎表明他正在思考。

"我对那种方式没有一点儿好感。我之前没尝过那种滋味，这回算是知道了。他们总共打了我两次，第二次打我的是个警察，也可能是一个遵照指示扮作警察的家伙。他们是用我的枪打的我，有个印第安人差点儿掐死我。他们在我昏过去之后，将我丢入了那家黑医院。他们不但锁住了我，而且还将我的四肢绑了一段时间。我现在只能用左胳膊上的针孔和我身上的伤痕，来证明我被人虐待过。"

他一边紧紧盯着桌角，一边用缓慢的口气说道："地点是贝城。"

"这名字听上去就像一首从污秽的厕所中传来的歌一样。"

"你为什么要去那个地方？"

"去那儿不是出于我本人的意愿，我是被那些警察带去那儿的。我本来是去见一个人的，那家伙就住在洛杉矶的斯蒂尔伍德海斯。"

他从容地说道："那家伙的名字是朱尔斯·埃莫森。你干吗拿走那些烟？"我一边呆呆地看着自己的咖啡杯，一边说道："这非常滑稽。这种情况非常滑稽，马里奥特还有那个里面装着大麻的烟盒，他们在贝城将它制成了俄罗斯香烟的模样，香烟的过滤嘴有空隙，里面藏着大量的秘密。"

喝完咖啡后，他将杯子放在了我这边。我又在杯里倒满了咖啡。他像用沙代克的手持放大镜或福尔摩斯的放大镜般，用他那双眼睛逐次扫描着我的脸。他啜了啜嘴，然后用餐巾纸擦了一下，接着生气地说道："你那时就该和我说这件事。不过，她和我说过那不是你偷偷拿去的。"我说道"哦，好吧，真见鬼，女人不愧是女人。"兰德尔很像某个电影里的联邦调查局警察，虽然有些忧郁，却非常具有男子气概。他说道："她看上你了。她爸爸是因为人品太好才被开除的。她看上你了，否则她根本就不需要和你说这些事。"

　　"她确实很不错，不过，她并不是我喜欢的类型。"

　　他又点着一支烟。烟雾跟着他的手指跳动着。他说道："她不是你喜欢的那种类型？"

　　"我喜欢既成熟又叛逆，并且有光滑皮肤的女孩儿。"

　　兰德尔用冰冷的口气说道："你是不是被他们洗过脑了？"

　　"这是自然的，否则我去了什么地方？你究竟是为了什么才来见我的？"

　　他的脸上露出了今天的第一个笑容。或许他只允许自己笑四次。他说道："我还没听尽兴呢！"

　　"我和你说说我的推断。不过，你或许早就这么想过了。格雷夫人说那个马里奥特是个专门勾搭女人的家伙。不过，他也在帮抢劫珠宝的集团做事。为了完成任务，他会先假装爱上他们的抢劫对象，然后安排下陷阱。他非常了解她们。他们通常让他在星期四将她们带出来。假如驾车的不是马里奥特，假如格雷夫人没有和他去卡德罗，假如他们在回家的路上没有走啤酒吧的那条路，那就不会发生那起事件。"

　　兰德尔说道："假如驾车的不是马里奥特，而是格雷夫人的司机的话，他们也会遭遇相同的状况。面对抢劫犯那已经上了膛的枪，司机一定不会为了一个月九十块的薪水而拼命。不过，抢劫案不会每次都在马里奥特独自和女人待在一起的时候发生。"我说道："应该想想为什么他们只要了很少的赎金，而不要只凭脑袋想象事件的关键之处。"兰德尔将身子向后仰了仰，晃着头说道："你做了个非常好的推断，它把我给吸引住了。女人虽然无所不谈，不过，她们不会透露和马里奥特相关的事。"

"这个可能不但非常大，而且还是他们杀害马里奥特的原因。"

兰德尔已经喝完了杯里的咖啡，却还用勺子搅着空杯。他在我去拿他的咖啡杯的时候摆了摆手。他一边傻傻地看着我，一边说道："接着说下去。"

"就如你所推断的那样，他们利用了他，后来觉得他已经失去了价值，所以就杀了他。这是他们让他插手的最后一个抢劫案，因为你一直都在坚持调查这件事。你琢磨一下，马里奥特在他们提出要很少的赎金，并且要他去的时候，变得害怕起来。他最终觉得自己有必要找个人和他一起去。他留了一手，那就是他身上的一些东西会在他出事后揭发某个人，某个智商很高，能够想出这么一套抢劫计划的无情者。另外，这个人还有一个能够掌握贵妇信息的地位。这虽然是很傻的一招，却非常有效。"

兰德尔一边晃着脑袋，一边说道："他们可以将他丢入大海，或者搜去他身上的全部东西。"我说道："并非如此。为了欺骗我们，他们想方设法让此次谋杀案看上去很幼稚。还有其他人为他们做事。他们还想在这一带抢劫。"

兰德尔依然在晃着脑袋。他说道："香烟里的东西指向的对象并不属于这一类人。我需要调查一下。他的交际范围非常不错。他在你眼中是个什么样的人？"他的目光没有一点儿神采。我说道："他想立刻就要了我的命。再说，那里不存在如此贵重的东西。难道不是这样的吗？不管他在哪里，都无法用心理方法进行长时间的交流。人们会因为他的魅力而靠近他。不过，买卖会在他的魅力不再那么迷人的时候告吹。假如他仅仅是一个心理医师，那情况就是如此。就如那些影星一般，让他发挥五年，他就能做上五年。不过，让他使用别的方法，让他去用那些女人的信息办事的话，他或许就会杀人。"

兰德尔的目光依然没有神采，他说道："那我在他身上再多花点儿时间。不过，此刻对我更具吸引力的是马里奥特，我们聊聊这之前的一些事，就从你们是如何见面的聊起吧。"

"他说是通过电话簿找到我的，然后给我打了电话。"

"你的名片就在他那里。"

"我自然没把这事给忘了。"我看上去有些惊讶。

"他为何会选你？你没想过这个问题吗？"

他的心里藏着许多东西，我开始对他产生了好感。我从我的咖啡杯的上方凝视着他，我说道："你这回就是因为这个原因才来这儿的？"

他点了一下头，说道："还为了闲谈。"他礼貌地朝我笑了笑，然后等着我开口。我又加了一些咖啡。兰德尔将身子向旁边侧了侧，一边瞧着米色的桌面，一边用满不在乎的口气说道："不太干净。"接着便坐直身子，凝视着我的眼睛，他说道："在这个话题上，我或许应该稍稍转变一下观念。我可以认为你在判断马里奥特的时候或许没有犯错。我们花了很长一段时间之后，才在他的保险箱里找到一份西五十四大街的房产信托书、大量的协议，以及两万三千块钱。"他一边笑着，一边用一个咖啡勺轻轻地敲着咖啡杯托盘的边沿部分。他彬彬有礼地说道："是西五十四大街的一千六百四十四号。"我用听不太真切的语气说道："哦。"

"马里奥特的保险箱里还有大量非常不错的珠宝。不过，我觉得那都是别人送给他的，而不是他偷来的。因为会联想到某些事情，所以他没有出售珠宝的胆量。"

我点了一下头，说道："他认为这和偷没什么区别。"

"没错，那张信托书现在变得非常重要。我当初完全没把它放在心上。与附近一带全部有疑点的死亡报告及杀人犯相关的案件记录，已在我们的掌握之中。我们只需一天的时间就能整理好这些案件记录。规定就是这样，假如你没得到权利就不能搜查，或者你在确认某个人有没带枪的时候，必须得有个说得过去的理由。我今天早上才利用空闲时间翻了翻那些案件记录，里面有份同样是谋杀案的记录，那是上星期四发生在市中心黑人区的一起事件。犯案的人坐过牢，是个名叫驼鹿迈洛伊的家伙，那家伙有严重的暴力倾向。另外，目击证人的证词也在案件记录上，除非你就是那个目击证人，否则这些话一点儿价值都没有。"他的脸上轻轻地露出了第三个笑容。他说道："这些事合不合你的胃口？"

"我听着呢。"

"你知不知道？这样的事可从来都没发生过。因此我查了查当时做记录的是谁，原来是奴尔迪。我很了解他，因此推断那件案子还在那儿悬着呢。奴尔迪就是这样的人，换个说法吧，你以前去过克雷斯特连吗？"

"去过。"

"那就好说了。克雷斯特连附近分布着大量小屋，那些小屋绝大部分是旧货车的车厢改造而成的，那里面有一间属于我的小屋。不过，我那间小屋的前身并不是车厢，那些车厢依然躺在失去了轮子的卡车上，信不信由你。奴尔迪现在就是个疯子，他会随随便便将一个车厢装在一个车厢上。"

我说道："他也是警察，那样不是很妥当。"

"因此我和他通了电话。可是，他不但支支吾吾的，并且还吐了很多次痰。他表示你有些和迈洛伊的情人相关的信息，那家伙的情人叫维尔玛。另外，你还去拜访过弗洛里安之前的那个老板的老婆，她如今已经成了寡妇。犯罪现场就是那个店，不管是维尔玛，还是迈洛伊，都在那儿上过班。那个寡妇将房子押给了马里奥特，她就住在西五十四大街的一千六百四十四号。"

"接下来呢？"

兰德尔说道："这么多事在同一个早上一起涌现出来，实在是太巧了。我正是因为这个才来到了你这儿。我现在对这起事件大概有个清晰的认识了。"我说道："不过，除此之外还有不少情况。弗洛里安夫人表示维尔玛已经死了，她的照片还在我这儿。"

我的那件外套在客厅，于是我向客厅走去。我还没摸到口袋底的时候，就觉得口袋里什么也没有了。然而，他们并没有拿走我的照片。将口袋里的东西全都取出来之后，我又回到小厨房，并将那张画着小丑装的女孩的照片丢向了兰德尔。他仔细地看着它，说道："这是哪来的？我不认识她。"

"这是安·蕾奥丹拿来的，是格雷夫人保存的报纸。"

他对着照片点了点头，说道："即使不是因为两千万，我同样会娶她。"我说道："我有必要再告诉你一些事情。我昨天晚上简直疯了。我打算单枪匹马去搜查那家位于贝城二十三大街与德斯坎索大街路口的医院，那家医院的老板是个自称医生，名叫桑德堡的家伙。另外，他还在那里隐藏着犯人。我昨天晚上看到驼鹿迈洛伊就在那儿的一个房间里。"兰德尔坐在那里一动不动地凝视着我，说道："你肯定？"

"非常肯定。那家伙的外形太突出了，他的个头实在是太大了，我只要看一下就能确定。"

他依然坐在那里一动不动地凝视着我，接着缓缓地自桌下移开腿脚，然后站了起来，"我们去拜访一下弗洛里安夫人吧。"

"那迈洛伊怎么办？"

他再次坐了下去，说道："给我说说事件的详细过程。"他在我讲述事件的详细过程时，始终用眼睛凝视着我的脸，他的眼睛甚至都没眨过。他用稍稍张着的嘴呼吸，他保持着静止状态，十分专注地听着。我说完后，他用手指轻轻地敲着桌边，说道："那个叫作桑德堡的医生看上去是干什么营生的？"

"他似乎是个吸毒者，也可能是个贩毒的。"

兰德尔在我认真描述完桑德堡后，马上去了客厅，并且在电话机旁坐了下去，他拿着电话干脆利落地说了一段时间之后，再次返了回来。我趁这段时间又弄了一些咖啡，另外，我还做了两片正吐着黄油的吐司，并且煮了两个鸡蛋。我这会儿正坐着享用早饭。兰德尔此刻就坐在我的对面，他正用手撑着下巴，说道："我让一个国家缉毒员装作病人去了那里一趟。他没有逮住迈洛伊，迈洛伊在昨晚你离开那里十分钟后就出去了。不过，缉毒员可以找到某些蛛丝马迹。"

我在鸡蛋上撒了一些盐，说道："为什么不派贝城的警察去？"兰德尔保持着沉默。我抬头瞧了瞧他的脸，他的脸有些红，看上去有些不舒服。我说道："在我见过的警察里，你是最敏感的。"

"我们得马上行动，你赶紧吃。"

"吃完饭，我还得洗澡，刮脸和穿衣服。"

他用嘲讽的口气说道："穿着睡衣出去又能怎么样？"我说道："整个城市是不是都已经坠入了邪恶中？"

"莱尔德·布鲁纳特现在掌控着它，据说他为了拿下这个市长位置，出了三万块。"

"那个观景楼俱乐部背后的老板是不是他？"

"他还经营着两艘赌船。"

我说道："不过，他可管不着这儿啊。"

他将头低了下去，一边看着他那又亮又干净的指甲，一边说道："假如那两根大麻烟还在你的办公室的话，那我们先去那里拿上它们。"他敲着手指说道："我可以在你洗澡的时候自己去拿，只要你把办公室的钥匙给我。"我说道："还是我和你一起去吧。我那边可能来了大量邮件。"他点了下头，接着又坐下去点着了一支烟。洗完澡，穿上衣服之后，我和兰德尔坐着他的车开始行动了。

没人碰过那两支烟，它们依旧躺在我的抽屉中，没人在办公室留下翻找过的痕迹。我收到大量几乎毫无意义的邮件。

拿起那两支俄罗斯香烟后，兰德尔嗅了嗅，接着就将它们放入了口袋。他似乎在思考什么似的说道："他从你身上拿回了一张名片。他对这两支烟没有丝毫顾虑，因此名片的背面绝不会藏着什么看不到的信息。我认为埃莫森仅仅觉得你在引诱他说出某些事，他不会生出恐惧之心。走吧。"

～30～

门外似乎盛放着一株紫罗兰，老妇人正用她的鼻子在门外嗅着。她就如耙草一般将整条街道观察了一遍，接着又点了一下头，她的头发一片花白。在这个低档的街区，我和兰德尔似乎一下子就跃到了瓦伦蒂诺的层次。我们脱去了帽子，她似乎还没有忘记我。我说道："莫里森夫人，早上好。这位是警察局的兰德尔警官。不知道您方不方便和我们谈一会儿。"她说道："天啊，我还有很多衣服要熨呢，我的活儿实在是太多了。"

"只需要一小会儿。"

她向后退了两步，我们跟在后面迈进了屋里。走廊上放着一个餐边柜，那柜子可能是梅森市的，也可能是自那里运来的。我们经过走廊来到了客厅，客厅非常干净，客厅的窗户上挂着有蕾丝边的窗帘，自里面的屋子飘来一阵熨衣服的味道。她小心翼翼地关上了门，仿佛那是一扇由薄薄的馅饼皮做成的门。她的目光还是那么锐利，她的下巴也没有任何改变。她今天早上穿的是一件蓝白相间的围裙。

她在走到距我一英尺的地方停了下来，然后一边将脸向我这边凑来，一边看着我说道："她没收到邮件。"我点了一下头，然后瞧了瞧兰德尔，他也点了一下头，接着他向窗户那边走去，然后通过窗户观察弗洛里安夫人的房子。过了一会儿，他用胳膊夹着那顶套叠式平顶帽，又缓缓走了回来，那样子仿佛学院戏剧中的法国伯爵般潇洒。

我说道："她没收到。"莫里森夫人说道："星期六是四月一号，

155

是愚人节。她没收到，呵呵。"她停了下来，本来打算用围裙擦一下眼，后来才发现那件围裙是橡胶的，她抿了抿嘴，似乎有些沮丧。

"邮递员那天经过她家门前时没有进去，她跑出来朝着邮递员喊了几声，不过，邮递员只是摇了摇头，然后便离开了。回到屋里后，她用力关上了门，那力气都大到快震碎窗户的地步了，她看上去简直就是个疯子。"

我说道："我能想到。"老妇人忽然对兰德尔说道："小伙子，我想看看你的证件，我不太信任那天那个喝了酒的家伙。"兰德尔自口袋里掏出一块蓝金相间的警徽，然后让莫里斯夫人瞧了瞧。她说道："的确是警察。好吧，她星期天除了去买酒外没有异常举动。她回来的时候，提着两个方形的酒瓶。"我说道："是杜松子酒，这表示善良的人始终不会碰这种酒。"老妇人用强调的口气说道："善良的人始终都是滴酒不沾的。"我说道："没错。之后就是星期一，也就是今天，她在邮递员再次经过的时候完全失望了。"

"小伙子，你非常会猜，甚至都把别人的话给抢先说了。"

"莫里森夫人，对不起，这件事对我们来说非常关键。"

"这个小伙子的话还真够多的。"

我说道："相对而言，他的经验多一些，因为他有老婆了。"她的脸一下子就变紫了，她吼道："趁我还没报警，赶紧给我滚出去。"兰德尔立刻说道："夫人，您不会有事的，我就是警察。"她的脸色开始慢慢恢复过来，她说道："没错。这家伙太可恶了。"

"夫人，我和您没什么区别。弗洛里安夫人是不是今天也没收到她的挂号信？"

她以非常快的语速说道："是的。昨晚有人去过她那儿，不过，我没瞧见他们，昨晚有人带我去看电影了。一辆车在我们回来时，不对，在他们离开没多久的时候，驶过了她的门口，我没看清车牌号。他们不但开得非常快，而且关着车灯。"她斜眼看着我，除了锐利之外，那目光还有点儿躲闪。我轻轻来到窗前，挑开窗帘，看到一个戴着一顶帽子，穿着一件蓝灰色制服，并且背着一个沉重皮包的公职人员，正向这间房子走来。我将身子转过来，然后咧嘴笑了起来。我用稍显直接的口气说道："你落后了，明年成绩只能得到 C 了。"

兰德尔漫不经心地说道："这话一点都不好笑。"

"来，瞧瞧窗外。"

他来到窗前向外看了一下，然后稳稳站在那儿盯着莫里森夫人。他看上去十分冷酷，他在等某个东西，一个世界上绝无仅有的声音。那个声音片刻之后便传了过来，那声音是某个东西被丢入门前信箱所发出的。被丢入信箱的或许是传单，不过，这回不是。那个人的脚步声表示他已经从小路走回了大街上。兰德尔又来到了窗前。那个邮递员继续向前走去，并没有在弗洛里安的房前停步，沉重的皮包将他那蓝灰色的背部压得非常平。

兰德尔扭过头，很客气地说道："莫里森夫人，邮递员一上午会来几趟？"她竭尽全力保持着冷静。她说道："一趟。上午和下午都是一趟。"她用两只手抓着那蓝白相间的围裙的皱边，她的下巴不停地发抖，她的眼睛始终在回避。兰德尔含含糊糊地说道："邮递员已经投完上午的邮件了。负责投挂号信的是一般的邮递员吗？"她用又老又沙哑的声音说道："她之前收的全是特快专递。"

"哦。不过，她在上周六发现邮递员没有给他带来邮件时，跑出去叫住了他。你并没说有特快专递这回事。"

只要他调查的不是我，就这么看着他破案，其实还挺有趣的。

她张开了嘴，那些发亮的牙齿便露了出来，她一定用一杯溶液泡了它一晚上。叫了一声之后，她一边用围裙裹着头，一边向客厅外冲了出去。兰德尔看着她跑出那扇位于拱门旁的门后笑了起来，那笑容看上去十分疲倦。我说道："很好，并且非常自然。不过，我可不愿意用无礼的态度对待一个老女人，哪怕她是个骗子。这种无礼的角色下回还是交给你吧。"他依然在笑着，耸了一下肩，说道："这故事太老了。这就是警察的任务。她最初的每一句话都是真的，不过，她后来开始往里面添加内容了，因为她开始觉得事情发展得不够迅速，不够有趣。"

他转过身子，然后和我一起来到了走廊上。一阵哭泣声自里面的屋子传了过来，那种声音会打败某些具备耐心的男人。不过，那声音对我根本起不到任何作用，那不过是一个老女人的哭声罢了。顺着大街，那个邮递员又给两家送去了邮件。兰德尔用夹着呼吸声的模糊语气说道："警察的麻烦任务。"

我们向弗洛里安夫人家走去。弗洛里安夫人洗好的衣服还在屋外的晾衣绳上摇摆着。上了台阶后，我们按响了门铃，却没收到任何回应。我们又敲了几下门，依然没收到回应。我说道："她上回没有锁门。"

他一边用身子谨慎地顶着纱门，一边尝试着开门，不过，门这回上了锁。下了门廊之后，我们自挨着老妇人屋子的那一侧，绕到了弗洛里安夫人的屋后，屋后同样有一扇带有拉钩的纱门。兰德尔在纱门上敲了几下，同样没收到回应。他下了后门的门廊，然后沿着一条到处都是杂草的车路，来到了一个车库前，那车库是用木头搭建的，如今又破又旧。车库被他打开的时候发出吱吱的响声，里面堆满了破烂儿，有几个老式皮箱已经烂到连做干柴的资格都没有了。车库里还有一个装有古老罐子的纸箱，和一些生了锈的园艺工具。两只巨大无比的黑寡妇正在门两侧的烂蜘蛛网上趴着，兰德尔用一块木头结果了它们。他拉下车库门，又沿着那条车路回到了屋前，里面始终没有回应，按门铃和敲门都无济于事。

他悠闲地返回来后，朝对面的大街瞧了一下，他说道："最容易打开的是后门。旁边的那个老女人撒了太多谎，不会再干出什么来了。"后门的台阶只有两步，他踏上台阶，用一把刀巧妙地挑开了挂钩，我们进入纱门，来到了门廊。那里堆满了各种各样的罐子，有的罐子甚至装满了苍蝇。他说道："天啊，这生活是怎么过的啊？"

一把最普通的钥匙就能打开后门，不过，里面被闩了起来。我说道："我完全没有想到情况会是这样。看她那种懒散的样子，一定不会用这种方式锁门。她肯定不在这儿了。"兰德尔一边看着后面的玻璃，一边说道："用下你的帽子，因为你的帽子看上去比较旧。我打算将玻璃推进去，我们也可以想个更干脆的办法。"

　　"用脚踢吧，不会有人发现的。"

　　"行，那就行动了。"

　　他后退了几下，接着咔嚓一声就踢开了门。地毯上有一片金属片，我们将它捡了起来，然后慢慢地把它放在了沥水板上。沥水板的附近堆着九个杜松子酒的酒瓶，酒瓶里的酒都被喝光了。这里都已经发臭了，许多苍蝇在厨房的窗户上飞着。站在屋子中间的兰德尔认真地扫视着整个屋子，走到弹簧门那儿时，他直接用脚将门开到弹簧不再自动弹回来为止。客厅的布置与上回并没多大的不同，收音机这回没有响。

　　兰德尔说道："那是台价值高昂的收音机，看上去相当不错，她买这台收音机的时候一定花了很多钞票呢。这儿有些东西。"他将一只腿跪在地毯上，沿着地毯搜寻着。走到收音机旁时，他在一条电线上踢了几下，最后踢出了一个电线插头。他俯下身子，认真观察了一番收音机前板上的按钮，他说道："很好，智商还真够高的。人的手印不会留在这又大又滑的东西上吧？"

　　"插上电源，看看收音机还能不能播放。"

　　他看了一遍周围，然后将插头插在了一个插座上。指示灯亮了之后，收音机发出了吱吱的响声，片刻之后，喇叭开始大声叫了起来。兰德尔立刻将插头拔了下来，声音也跟着马上停了下来。他的眼睛在他起身那刻散发着光芒，我们马上向卧室跑去。杰西·皮尔斯·弗洛里安夫人在床上斜躺着，她身上是一件非常皱的棉布家居服，她的头差一点儿就挨着地了，床角上有一些很招惹苍蝇的深色的东西——她早就死了。

　　兰德尔蹲了下去。他没有动她，而是在那儿看了她很久，之后便将视线转到了我身上。他一边看着我，一边像狼那样咧着嘴。他说道："脸都沾上脑浆了，看上去是这起事件的常用做法。不过，犯人此次是用两只手犯下这桩罪行的。你瞧瞧脖子上的伤痕和指印的大小，这两只手该会是什么样子的啊！"我说道："倒霉的奴尔迪，这起事件如今不再是一桩能够轻易处理的黑人谋杀案了。你瞧吧。"说完我便掉头出去了。

❧ 31 ❧

有只虫子正在兰德尔那张擦得非常亮的桌子上缓慢地爬行。那虫子又黑又亮，有着粉红色的头和带着粉红色斑点的身子。它像是在为起飞测试风速，在那儿摇着自己的一对触角。它就如一个带着大量行李的老女人一般，爬行的时候不停地摇晃着。在另一张桌子旁，坐着一个名不见经传的家伙。那人正拿着一部老式电话唠叨个不停。他的声音听上去如同人们在隧道里吹口哨时所发出的声音。他的拇指和食指正夹着一支已经点燃了的烟。说话的时候，他微微眯着眼睛。他将一只手放在了前面的桌子上。那是一只带有疤痕的手。爬到兰德尔的桌子旁时，那只虫子便向空中飞去。过了一会儿，那只虫子背朝下落在了地上。它无可奈何地动了动那几根细腿，便假装死了。因为没人碰自己，它又动了动那几根细腿，最后终于将身子翻了过来。它缓缓地爬向一个角落，并在失去目标后在那儿停了下来。

墙上的警用音响传来一条消息，说有一个戴着灰色毡帽，穿着深灰色外套的中年男人，在圣佩德罗四十四大街的南部一带，犯下了一起抢劫案。事发现场的人最后看到他沿着四十四大街向东逃去，最后在两栋房子中间失去了踪影。那个播报员说道："不要急着靠近。这个犯人刚刚对一家位于南圣佩德罗三九六六号的希腊餐厅的老板实施了抢劫。他手上有一把点三二口径左轮手枪。"播报员的声音随着咔哒声戛然而止。另一个播报员接着念起了刚刚被偷去的汽车的名单。他念完一条后还会重复一次，他的声音听上去非常枯燥，并且非常慢。

兰德尔此时打开了门。轻快地穿过房间后，他拿着一叠纸在我对面坐了下来。他将那些纸向我这边推了过来，那是一叠用打印机打出来的，大小和信纸差不多的纸。他说道："签四份。"于是我签了四份。

抵达房间的一个角落后，那只粉红色的虫子伸出触须，挑了一个不错的起飞地，它看上去有些沮丧。过了一会儿，它又顺着踢脚线抵达了另一个角落。那个通电话的小侦探在我点着一支烟后，忽然起身向屋外走去。

兰德尔的眼神又恢复到了从前那种既从容又冷酷的样子，他又开始打算随着情形而变得亲切或烦人。他靠着椅背说道："我和你说些事，你不能再安排此次行动。就是这样，你有没有更多的妙计？或许上帝很照顾你。"

我等着他说下去，他说道："没有手印留在那个地方，你清楚那个地方指的是哪儿。那条线完全是为了关掉收音机才拉开的。不过，关收音机的极有可能是她本人。醉鬼会将收音机的声音调得很高，他们喜欢这样，这再正常不过了。假如你在杀人的时候戴了一副手套的话，为了掩盖枪声或其他的声音，同样会打开收音机。在关收音机的时候，你还可以采用这种方式。不过，人们一般不会用这种方式来关收音机。再说，她的脖子已经断了。犯人在拧断她的脖子之前，就已经杀死了她。不过，他是出于什么目的才会将她的脖子拧断的？"

"我在听。"

兰德尔皱了一下眉，说道："我推断她惹恼了犯人，而犯人并不清楚自己已经将她的脖子给拧断了。"他笑了起来。那笑容看上去非常不自然。吸了几口烟后，我将手移了开来。兰德尔说道："哦，她做了什么会惹恼他的事呢？为了能够顺利抢劫俄勒冈州，他给了弗洛里安一千块。拿到那些钱的是个律师，那个律师没过多久就死了。迈洛伊或许怀疑弗洛里安打算自里面拿点钱，或许他已经将事情弄清楚了。当然，他也可能仅仅是强迫她说出事情。"我点了一下头。这番言论的确值得我这么做。兰德尔又说道："她的脖子被他抓过。不过，他并没有移动手指。假如我们能逮住他的话，或许能够证明就是他留下的那些指印，或许也无法证明。留下那些指印的时间是昨晚，也可能是昨晚比较早的一段时间。不管怎么说，肯定是放电影那段时间。这的确很像迈洛伊做的，不过，目前每个邻居都表示昨晚自己没有看到迈洛伊去过那个房子。"我说道："没错，一定是迈洛伊。他可能原本并不想杀她，不过，他的力气实在是太大了。"兰德尔一本正经地说道："这对他没有任何帮助。"

"我只是说个看法，我觉得他不会这么做。在我看来迈洛伊并不是个职业杀手，他不会为了金钱、乐趣或女人去杀人。他一定是在自己到了万不得已的地步才去杀人的。"

兰德尔用冰冷的口气说道："这点非常关键吗？"

"我不清楚，你大概清楚哪些东西是关键的，哪些东西不是关键的吧。"

南圣佩德罗那家希腊饭店被抢的消息，又从那个警用音响中播了出来。兰德尔的视线在这段时间内始终没有离开我。警察已经将那个犯人囚禁了起来。过了片刻之后，播报员开始播报案件的结果。许多人在事发时都看到了犯人，那是一个手拿水枪的墨西哥男孩儿，只有十四岁。播报停止之后，兰德尔接着说道："让我们继续维持今天上午这样良好的合作方式吧。你看上太累了，回去好好休息一番吧。至于逮捕驼鹿迈洛伊的事和马里奥特的那起谋杀案，就交给我和警局去处理吧。"我说道："格雷夫人在马里奥特这件事上雇用了我，并且我也收了钱。你打算让我怎么办，让我在还没完成任务的时候就甩手不干，那我不是没饭吃了？"他又将视线移到了我身上，说道："我同样是人，我非常清楚。人们完全是因为期盼你能做些事才将执照颁给你的，而不是为了让你把它挂在办公室的墙上。另外，每个脾气暴躁的行动队长都能捏碎你。"

"包括格雷吗？就是雇佣我的那位。"

他想了一会儿，便皱着眉头敲起了桌子，因为他不愿让我得到权利，哪怕是一半的权利，他说道："就是这样。我们应该体谅一下对方。"停了片刻之后，他又说道："对你来说，现在就放手不管这起案件，是个非常不错的选择。假如你继续管下去的话，便有可能惹上麻烦。我虽然不是很肯定，不过，我觉得照这么发展下去，这起事件还会让你再次进医院，到时你的工作会更加困难。"

"这个问题每天都在困扰着私人侦探，直到他不再是个侦探为止。"

"不过，你不能干预谋杀案。"

"我已经听你说过你的不满了。我从来就没梦想过自己能解决一个连警察局都解决不了的案子。我就算有自己的看法，那也是些不值一提的看法。"

他将自己的身子缓缓地向前倾了倾，然后压在了桌子上。他的手指非常瘦，那手指就如弗洛里安夫人屋前那不停拍打着墙面的一品红似的，在桌上没完没了地敲着。他那头灰发又亮又滑。那双凝视我的眼睛看上去非常冷酷。他说道："我们先到那边看看情况，然后再做研究。据说埃莫森旅行去了，不过，他的老婆和秘书都不清楚或不想说他去了什么地方，我们也不清楚那个印第安人去了什么地方。你会不会指控他们？"

"不会，我不想让事情变得更复杂。"

他看上去非常满意，说道："这是我遇见的最棘手的事，它完全在我的能力之外。那家伙的老婆表示自己不但没听说过你，甚至没听说过那两个贝城的警察（前提是他们真的是警察），用香烟藏起埃莫森的名片仅仅是一种陷害的手段，我敢保证埃莫森绝对与马里奥特的死无关。"

"桑德堡医生呢？"

他摊了摊手，说道："先不提事件的全过程。偷偷到了那儿以后，地方检察院的人就完全没和贝城方面联系过。那栋房子里面什么都没有，并且如今已经被锁上了。他们肯定进去过了，就算他们在短期内对那里进行了一次清理，也依然会留下很多指纹。收集这些证据会费去我们一个礼拜的时间。原本放在那个房子里的保险柜可能藏着毒品或别的什么东西，我正在琢磨一个能够打开它的办法。我觉得桑德堡可能有一份与变化指纹、堕胎、乱用麻药或疗治枪伤等违法行为相关的记录，他自然不会将这份记录放在那里。假如按联邦法规来的话，我们能获得大量援助。"我说道："他说自己是一个药科医生。"兰德尔耸了一下肩，说道："或许没被判刑，或许以前是。有个家伙五年前在好莱坞被控诉为贩毒的，他完完全全就是个魔头。不过，他最终在得到联邦法规的帮助后离开了监狱，如今成了一名医生，就生活在棕榈泉附近。有没有一些会让你害怕的事情？"

"我想知道你是否了解布鲁纳特这个人？"

"那家伙轻轻松松地就能赚一大笔钱，他就是个赌徒。"

我一边准备起身，一边说道："虽然听上去非常不错，不过，这似乎和那起珠宝抢劫案，以及马里奥特被杀的案件毫不相干。"

"马洛，我不能将一切都透露给你。"

我说道："我根本就没存这个希望。还有一点就是，我在第二次拜访杰西·弗洛里安的时候，了解到她给马里奥特做过佣人，马里奥特会给她寄钱也是出于这个原因。有能够证实这一情况的东西吗？"他看上去生气了，他说道："有，她的感谢信就在马里奥特的保险箱中。这会儿到了你回家忙你的私事的时间了吧？"我说道："他是因为善良才谨慎地将那些信保存起来的吧？"他将视线自我的脚部移到我的头顶。他眯着眼睛看了我十秒钟后笑了起来。他今天笑的次数太多了，几乎用光了他一个星期所笑的次数，这着实让人惊讶。他说道："我在这方面有个既寻常又疯狂的推断：在那种生活状况下，马里奥特受到了威胁。每个抢劫犯都有一定的赌博心理，每个赌徒也都对迷信有一定的依赖。我觉得马里奥特将杰西·弗洛里安当成了自己的幸运星，他要想自己不出事，就一定得照顾好她。"

我将头转了过去，又把视线移到了那个粉红色的虫子身上，在两个墙角都做过尝试之后，那只虫子正闷闷不乐地向第三个墙角爬去，我走过去用手帕将它带回了桌上。我说道："瞧，这只虫子仅仅因为想交个朋友，就爬到了这第十八层楼上。我的幸运星就是它。"将虫子放在手帕的柔软处后，我便叠起了手帕，然后将其放入了口袋中。兰德尔将眼睛睁得老大，他虽然张开了嘴，却什么也没说。我说道："我正在琢磨马里奥特又会是谁的幸运星呢？"他用带着嘲讽的冰冷口气说道："朋友，不是你的。"我从容地说道："或许同样不是你的。"我说完后便离开了屋子，并且把门关上了。

下了电梯后，我来到春日大街的路口，然后走过市政厅前面的门廊，接着走下许多台阶，最后经过了花坛，我在灌木丛后谨慎地放下了那只粉红色的虫子。在搭乘出租车回家的途中，我不停地考虑着那只虫子要想再次爬到警察局的重案组，得用多久。我的车就停在公寓后面的车库里。在好莱坞大街用过一些午饭后，我又驾着车向贝城驶去。这个迷人的下午阳光普照又清爽宜人，我在安古洛大道上转向了第三大街，然后向市政厅方向驶去。

∽ 32 ∾

市政厅与这片繁华的区域有些格格不入，看上去更像一个古建筑，围墙的里面是一片大部分被鸭茅草覆盖的草地，围墙的外面坐着一排看上去很悠闲的流浪汉。这是一个只有三层结构的建筑，一个历经了很多年月的钟楼位于建筑的顶上，他们或许会在消防队志愿者返回时，敲响那个依然挂在钟楼里的钟。人行道十分破败。大楼之前有一段通往大门的台阶。打着市政厅专用领结的人为了能够应付意外，就在那两扇打开的大门的两侧站着，脸上刻满小心的他们穿着漂亮的衣服，挺着啤酒肚，执行着一成不变的礼仪规范，为了能让我进入里面，他们给我让出了一条四英尺宽的路。

门后是一条走廊，走廊的光线有些模糊，他们上次拖地可能还是在麦金莱就职那会儿。服务台上面有一个用木头做的、上面写有警察局位置的指示牌。一台非常小的电话交换机后，有个人正在打盹儿，那人穿着一件制服。电话交换机的线连着柜台，那个用木头做成的柜台已经满是伤痕。一个人在脱去自己的便衣之后，一边用腿顶着肋骨，一边用一只眼看着昨晚的报纸，他的腿肥的就和消火栓似的，一个痰盂滚到和他相距十英尺的地方后停了下来。打了个哈欠后，他说道："后面楼上便是局长的办公室。"

相比一楼来说，二楼显得干净和明亮了许多，不过，看上去仍旧马马虎虎，一扇上面写有"警察局长约翰·沃克斯，欢迎！"的门，差不多就在走廊的终点。一个穿着制服的男人，在走廊里面那段低低的木质栅栏后，用一个大拇指和两个手指在打字机上敲着。他打了个哈欠，拿过我的名片表示自己会看看，接着就进入了一扇红褐色的木质门里，那扇门上写着"警察局长约翰·沃克斯，私人场所。"在里面待了一段时间后，他返回来并让我进去。

我进去后关上了这扇内部办公室的门。这是一个三面有窗，既宽敞又凉爽的屋子，地上铺着一块非常大的蓝色地毯。一张上了漆的，跟墨索里尼的那张办公桌非常相似的木质办公桌，摆在屋里一处比较远的地方。如此一来，你要想去办公桌那边，就不得不通过那块地毯。那双十分有神的眼睛在这段时间内会一直盯着你。来到办公桌前，我看到桌上有一个用突起的字写着"警察局长约翰·沃克斯"的标志牌，我觉得自己或许能想起这个名字。那个位于办公桌后面的男人有着十分干净的头发，他的头发很短，没有遮住那发光的头皮。他看上去非常重。他那双小眼睛非常深邃，那下垂的眼皮就如不停跳跃的跳蚤一般。他的衬衣和领带都是咖啡色的，穿了一件黄褐色的法兰绒西装，并且在领子上别了一个钻石领针。他将一块手帕放在了胸前的口袋中，手帕向外露出了三英寸多一点，出现了三个硬角。他手上戴着一个钻石戒指，他的手很胖。

他用一只胖手拿着我的名片看了一下正面，又看了一下背面，发现背面什么都没有的时候，他又开始看起了正面。看完后，他将名片放在了桌子上，然后用一只青铜猴子镇纸压住了它，他似乎觉得自己能够通过这种办法不让那张名片丢掉。

他用那只胖手和我握过手之后，让我坐下去，"马洛先生，坐吧。你的大名对我这个警方人员而言，起码算是有所耳闻。有什么可以效劳的吗？"

"局长，我碰到了一点儿困难。假如你愿意帮我的话，几分钟就能帮我把它解决掉。"

他轻声说道："困难？一点儿困难？"他一边用带着疑惑的神情瞧着一扇窗户，一边用那肥胖的腿转着椅子。因此我看见了他穿的鞋和袜子，那是一双看上去像是在酒缸里泡过的英式烤花皮鞋，和一双手工纺织的莱尔线短袜。我推断他的老婆一定非常富裕，因为算上那些我看不见的，这身装扮就得花去五百块，这还没算他钱包中的钱。他依然用很轻的语气说道："马洛先生，困难在这座小城市还挺罕见的。我们的城市虽然很小，却都是奉公守法的人。我能通过西面的窗户看见太平洋，它应该是最干净的东西了吧？"他没谈到那两艘位于三英里外的波浪上的赌船。我说道："局长，那是一定的。"我其实并不清楚。他向后仰了仰身子，说道："我现在正看着南面的窗户，我从那里能够看到一个虽然很小，却是世界上最好看的游艇港口。我自北面的窗户能够看到迷人的加利福尼亚山丘，以及十分忙碌的安古洛大道。近一点的地方则是最好看的商务区，每个男人都对那里怀着憧憬。我能够从办公室的东面看到一片让你垂涎欲滴的住宅区，可惜，我办公室的东面没有窗户。基于这些原因，我们这个小城市不存在任何困难。"

"局长，我觉得有人时刻都想害我，至少我面临着一定的危险。一个叫作加尔布勒斯的便衣警察是你的属下吗？"

他转了下眼珠，说道："我敢肯定他是我的属下。他做什么了？"

我说道："你再确认下自己有没有这样一个属下。"我接着就对他描述了一个人的身形，那是一个长着灰白胡子的矮个子，他曾经打过我，我又说道："还有一个人，有人用'布林'来称呼他，这名字听上去不是他的真名，他可能常常和加尔布勒斯在一块。"那个胖局长用那胖人特有的声调说道："恰恰相反，他就是布林队长，是我的首席侦探。"

"我能否在你的办公室和他们见个面？"

拿起我的名片又念了一遍之后，他将其放下，然后挥了挥那又胖又亮的手，他说道："你始终没有给我一个好理由。"

"局长，我不敢肯定自己可以做到这点。有个自称是心理顾问的，名叫朱尔斯·埃莫森的家伙，就住在斯蒂尔伍德海斯的山顶上，不知道他你认不认识他？"

局长说道："我不认识这个人。再说，我根本就管不着斯蒂尔伍德海斯。"我从他的眼神中看出他正在琢磨一些东西。我说道："这就有些说不过去了。你看，我原本是将埃莫森先生视为自己的客户才用电话联系他的，谁知他竟说我在勒索他，他或许就是那种经常这么考虑的人。另外，他还有个我完全打不过的印第安保镖，那个印第安人非常暴力。埃莫森在那个印第安人抓住我后，用我的枪打了我一顿，接着他就叫了两个警察——布林和加尔布勒斯。你是否对此感兴趣？"沃克斯局长将眼睛眯成了一条缝，他的眼睑既肥且大，他一边用手轻轻地敲着桌面，一边用一道寒光盯着我。他静静地在那里坐着，似乎在仔细地听我讲话。过了一会儿，他睁开了眼睛，并笑了起来，他就如斯塔克俱乐部的保镖一般客气地说道："接下来又出现了什么状况？"

"他们搜完我的身后，将我带到了车上，然后在我下车的时候打昏了我，并将我丢到了山下。"

他点了一下头，似乎觉得我说的话是世上最愚蠢的。他又用很轻的声调问道："这件事情是发生在斯蒂尔伍德海斯吗？"

"没错。"

由于他的肚子已经顶住桌子了，因此，他只将身体稍稍向前倾了倾，说道："你知不知道我听完后的感觉？"我说道："假话。"他将左手指向门口，说道："那边就是门口的位置。"我依然凝视着他，没有站起来。我在他气的差不多打算按警铃的时候，说道："我仅仅是个微不足道的侦探。我不但得去应对十倍于我的人，还得对一个警察提出控诉。不过，警察会照应彼此，尽管那些都是真事。你最好别做这种错事。我不会发什么牢骚，这种错事在我看来太常见了。我希望加尔布勒斯能帮我对抗埃莫森，我觉得有他一个就行了，用不着布林先生了。我之所以会来这里，是因为我有靠山，给我提供帮助的是一个十分关键的人。"

"这靠山在什么地方？"

"就在莫文·洛克里奇·格雷先生住的地方，位于埃思特路八百六十二号。"

他一下子就变成了另一副表情，仿佛坐在他面前的我换了一个人一样。我说道："我刚巧从格雷夫人那里接了一个活儿。"他说道："马洛，把门关上，顺便把插销也给闩上。你看起来非常真诚，并且比我有前途，我们仔细商量一下这件事。"

于是我起身闩上了门。局长在我穿过那块非常大的蓝色地毯返回去的时候，已经拿出了两个杯子和一瓶十分好看的酒。他先在他的笔记本上放了一捧豆蔻种子，接着在两个杯里倒满了酒。我们一边吃着豆蔻种子，一边喝着酒。在这段时间内，我们一直瞧着彼此的眼睛。他说道："味道挺好的。"然后又在杯里倒满了酒。我也再次吃起了豆蔻种子。用笔记本把种子皮拨到地上后，他一边向后靠去，一边笑了出来，他说道："我们这就开始吧，格雷夫人交代你办的事与埃莫森有没有关系？"

"有个地方有些关系。我们还是确认下比较好，尽管我并没有和你说谎。"

他拿起电话的时候，说道："当然。"接着他就自衣服中掏出一本小册子，从里面寻出一个电话号码。他使了使眼色，说道："'为竞选提供捐献的人'，市长一直都在努力地推广礼仪，对，就是你在下面所目睹的那样。"他丢掉电话本后，开始拨了起来。

他似乎也遭遇了我曾遭遇过的"困难"，因此羞红了脸，红色甚至蔓延到了他的耳朵。最后她还是接了电话，不过，他耳朵上的红色依然没有退去。在和他通话的时候，她的声音肯定非常大。他一边把那张相当大的办公桌上的电话向我推来，一边说道："她有话和你说。"我对局长使了个调皮的眼色，说道："我是菲尔。"撩人地笑了一阵之后，她说道："你和那头肥猪在做什么？"

"我们刚刚喝了一些酒。"

"你不得不和他喝酒吗？"

"没错，为了工作，我现在只能这样。你那边有新线索吗？我希望你清楚我的话。"

"没有。先生，我曾经对你失约过吗？你是在报复我吗？我那晚白白等了你一个小时。"

"我那晚出了点意外，今晚如何？"

"今晚？我想想，天啊，今天是礼拜几？"

我说道："礼拜五，我还是联系你比较好，或许我仍然没法过去。"

她一边笑着，一边说道："骗子，今天是礼拜一。地点和时间不变，不过，你这回不能说话不算数。"

"我还是联系你吧。"

"你最好能去。"

"我确实不敢保证，处理完事情我联系你吧。"

"很困难吗？我考虑一下，我可能太招人厌了。"

"你确实有点儿招人厌。"

"为什么？"

"我不但没钱，并且还有私事要处理。再说，你不一定喜欢我这样的。"

"浑蛋，假如你不去的话……"

"我已经说过我会联系你的。"

她叹息了一声，说道："男人都是如此。"

"不算第一次的话，女人也没什么不同。"

在骂了我一番之后，她挂断了电话。局长都快将眼睛给瞪出来了。他将两个杯子倒满之后，向我推过来一杯。这段时间内，他的手不停地发抖。他像是在考虑什么似的说道："那是实情吗？"我说道："没必要问这个，因为这对她丈夫来说完全无所谓。"他一边慢慢地吃着豆蔻种子，一边喝着酒，然后开始琢磨起来，那样子看上去似乎有些悲伤。我们对视着又喝了一杯之后，局长不好意思地收起了酒杯和酒瓶，接着便开始拨电话。

"假如加尔布勒斯在的话，就叫他立刻来我这儿，假如不在的话，就给我去找他。"

我起身打开了门闩，然后又回到原来的地方坐了下去。边门在我们只等了片刻工夫之后便响了起来，海明威在局长喊了一声之后进来了。

他朝办公桌的方向直直地走了过去，最终停在了桌子的一头。凝视沃克斯局长的时候，他看上去很有礼貌。局长亲切地说道："这位是来自洛杉矶的菲利普·马洛先生，是一名私人侦探。"海明威将身子转了过来，然后将视线移到了我身上，他完全没流露出任何曾见过我的神情。我在他伸出一只手的时候，也伸出了一只手。他又瞧了瞧局长，仿佛后面的挂毯上有黎塞留公爵似的，局长极为镇定地说道："马洛先生知道一个十分怪异的故事，故事和一个叫埃莫森的人有关。那人是个十分糟糕的巫师，就住在斯蒂尔伍德海斯山上。你和布林在马洛先生去拜访他的时候刚巧也在那儿。至于是个什么情况，我已经记不起来了。"他正用那种忘了具体情况的神情瞧着窗外。海明威说道："我根本就不认识他，准是弄错了。"局长含糊地说道："那虽然不是什么大事，而且是实情，不过仍然是弄错了。这在马洛先生看来非常关键。"海明威的脸就如石头般没有丝毫变化，他又看了我一下。

局长含糊地说道："他其实并不在意这个错误，他在意的是一个住在斯蒂尔伍德海斯山上，名叫埃莫森的人，那家伙还有个伙伴。我考虑你可以去和他做笔买卖。马洛先生认为自己孤身前去无法摆平，因为那个叫埃莫森的人有个印第安保镖，那是一个有严重暴力倾向的人。你可不可以去打听一下埃莫森的住址？"海明威说道："好的，不过，局长，我们可不负责斯蒂尔伍德海斯那片区域。这仅仅是为你的朋友提供私下的帮助吧？"局长一边凝视着他左手的大拇指，一边说道："你应该这么办，我们自然不会触犯法律。"海明威说道："好，肯定不会。"咳嗽了一下后，他又说道："我们什么时候出发？"我一边看着局长和蔼的目光，一边说道："假如加尔布勒斯没有其他事情的话，这会儿就可以出发。"海明威说道："我只履行我承诺过的东西。"

局长将他整个身子都打量了一番，然后一边吃着豆蔻种子，一边说道："布林队长今天如何？"海明威说道："阑尾炎，情况非常坏。"局长晃了晃脑袋，看上去非常忧郁。他俯身将一只手放在了桌上，另一只手抓着椅子，"马洛，你不会有事的，加尔布勒斯会帮助你的。"我说道："好的，局长，你真是太热心了，我都不知该如何表达我的谢意了。"

"哈哈，不需要感谢。对于朋友，我可是常常都会给予关照。"他对我使了个眼色，并没说他到底是怎么想的，然而，海明威看上去已经理解了他的想法。局长在我们迈出办公室后表示要将我们送到楼下。海明威在门关上后看了看走廊，然后又将视线移到了我身上，他说道："朋友，你不简单啊。你一定知道一些我们没有谈到的事。"

❧ 33 ❧

　　汽车在一条两边长有胡椒树的大街上奔驰着。街上十分安静，最高处那些差不多快要交叉起来的树枝，构成了一条绿色的隧道。路边的指示牌上写着第十八大街。透过树枝以及那些又长又细的树叶，可以看到闪耀的阳光。我在副驾驶座上坐着，驾车的是海明威，他若有所思地缓缓驾着车。他首先打破了沉默，说道："你和他都谈了什么？"

　　"没有说什么，只不过告诉他你和布林也去了那里一趟，并且带走了我，最终在将我丢到车外的时候，给我的后脑来了一棒。"

　　"没有谈德斯坎索大街和二十三大街的事？"

　　"没谈。"

　　"为什么？"

　　"我觉得要想自你这里获得更多的帮助，最好还是不去谈。"

　　"这仅仅是你个人的观点。你确实要去斯蒂尔伍德海斯，或者那仅仅是个借口？"

　　"仅仅是个借口。我打算从你这里弄清楚你们为何将我送到那家医院，并且将我关在了那儿？"

　　海明威开始费劲儿地琢磨起来，他那灰色脸颊上的肌肉甚至因此变了形。他说道："是因为那个脖子很短的家伙，也就是布林。我不想让你步行回家，也不想让你遭受他的伤害，那其实是做给他看的，因为我们要替我们的朋友埃莫森先生解决难题。你一定会吃惊，给他出难题的究竟是什么样的人。"我说道："我的确非常吃惊。"他将头转了过来，那双灰色的眼睛看上去非常冷酷，接着他又若有所思将视线移到了挡风玻璃上。那里已经布满了灰尘。他说道："工作时间比较长的警察有时候会通过别的方式赚些钱。你被丢掉的时候，就像丢掉一个水泥袋似的。天啊，我当时害怕极了，我和布林好说歹说，才将你送去了桑德堡那儿。原因有两个，一个是桑德堡是个不错的医生，他一定会为你妥善治疗；另一个是那里比较近。"

"埃莫森知不知道这件事？"

"这是我想出来的，他自然不清楚。"

"因为那个不错的家伙，也就是桑德堡，能够妥善地照顾我，没有酬劳吗？假如我去投诉，医生不会承担任何责任，是这样的吧？假如我在这个小城市去投诉，完全不会引人注目。"

海明威说道："你态度强硬起来了？"他似乎在考虑着什么。我说道："我和你都不是强硬的人。因为你从事的是极其危险的工作。你看到了局长的眼睛，我去了他那儿，没有任何的证明，我指的不是这回。"海明威向窗外吐了一口痰，说道："好吧，除了工作外，我不会试图变得强硬。接下来呢？"

"布林确实患病了？"

海明威点了一下头，说道："没错。他的肠胃前天就疼了起来，疼痛在他割掉阑尾前始终没有消去。但是他能够痊愈的。"他的脸上没有流露出任何伤心的神情，我不知道是什么原因导致了这种状况。我说道："对于警察局来说，这种警察非常宝贵，失去他在我们看来是一件令人非常伤心的事。"海明威又向窗外吐了一口痰，他感叹了一番后，说道："行了，说说下个问题。"

"你将把我带到桑德堡那儿的原因告诉了我，却没和我说你们为何要把我关在那儿足足两天的时间。另外，你们不但将我锁在了里面，还给我注射了很多麻药。"

缓缓地刹住车后，海明威停在了路边。他将那双大手放在了方向盘下，然后开始温柔地摩擦起大拇指来，他低声说道："我同样不清楚。"

我说道："假如他不知道你的情况，或许会怀疑我是为了进去弄清状况，才专门搞出那副受了伤的样子。因为我带着证明自己是一个私人侦探的证书，另外，我的口袋中还有钥匙、两张相片和一些钱。不过，我相信他们一定对你们相当了解，因此我充满了疑问。"

"朋友，那仅仅是为了保护你，还有疑问吗？"

我说道："仅仅如此？不过，这事让我相当不满。"

"洛杉矶的法律能够在这方面为你提供帮助吗？"

"你说的这方面是？"

"就是和桑德堡相关的。"

"不全是和他相关的。"

"你依旧没说能还是不能。"

我说道："我并不特殊。就这方面来说，洛杉矶的法律不管什么时候都适用。这会吸引他们的，起码会吸引三分之二的人。它会吸引警察以及地方检察官，我有个叫作伯尼·欧尔斯的朋友，他之前是名首席侦查官，在地方检察局工作。"

"你和他说过这事？"

"没有，我差不多有一个月没和他通过话了。"

"你打算和他说这件事吗？"

"假如有人妨碍到我的工作，我会那么做。"

"你私下里的工作？"

"不错。"

"好吧，你希望知道什么？"

"桑德堡究竟是做什么的？"

海明威从方向盘上拿开了手，又向窗外吐了口痰，然后说道："这条街还可以吧？不但有不错的气候条件，还有好看的花园和房子。你或者听过，或者没有听过，警察局里许多非常差劲的警察。"

我说道："只是偶尔听说过。"

"好吧。你知道能住在像这条街上的一样，有迷人的草地和鲜花的房子里的警察有几个？我知道的就有四五个，他们全是那些拿走所有外快的副队长。我这种警察则只能住在非常局促的房子里，那些房子都处在市里最不起眼的位置。你知不知道我的住址？"

"这意味着什么？"

这个魁梧的警察一本正经地说道："朋友，听好了。你用一根绳子挂住我，那么绳子可能会断掉。钱不会让警察变坏，只是偶尔，不常常是，他们不过是按上级的命令行事罢了。那个坐在大办公室角落的家伙，穿着一身名牌在那里喝着美酒，他似乎觉得吃上几颗种子就能让自己的嘴发出紫罗兰的气味，然而，他不会下命令。你知道我在说什么。"

"市长那人怎么样？"

"不管是哪个市长，还不都是那个样子吗？政客，你认为下命令的是他？那准是发疯了。朋友，你清楚这个国家出现什么状况了吗？"

"据说有大量的资本被冻结了。"

海明威说道："这个国家出现了这样的状况：人们都学会了说谎。假如他这么做了，那他一定骗到了钱。你要不别吃饭，要不就参与到这个不干净的游戏中去。有大量浑蛋认为我们仅仅需要九万个提着手提箱、穿着白衬衣的 FBI 就够了，他们准是都发疯了。你清楚我的看法吗？我觉得我们能够让这个微不足道的世界翻滚一下，我们马上就展开恢复道德的行动。"我说道："假如贝城是这样一个代表的话，那么我会服用阿司匹林。"海明威低声说道："你需要表现的笨拙一点。你或许无法想象，不过，这种可能非常大。你之所以无法想象，恰恰是你聪明得过头了。我就是一个只懂得奉命行事的笨警察，我不得不按他们说的去办，因为我还有老婆孩子。我什么都不知道，不过，你或许能从布林那儿打听到一些东西。"我说道："你肯定布林是得了阑尾炎，而不是用枪在自己的肚子上来了一下？"海明威一边用手拍着方向盘，一边说道："别那么说，你可以把人想的善良点儿。"

"布林是什么样的人？"

海明威说道："他和我们都是人。他虽然做过坏事，但他同样是人。"

"那桑德堡又是什么样的人？"

"行啦，我还是和你说了吧。我或许并不是对的，你应该是那种能想出好办法的人。"

我说道："你不清楚桑德堡是如何诈骗的吗？"

海明威掏出手帕擦了擦脸，然后说道："朋友，承认对我来说是非常困难的。假如我们两人里面的任何一个人知道桑德堡会那么做的话，就一定不会将你带到他那儿。你完全无法离开那里，起码无法走着离开那里，你应该清楚这一点。没人愿意用一个水晶球出卖老女人的财富，我说的是一个确确实实的诈骗。"我说道："我根本没料到自己能走路离开那里。那里有一种能够让人说实话的麻醉药，叫作莨菪碱，这是一种比催眠术还有效的药，它能够让人在失去意识的状态下说话。我觉得他们一定想知道我都了解到了什么，才给我灌了那种药。要想知道我了解到的东西，桑德堡只能通过三种途径。这极有可能对他造成伤害。他之所以将我带到那儿，有三个原因，一个是他或许自埃莫森那里了解到了实情；另一个是他或许觉得那仅仅是警察的一个恶作剧；还有一个是驼鹿迈洛伊或许谈过我去拜访杰西·弗洛里安这件事。"海明威一边忧郁地看着我，一边说道："我根本就没见过你，再说，我也不认识那个驼鹿迈洛伊。"

"那是一个几天前在中央大街犯下命案的壮汉，假如你看过你们的电传打字机，应该看到过他的名字。你现在就能去对他做个了解。"

"那又怎么样？"

"桑德堡把他给藏了起来，我在逃出来的那天晚上，在那儿见到了他，当时他正躺在床上看报纸。"

"他们不是把你锁住了吗？你是通过什么方法逃出来的。"

"我的运气还不错，搞到了床上的一根弹簧。"

"那个壮汉看到你了吗？"

"没有。"

把车开出路边后，海明威一边咧嘴微笑着，一边说道："我们去搜寻证据吧。桑德堡把犯人给藏了起来，他不但能把那家伙藏起来，还能从他身上赚到大把钞票，假如那家伙身上就带着钞票的话。"到了路口后，他将车子掉了回去。他一脸不快地说道："该死，我还当他是出售大麻的，他身后有靠山。不过，那仅仅是一个捞不到多大油水的诈骗行为，没什么大不了的。"

"你知道诈骗捞的油水有多少？假如你看过的话，那的确没什么大不了的。"

海明威一边晃着他那个大脑袋，一边以极快的速度拐了一个弯，他说道："是的，我看过，宾果游戏厅，角球游戏，以及赛马赌房。不过，假如一个人能够把这些东西都负责起来的话，那就有趣多了。""哪个人？"我问。他又将视线傻傻地移到了我身上，我能看到他在使劲儿地咬着牙。

德斯坎索大街就算在下午也显得十分安静，我们顺着这条街朝东驶去。我们就要抵达二十三大街时，才感觉有些吵闹起来。我们看到有两个人正在路旁观察着一棵棕榈树，他们似乎打算挪走那棵树；有个人在街区那儿读水表；桑德堡的医院旁停着一辆空车，那栋沐浴在阳光中的房子看上去可爱多了。海明威一边笑着，一边将车子从房前缓缓地开了过去。用鼻子使劲儿闻了闻后，他便在下个转角拐了过去。他一边瞧着后视镜，一边加快了速度。他在驶过三条街后，再次将车停在了路边，然后将头扭过来，用眼睛盯着我，他说道："说起洛杉矶法律，我认识一个叫汤纳利的家伙，他刚才就在棕榈树旁。那些人一定在那栋房子里藏了起来。你不会和你的朋友说过这件事吧？"

"没有。"

海明威高声说道："这会让局长感到满意的。他们没有停下来客气一番，是因为他们是下来进行突击检查的。"我保持着沉默。海明威说道："他们在逮捕驼鹿迈洛伊。"我晃了一下脑袋，说道："我知道这用不了多长时间。"他又轻声问道："朋友，你究竟知道些什么？"

"我知道的东西并不多。埃莫森和桑德堡之间有没有联系？"

"我不清楚。"

"这儿的老板是谁？"

他也开始了沉默。

"我知道有个叫莱尔德·布鲁纳特的赌徒，经营着观景楼俱乐部和两艘赌船，那家伙用三万块搞到了市长的位置。"

海明威说道："或许是这样的。"

"布鲁纳特在什么地方？"

"朋友，你干吗问我？"

"假如你无法在这儿隐藏自己的话，你会去什么地方？"

"我会去墨西哥。"

我笑着说道："好吧，我有件很重要的事需要你的帮助，不知道你愿不愿意。"

"当然。"

"我要去市中心。"

我们发动汽车后，离开了路边，驶上了一条通向大海的街道，汽车来到市政厅，并在警用停车场内停下来，我从车上走了下来。

海明威说道："闲暇的时候可以找我，我会为你好好整理一下卫生。"他一边伸出手，一边说道："请见谅。"

我一边和他握了握手，一边说道："M.R.A.（道德重整运动）。"他的脸上露出了笑容。他在我就要离开的时候叫住了我，仔细地打量了一下四周后，他将嘴凑到我耳边说道："他们是在巴拿马注册的赌船。市长以及州长或许都管不着它们。假如是我的话……"他忽然不说话了。他的目光闪烁着忧虑。我说道："我不但考虑到了这一点，而且对此非常清楚。我不明白自己为何会耽误你这么久，不过，我需要你的帮助，这是毫无疑问的。"他点了一下头，接着便笑着说道："M.R.A.。"

∽ 34 ∾

我一边在海边宾馆的床上躺着，一边等着夜幕降临，这间屋子非常局促。相比上面的棉毯来说，床垫只是厚了那么一丁点儿，床板非常的硬，床垫下一根断了的弹簧顶着我身体的左侧，我没有挪动，就让那根断了的弹簧在下面顶着我。一盏红色的荧光灯在天花板上挂着，天已经黑到能够出门的时候，它会将整个屋子照的一片通红。一阵低声絮语自半空飘了过来；繁杂的脚步声从我屋下的人行道上传了过来；汽车正在外面那种被称作高速公路的路上奔驰着；难闻的炸油味穿过锈迹斑斑的纱窗蔓延到屋内；一个隔了很远就能听到的声音从远方传了过来。那声音喊道："朋友们，是不是想吃东西了？准是想吃东西了。快来这儿买吧！这儿的热狗非常香！"

夜幕渐渐降临。我觉得一种懒惰的思绪占据了我的脑子，一双难受的眼睛似乎正凝视着它，我的脑海里出现了一双不愿闭上的眼睛，凝视着黑夜，最终在他们那污秽的床上死去。我的脑海又出现了一个有一头金发的俊美男人，那个男人害怕极了，可是他并不清楚自己在怕什么，他十分敏感，能够觉察到出现了意外的状况，不过，去猜测那些状况显得既无聊又无用。我的脑海里接下来又出现了一个迷人的贵妇，和一个对知识充满渴求的美丽女孩儿，那个女孩儿独自通过一种独特的方式生活着。最后我的脑海里又出现了许多人，有那个心理医师、印第安人和毒医生，还有许多各种各样的警察。那些警察包括类似奴尔迪那种不愿再费心思的滑头、类似沃克斯局长那种为买卖人提供帮助的胖警察、类似兰德尔那种通过妥当的途径办妥当的事的警察，这种警察不但十分有头脑，而且非常干脆，他们贡献出了自己全部的才华和能力，他们是真正的警察，当然，还有一些有暴力倾向并且可能会接受贿赂的警察，不过，这种警察并不全是坏人，海明威就是个例外。

出现在我脑海里的东西实在是太多了。随着夜色加深，那盏挂在天花板上的荧光灯照得越来越远。我用脚踩着地板，一边在床上坐着，一边按着我的颈椎。我起身向墙角的洗脸盆那走去。用冷水洗过脸，并且休息了片刻之后，我觉得舒服了很多，但我离最佳状态还差得很远。我需要的东西太多了，需要一个家、一杯酒、一段漫长的假期和大量的人寿保险。我带上目前拥有的全部东西（一顶帽子、一支枪和一件外套），离开了那里。

宾馆没有电梯，走廊弥漫着臭味，楼梯配着扶手，扶手十分肮脏。下了楼梯之后，我一边将屋子的钥匙丢在桌上，一边表示自己要离开了。一个工作人员对我点了一下头，他的左眼皮上长着瘤子。于是一个墨西哥服务员去一棵积满了灰尘的加利福尼亚橡树后拿我的包，他身上的那件制服已经很旧了。他并没拿回任何东西，因为我根本就没带行李。接着他就为我打开了门，并露出了十分有礼貌的笑容。

我走出那条又细又小的路，发现不同种类的胖子挤满了人行道。一家十分热闹的宾果游戏屋就位于街对面。旁边的照相馆走出两个水手和几个女孩儿，他们或许刚在骆驼背上拍完照片。如同一把锋利的斧头一般，卖热狗的小商人的吆喝声劈开了傍晚。发了疯般地鸣着喇叭驶过街道后，一辆相当大的公交车抵达了一处公交站台，私家车常常会在那处站台掉头。

过了一段时间之后，我嗅到了一丝海的味道，那一丝味道便能让人联想到又干净又宽阔的海滩。柔和的风缓缓地吹过脸庞，波浪不知疲倦地敲打着海岸，海的味道居然能冲破汗味和油味进入人们的鼻子里。从人行道上驶来一辆小巴士。抵达海边后，我下了车，并在一张长凳上坐下来，我的脚边有一堆棕色的海草。这里没有什么人，显得非常安静。那两艘待在海上的赌船已经开了灯。随后我再次乘着小巴士来到下一个地方，这地方就在我住过的宾馆附近。假如有人跟踪我的话，他在这儿等着我就行了，根本用不着移动。不过，我觉得没人跟踪我，违法的事似乎永远都不会发生在这个干净的小城市。

灯光在黑色的防波堤那儿忽明忽暗地闪烁，最终在海水和夜色中消失了踪迹。我再次嗅到了热油的味道，不过，海的味道依然没有消失。那个卖热狗的小买卖人喊道："朋友们，是不是想吃东西了？准是想吃东西了。快来这儿买吧！这儿的热狗非常香！"我看见他正用长叉在一个白色的烤肉摊旁翻着维亚纳香肠。我得隔一段时间才能看到他，他现在的生意非常红火。我一边用鼻子指着，一边问道："那艘待在最远处的船叫什么名字？"他直直地看着我，说道："叫门特希托。"

"假如有人带着大笔现金去那边会不会出意外？"

"哪类意外？"

我十分无礼地笑了起来，笑声中夹杂着嘲讽。他喊道："热狗啊！这热狗可香啦！"他接着低声说道："是不是和女人有关？"我说道："不是，我在度假。我希望能找一个不受任何人打扰的地方。那个地方不但能够提供美食，而且还能感受海风的吹拂。"他甩了一句"我不懂你的意思"便离开了，接着又喊了起来。大量的顾客再次包围了他。我不清楚他为何会用那种态度对待我，我难道在什么地方得罪了他吗？买了热狗之后，一对穿着短裤的年轻夫妻手牵着手，把手里的热狗喂给对方吃。站在距我不远的地方，那个卖热狗的小商人一边看着我，一边说道："该是我吹《皮卡迪玫瑰》的时候了。"过了片刻之后，他又说道："你得支付钞票。"

"得支付多少？"

"一口价，五十美分。要是他们打算从你那获取什么的话再另算。"

我说道："这个城市的风气越来越差了，原来可是非常不错的。"他含含糊糊地说道："它没有发生任何的改变。不过，你为什么问我？"我一边在他的柜台上丢了一块钱，一边说道："这个我也不清楚，可能是想听《皮卡迪玫瑰》，也可能是为小孩买些吃的。"拿起那张一块钱的钞票后，他先是横着叠了一下，接着又竖着叠了一下，然后又折了一下，他将它放在柜台上，用拇指后的中指朝我弹过来。那个东西在我胸上轻轻碰了一下之后，便掉在了地上，没有发出任何声响。我俯身捡起了它，接着便将身子转了过去。我没有在我身后看到任何一个像侦探的人。我在柜台旁靠着，再次将那一块钱放了上去，说道："别人都是将钱递给我，而不是施舍给我。你觉得这样做合适吗？"拿起那一块钱后，他将它展了开来，接着又用围裙擦了几下。他最终拉开钱箱，并把它丢入了里面。他说："他们表示钱永远都是香的。我偶尔想……"又来了一批买热狗的人，不过，他们最后都离开了。晚上凉的可真快啊。我一直保持着沉默。那个人说道："我不愿意吹《皇家皇冠》。对小松鼠而言，这非常不错，就像是属于它们的坚果。我期盼你是个游泳好手，不过，你看上去挺像个侦探，但那毕竟是你所坚持的。"

与他道别后，我琢磨着他为什么会成为我的首选。有人在背后搞鬼的想法来自直觉，直觉偶尔在你处于惊醒状态时会占据你的整个脑袋。一切都是直觉。假如你不用眼看下菜单，就根本不会叫咖啡。为了弄清楚是不是有人在通过某种方式跟踪着我，我晃荡了一圈，接着寻了一个餐厅，那里挂着紫色的霓虹灯，并且没有那种炸油味。一个鸡尾酒酒吧位于苇帘之后，一个有一头红棕色头发的男人一边陶醉地弹着一架大钢琴，一边唱着明星的歌。他的调子都不知道跑到什么地方去了。饥渴地喝完一杯干马提尼酒后，我赶紧穿过苇帘到了餐厅里面。晚餐花费了我八十五美分，不过，它吃起来就如被扔掉的邮件袋似的。那个招呼我的服务员为了含税的一元五角，看上去要将我的脖子削成六片，然后将我彻底撕碎，最后放进水泥桶丢入大海。

❧ 35 ❧

    这是一艘由旧汽艇改装成的水上出租车,玻璃窗占了总长度的四分之三,在滑过那些抛着锚的游艇后,它又绕过了防波堤的尾部,那里堆着很多石头。船就如软木塞一般在波浪起伏的水上颠簸着。那边有个能够在其中呕吐的、相当不错的屋子。船上除了面向凶恶的舵手和我之外,还有三对夫妇。掌舵手的后兜里装着一个黑色的皮枪套,因此,他在坐着的时候,身子有些向左歪。那三对夫妇在我们离开海岸后,开始吻起了对方的脸。

    我一边努力遗忘着那顿难受的晚餐,一边回望着夜幕下灯火通明的贝城。从船上的观景窗看去,那些分散的灯光渐渐聚在了一起,似乎变成了一个嵌有宝石的手镯。灯光越来越远,一丝柔和的橘红色灯光,在海浪的边缘时隐时现。我们进入了一片相当宽阔的海面,海面十分平静,海浪不再夹带白色泡沫。看来我没在酒吧喝杯威士忌是个非常不错的选择。水上出租车就如一条眼镜蛇一样,在起伏的波浪上跳着舞。大部分水手都患有关节炎,因为这边的气候又冷又湿。我们在雾蒙蒙的大海上,看不真切位于我们左边的那艘由红色霓虹灯描画出轮廓的皇家皇冠号。接下来灯光就如闪闪发亮的新玻璃球般再次出现了。

    轻微的音乐自水上传了过来,那边的景色从远处看来十分迷人,被四根大缆固定着的皇家皇冠号就如防波堤般安稳。随着时间的流逝,这些东西最终不见了踪迹。忽然,我们看到有艘船正朝我们这边驶来,那是一艘不太起眼的、又小又老的船。音乐从看上去非常黑的海面飘了过来,门特希托号同样十分明亮。那三对夫妇终于不再拥抱对方了,此刻他们正看着那艘船发笑。

转了相当大的一个圈后，水上出租车在大船旁停了下来。乘客在它倾斜的时候害怕极了。空转了一段时间后，水上出租车的引擎最终熄了火。一盏探灯差不多照了五十码那么远。一个身穿蓝色晚礼服的小伙子，在出租车司机勾好船后，一边微笑着，一边扶着出租车上的女孩上船。那个小伙子有一双大大的眼睛和一对浓眉，他衣服上的纽扣闪闪发光。最后一个上船的是我，我在他礼貌地观察我的时候，掌握了他的某些情况，接着我又在他推我的肩膀的时候，了解了更多的情况。

他轻声说道："小心！小心！"他的声音有些沙哑，不过非常清楚。他向出租车司机点了一下头。随后出租车司机用缆绳揽住了船，接着又稍稍调了一下方向盘，最终上了船。他就在我后面。"晚礼服"含含糊糊地说道："朋友，不好意思，船上不允许带枪。"我说道："这是我衣服的附属品，我能自己检查。我打算和布鲁纳特做笔买卖，我要见他。"这似乎很有趣。出租车司机搀起了我的右臂，他笑着说道："朋友，不用听他的，也不用去理他。"我说道："我希望能见到布鲁纳特。"我的声音听上去就像老女人的声音，显得非常无力。那个有一双大眼睛和一对浓眉的小伙子说道："别吵了，快走。我们这会儿不在贝城，不在加利福尼亚，甚至不在美国。"位于我身后的出租车司机大声说道："到船上去，我们走。记好了，我欠了你一笔二十五美分的帐。"

我回到出租船上后，"晚礼服"一边静静地笑着，一边凝视着我。我也凝视着他，直至我渐渐看不清他的笑容和脸为止，我此时唯一能看清楚的便是探照灯下的黑影。我觉得我们在返程的路上花去了更多的时间，我和出租车司机始终保持着沉默。船终于抵达了码头，他在我下船的时候，向我递来二十五美分，他沮丧地说道："等我们有能够放下你的空间再说吧。"在那儿等着上船的一共有六个人，他们一边听着出租车司机的话，一边看着我。走过他们身旁，迈出小候船室的门后，我向那个通往陆地的台阶走去。

一个混混撞了我一下后，装出一副无辜的样子，他将头发染得红红的，穿着蓝色的水手运动衫和沾满了油的裤子，栅栏的黑影斜斜地投在了他的脸上。

他看上去比我高三英尺，非常魁梧，有三十磅那么重。我站住了，虽然我没有占上风，不过，我觉得是我用拳头打落某人的牙的时候了。他用很慢的口气说道："朋友，怎么了？那艘破船没给你带来好运？"他身后的灯光没有之前那么亮。我说道："我都看到你的肚子了，快把你的衬衫补一下吧。"他说道："还可以更差，这儿可是个穿它的好场所。"

"你的鼻子怎么了？"

"天啊，你的好奇心还真强烈。什么事都没有，朋友，请见谅。"

"好吧，那快点儿给我让出一条路来。"

"完全可以，我就是在这儿休息一会儿。"他疲倦地笑了起来，他的声音非常轻，显得既优雅又迷人。就他这样的壮汉来说，这实在是一种令人颇为惊讶的声音，我由此想到了另一个壮汉，那家伙在说话的时候也是这样一副口气。他沮丧地说道："你可以叫我雷德。你没走对路。"

"善良的人容易犯错，雷德，闪开。"

他似乎陷入了沉思，我们看上去都有些孤独。他最后让我到了一个角上，"你完全可以上门特希托，不过，你得说个靠谱的理由。"

走过我们身边后，几个穿着漂亮衣服的人很开心地踏上了水上出租车，我等着他们走开。

"要多少钱才能买下这个理由？"

"五十块，假如你上我的船，还得另付十块。"

我仔细观察了他一下。

他轻声说道："二十五，假如你还打算往回带朋友的话，十五。"

我一边离开那里，一边说道："我没朋友。"他不再招呼我。

向右转了个弯，我顺着水泥人行道向前步行。路上正往返着小电车，为了不让孕妇受到惊吓，朝前行使的小电车就如儿童车一样吹着小喇叭。

一家开着灯且十分热闹的宾果游戏屋，就位于第一道防波堤下面，许多人在宾果游戏屋里站着等位子。我进里面后，背靠墙站在了那些赌徒身后，赌徒们在大声叫喊着。我一边瞧着电子显示器上的若干个数字，一边试图找到经营这家店的老板。最后我打算离开这儿，因为我并没有找到老板。

我身旁忽然闪出一个穿着蓝色衣服的壮汉，他说道："是没带现金还是最近有些困难？"我耳边响起了一个熟悉的、柔和的声音。我观察了他一下，他有一双十分迷人的、很像女人的眼睛，那双眼睛呈紫罗兰色，简直就是紫色，你之前肯定没见过那样的眼睛。他的皮肤也非常好看，不是棕褐色的，而是淡红色的，就如丝绸般柔滑。他比海明威年轻很多，不过，他的身材要比海明威魁梧一些，比驼鹿迈洛伊矮小一些。他那闪着金光的头发有着红色的底色。假如不看眼睛的话，他的脸并不漂亮，只是一张普通农民的脸。他的腿脚十分灵活。他说道："你做什么营生？私人侦探？"我喊道："我干吗告诉你？"他说道："果然不出我所料。二十五是不是高到无法报销？"我说道："确实无法报销。"他叹息了一番，说道："无论如何，我都无聊地认为他们会在那儿把你彻底撕裂。"

"这个我很清楚。你又是做什么营生的？"

"我之前干过警察，后来被开除了，现在四处讨饭吃。"

"为什么把这个告诉我？"

"因为这是实情。"他似乎有些惊讶。

"你从前一定非常优秀。"

他笑了一下。

"你认不认识布鲁纳特？"

他依然微笑着。那边有三个站成一排的赌徒，没过多长时间，他们便把身上的钱全都输完了。有个男人正缓缓地向我们这边走来，他最后靠在了墙上，并没有瞧我们。他有一张又黄又瘦的脸，和一个很高的鼻子，他身上的那件西服实在太皱了。雷德慢慢地凑到他那儿，对他说道："朋友，你打算听我们说什么？"笑了一下之后，那个男人便走开了。

雷德再次露出了笑容，并且又靠在了墙上。我说道："我认识一个能够逮捕你的人。"

他一本正经地说道："我倒希望你多认识几个。壮汉同样得支付钞票，不管是在食物上还是在衣服上，他都得支付钞票，他没有办法在睡觉的时候只抱着脚吧！如果要谈买卖，这里再合适不过了，你或许并不这么想。这里的人只关心自己所赌的号码。我是唯一一个知道这儿全部密探的人。那边有个没开灯的码头，我能够驾着船从另外一条路过去，我有时候会给他们运送货物。我不但清楚而且能打开门特希托上的一条货道，负责在甲板下看守的人并不多。"我说道："他们能够借助瞭望塔和探照灯发现我们。"

"我们能避开。"

我掏出钱包，从中取出二十五块，将它们折得非常小。那个人一脸漠然地用那双紫色的眼睛看着我。

"就一趟？"

"之前不是说十五吗？"

"现在涨价了。"

拿走钱后，他偷偷隐没在了门外的黑暗中。忽然，我在自己的左侧看到了那个长着高鼻子的男人，他轻声对我说道："我之前见过那个穿水手衫的人，他是你的朋友吗？我想和他认识一下。"我没有搭理他，就那么直直地离开墙边，从他身旁走过，最后来到了门外。往左边转了一个弯后，我看到有个很高的人就站在我前面一百英尺的地方，那人从一根吊灯架走到了另一根吊灯架。我在两分钟后来到了位于两个棚屋之间的那处空地。我又看到了那个长着高鼻子的男人，他正低着头转悠着。我向他那边走了过去，我说道："晚上好，我是否能猜测你是在等人找你干活？"那个非常皱的外套下露出一支枪，我向后仰了几下。他一边漠然地看着我，一边说道："嗨，你是不是想吃点儿苦头？这可是我的地盘。"

"这会儿该听谁的？"

"你那个朋友和你一样，没半点儿出息。"

"他是警察，就该那样。"

那个长着高鼻子的男人忽然客气地说道："该死，晚上好。"他扭过头顺着原路返了回去。我已经看到了那个身材很高的人，不过我一点儿都不感到害怕，那家伙可吓不倒我。

我缓缓地步行着。

❦ 36 ❦

越过响着喇叭的小巴士、孩子的尖叫声、热狗、难闻的热油味，以及吊灯架后，我的思绪感受到了海的味道以及扑上沙滩的海浪。此时差不多已经看不到那些隐约又不真切的红色灯光了，我背后那些吵闹的声音也消失不见了。我好像是唯一一个还在这儿转悠的人。我完全看不清海里的防波堤，只能看到黑色的轮廓。那边有个没开灯的码头，我向那个码头走去，它应该就是我们之前谈过的那个码头。雷德起身对我说道："我没骗你吧，我现在就去将它开过来。你再走一段，到舷梯那儿等我。"

"宾果游戏厅里的那个码头警察一直跟着我，我只好停下来和他攀谈了一会儿。"

"那其实是个抓小偷的警察，叫奥尔森。那家伙还不错，不过，为了维持自己的抓捕记录，他有时候会抓上那么几个。"

"我觉得这在贝城是非常普遍的。我们走吧，我去解缆绳。这些雾虽然遮挡了我们的视线，却可以掩护我们，我希望它不会散掉。"

雷德说道："完全能够骗过那个探照灯。你先上码头，我在你后面跟着你。他们在甲板上布置了拿冲锋枪的人。"

他再次在漆黑的世界中消失了。在踏上黑溜溜的甲板后，我摔了一跤，木板上到处都是鱼的黏液，一个又低又脏的扶手位于远一点的地方。

待在一个角落里的，是一对情侣，和那个女人离开的时候，那个男人因为受到了打扰而愤怒地说着粗话。我在十分钟后听到了搅动水所发出的拍打声，一只在夜里飞行的鸟一边拍着翅膀，一边飞了过去，我眼前似乎越过一对灰色的翅膀。空中正飞着一架飞机，那飞机发出嗡嗡的响声。过了一会儿，马达声自远方传了过来，那嗡嗡的响声接近大卡车的引擎声。响声在片刻之后就缓缓低了下来，然后突然就听不到了。我在几分钟后再次回到了舷梯。谨慎地下了台阶后，我就如一只猫般在潮湿的地上步行着。伴随着砰的一声，我眼前出现了一个黑影，有个声音喊道："做好上船的准备。"我上船后，在他身旁坐了下来。船在水上前进着，除了水被船拨开所发出的声响外，一切都显得很安静，船自身并没有声响。我又看到贝城的灯光在远方翻滚的海浪那儿越来越远，探照灯依然在那边如同灯塔般扫射着，我又看到门特希托号缓缓出现在了太平洋上，我又看到了皇家皇冠号上那耀眼的灯光，它就像为自己弄了个新潮的外形，站在旋转舞台上似的。

我忽然说道："不骗你，我有些恐惧。"打开节流阀后，雷德让船随着波浪颠簸着向前而去，船似乎一动不动，动的只有水。雷德扭头凝视着我，我说道："绝望和死亡让我充满了恐惧。不管是漆黑的水，还是淹死在水里的人的脸，以及那些没有眼睛的头颅，都使我害怕不已。我不但怕死，也怕失败。我怕到时候见不到布鲁纳特。"他笑着说道："你应该为自己加油，至少还有我。布鲁纳特或许就在某个地方，他或许在他的俱乐部中；或许在他位于东部雷诺市的家中，穿着拖鞋闲适地享受生活；或许就在这里的某条船上。你希望得到的就是这些？"

"有个浑蛋因为抢劫银行在俄勒冈州刚坐完八年监狱，他此刻就躲在贝城，我希望能找到他，他叫迈洛伊。"我本来不打算告诉雷德太多事，结果恰恰相反。考虑了相当长一段时间之后，他才开始语气缓慢地说起话来。他的话就如胡子上的泡沫般被一团雾包围着，这或许能让他看上去更有智慧，或许起不到这个功效。

他说道："我了解一部分你所说的事，那些事里面的某几件在我看来毫无意义。我觉得桑德堡只有在依傍身在政府中的后台的情况下，才敢做那些诸如出售大麻，窝藏犯人，以及派人去抢劫贵妇的珠宝之类的事。不过，这并不表示政府中的人了解他所做的每一件事，也不表示每个警察都清楚他有身处政界的后台。你口中的海明威或许不清楚，而布林或许就清楚。布林是个非常坏的家伙，而那个警察，也就是海明威，则十分的普通，他算不上好也算不上坏，既不会说实话也不会刻意去骗人，他虽然常常用暴力来处理事情，却有颗善良的心。他有一点和我很像，就是没有说话的胆量。我们都觉得警察这行是个能够养活自己和家人的好差事。那个心理医师在贝城为自己买了一条能够依情况而利用的保护链，我还推断不出他是个什么样的人。你记不清楚他在想什么，也不清楚他畏惧什么，因为你完全不了解他的动机，他有时候或许能够成功骗过他的客户。相比纸娃娃来说，那个贵妇更容易应对。因此我可以凭直觉断定他们完全是因为一个非常简单的原因才将你锁在了那儿。桑德堡在弄清楚你的身份后，一定会生出畏惧之心，布林对这一点心知肚明。他们和你说的恰恰是他们和桑德堡所说的整个事件，他们要让你因此晕头转向。在不敢放你，又想不出其他处理你的方式的情况下，桑德堡便打昏了你。布林在一段时间后又去了桑德堡那儿，并且给他带了更多的钱。整个事件发生到这步便是因为这个原因。他们或许恰巧发现你有利用价值，于是就利用了你一回。布林或许和迈洛伊很熟。"

我一边看着右侧远方那些往返的水上出租车，和缓缓扫射的探照灯，一边认真地听着。雷德说道："我非常清楚那帮人的打算。他们觉得自己一旦成了警察，就不再是以前的那种人了。他们不会多做，或许只做一两次。治疗聋哑或变得凶狠暴力都不是他们的问题。他们的上司有着很高的智商。因此我们想到要找布鲁纳特，贝城还不在他的掌握之中，他只是不想惹上事。他可以顺利地经营自己的水上出租车，因为他为选市长花了一大笔钱。另外，他们会给他希望得到的任何东西。就拿发生在前不久的一件事来说吧，布鲁纳特的一个律师朋友当时因为醉驾被警方抓住了，他们因为布鲁纳特忽略了危险驾驶而改了案件记录，这样你有个了解了吧。他其实就是在赌博，并且做着与赌博存在着联系的营生，他或许还做着大麻生意，这生意也有可能是他合伙人的，他仅仅是帮个忙。他和桑德堡之间或许很熟，或许不熟，不过，他基本上不会参与到那起抢劫珠宝的案件中。你琢磨一下，那些人仅仅要了八千块的赎金，假如这件事是布鲁纳特做的，就未免太荒唐了。"

我说道："没错，有人在那起珠宝抢劫案中丧命，不知道你记得吗？"

"那绝不是他做的。假如出自他的手的话，你连尸体都看不到，你根本就猜不透他们在想什么。你想想，我为了二十五块钱都为你做了哪些事。他该如何利用他的财富啊，他实在是太有钱了。"

"他有杀人的可能吗？"

琢磨了一段时间之后，雷德说道："有，他或许之前就杀过人。不过，他并不是个有暴力倾向的人。那些犯人通过新手段把珠宝抢到了手。我们推断他们要么是刚开始干这种事，要么是用的旧手段。收音机播放着嘴巴很大的警察发言人的话。他们会杀死儿童和女人，但他们都是没什么胆量的老鼠。他们一旦撞上警察，就会哭着求饶。背叛民众的便是他们，他们非常清楚这一点。他们都是些没什么胆量的警察。再说像布鲁纳特那样生活在上流社会的人，不会为了得偿所愿而走杀人这条路，他们靠的是头脑和勇气。他们不具备那种勇气，这和警察完全一样。不过，他们终究是买卖人，他们和别的买卖人一样，所做的每件事都是为了钱。这是怎么回事？我为什么和你聊这么多。"

我说道："布鲁纳特那种人一定不会把迈洛伊藏起来的。已经有两个人死在他手上了。"

"是这样的。不过，要是存在什么比钱更重要的因素的话，也会有例外。打算返回去吗？"

"继续前进吧。"

雷德一边用两只手把着方向盘，一边加快了船速，他说道："别觉得我对他们抱着好感，他们在我看来极为可憎。"

∽ 37 ∾

探照灯就如一根茫然又毫无血色的手指般拂过海边，它在船四周差不多一百英尺的范围内扫射着，在晚上的这段时间内，它看上去尤其显得装模作样。一个人只有在多找些同伙的情况下，才有可能成功地抢劫这么一艘赌船。要想取得更大的把握，那他们就得等到凌晨四点再下手。因为赌客到了那个时间会慢慢散去，剩下来的则都是一些输了钱的，想要尽早捞本的人。另外，船员们在那时都会感到非常疲倦。然而，这并不是一条挣钱的好门路，之前就有人干过，但没人取得过成功。

划了一个圈后，一艘出租艇向登船的地方驶了过去，它在赌船上的人都上了船后，又驶离了那儿。雷德将快艇停在探照灯照不到的地方后，就让引擎那么空转着。如果有人出于游戏心理，或者就是想用探照灯往上照一下，那他们一定会看到我们。他们并没有这么做，这实在是非常幸运的一件事。探照灯在海上懒懒地扫射着，在苍白的灯光下，冷漠的海水正闪闪发亮。以非常快的速度越过探照灯所能照到的区域之后，小快艇向赌船那边驶去。我们在路上经过了船后方那两条非常大的锚链，那上面已经生满了锈。接着我们像旅馆的保安客气地将皮条客赶出大厅般，小心翼翼地向那个到处都是油迹的船靠了过去。

有一扇双开的铁门似乎就在我们头上稍远一点的地方，不过，它看上去非常重，我们就算能碰到它，也打不开它。我们所乘的小快艇常常会在无意间擦到门特希托号的船身。波浪一阵一阵地拍着我们脚下的快艇。我身旁忽然站起一个很高的身影。夜晚的世界看上去非常模糊，过了一会儿，我看到有一团绳子被甩入半空，绳子的尾部像是套住某个东西之后，又返了回来，最终落在了水上。雷德用一个钩子钩回了绳子，然后往紧拉了几下，接着就在引擎柱上固定住绳子的尾部。那又冷又湿的空气就如一段破灭的爱情，所有的东西都因为雾气的关系而显得更不真切。

雷德向我这边靠了过来，我的耳朵甚至能感受到他的鼻息，他说道："它的位置真高，可能会被一阵狂风吹开，但我们终究还是要往上爬。"我用颤抖的声音说道："等了这么长时间，我终于等到这一刻了。"

在把我的手搁到方向盘上后，他依自己所需调整了一下小快艇的方向和引擎的转速，他让我好好掌控着。有个呈弧形的铁梯绕着船身，铁梯的横板似乎很滑，像抹了油的圆柱那么滑。

相比爬办公室的屋檐，爬那个梯子的刺激程度一点儿都不逊色。雷德先在裤子上使劲儿地擦了几下手，然后一边抓着绳子，一边将自己甩了出去，接着便用脚钩住了铁质横板，为了能让自己受到最大的牵引力，他的身躯差不多和梯子形成了一个直角。此刻，探照灯的灯光和我们之间隔着非常远的一段距离。四周依然非常安静，海面反射出的光能够照清我的脸。那种由移动的铰链所发出的沉闷声响，忽然出现在我的头上。在迷雾中迅速地闪了一下之后，一道非常阴森却不是很亮的黄光又失去了踪迹。一个类似货运舱口的东西也在此时慢慢显现，那货运舱口似乎没有反锁，我推断不出这是出于什么原因。上面传来一个好像没什么意义的声音，那声音非常低。接着我便放开方向盘，往上爬了起来，这差不多是我这一生中经历的最艰难的一条路。爬上来之后，我大口地喘着气。我了解到自己正在一个货舱中，货舱正散发着令人作呕的臭味，卷绳、箱子、桶，以及生满了锈的铁链在货舱的四周随意地放着，老鼠正在漆黑的角落中发着吱吱的响声，一道黄光穿过和我相距不远的狭窄门缝，照了进来。

雷德凑过来和我说道："这类船不用柴油。锅炉房那边有个备用的蒸汽发动机，我们得从这儿悄悄地溜到锅炉房。他们或许会在下面留一个看守的人。上面那些人能拿两倍的工资，他们有的负责看门，有的负责服务，有的负责发牌，在上船之前，他们都以船员的名义签了合同。那边有个能通往甲板的、没栅栏的风口。到了锅炉房后，我会带你去那儿，他们是不允许普通人上甲板的。你安全抵达那边后就只有靠自己了。"

我说道："这船上肯定有你的亲戚。"

"还有比这更有意思的事。你不久后就回去吗？"

我一边拿出钱包，一边说道："我应该果断跳下去。我觉得我这趟有必要多付你一些钱。给。"

"你已经把账付清了。"

"我虽然用不上，不过，我还是要付你载我回去的钱。拿去吧，别逼我流泪。"

"你到了那儿是不是需要个帮手？"

"我的舌头似乎缩回去了，我这会儿就需要一只灵活的舌头。"

雷德说道："我觉得你有些恐惧。你已经付了返程的钱了，把钱拿回去吧。"他用他那只有力的手握住了我的手，他的手有点湿，也有点温暖。他悄声说道："你准是胆怯了，我敢肯定。"我说道："我无论如何都得壮起胆来。"

他转身的时候，我在他脸上看到一种怪异的表情，不过，我并没看明白那种表情代表什么，因为光非常微弱。我尾随着他穿过一些桶和箱子，迈过那个铁门的铁门槛，最后进入了一个很长的通道。通道十分昏暗，而且还散发着轮船的味道。离开通道后，我们来到了一个非常油腻的平台上，平台的四周围着铁栅栏。接着我们又走下了铁梯，要想在那段铁梯上站稳是非常困难的一件事。我们在这儿只能听到将其他所有声音都盖过去的燃油声。经过了一堆废铁后，我们走向了那个发出燃油声的地方。

拐了一个弯后，我们看到了一个灯泡，灯泡下有个铁丝网椅子，椅子上坐着一个身穿紫色丝质衬衫的家伙。那是一个看上去又矮又脏的意大利人，他戴着一副钢边眼镜，那眼镜看上去是他祖父戴过的，在他那双黑手中的，是一份晚报。雷德偷偷溜到他身后，对他悄声说道："嗨！矮个儿！手下们都怎么样？"意大利人一边用手抓着紫衬衫的开襟，一边张开嘴吸了口气。雷德在意大利人的下巴上打了一拳，然后抓住他。将他摔在地上后，雷德扯烂了他的紫衬衫。雷德悄悄对我说道："相比刚才那一拳，这拳更让他吃不消。你在穿过通风口的时候，会发出非常大的响声，所以我才采取了这种做法。幸运的是，响声不会传入上面的人的耳中。"娴熟地绑好意大利人后，雷德又用布条堵住了他的嘴。他折好意大利人的眼镜，将其放在了一个安全的地方。接着我们便来到了那个没有栅栏的通风口。我抬头向里望了望，里面一片漆黑，完全看不到终点。

我和他说道："就此别过吧！"

"你可能缺个帮手。"

我一边狠狠地摇着头，一边说道："假如有什么能帮上我的话，那就是一支海军了。不过，我心意已决，我要么不干，要么就单枪匹马地干到底。就此别过吧！"他用焦虑的口气说道："你打算待多长时间？"我说道："应该不到一个小时。"他一边盯着我，一边下意识地紧咬着嘴唇，点了一下头后，他叹息着说道："有时对一个人来说，这是迫不得已的选择。假如以后还有空的话，就到那边的宾果游戏店试试手气吧。"他说完后就沿着原路静静地返回了。不过，他还没走出多远，就又向我走来，似乎想到了什么，他说道："记住，你或许能用得上那个开放的运货舱口。"他说完后就马上在漆黑的世界中隐没不见。

❧38❧

上面窜来一股冷风。我此时好像还要爬很长一段路才能爬出去，虽然我只爬了三分钟，却像爬了一个小时那么久。我终于能将头谨慎地自出口探出来了，那个出口和喇叭非常像。一批如同灰色影子的帆布船就停在不远处。一阵模糊的如同耳语的声音自黑暗处传了过来。探照灯依然在扫射着周围，它们所在的地方比这儿还高，那或许是根又短又粗的桅杆，那里可能有人看守着。那人或许背着机关枪，或许拿着勃朗宁手枪。这种工作环境实在是差劲和危险到了极点，对那个没锁上货运舱口的好心人，我实在该好好表达一下自己的感激之情。

一阵模糊的乐曲声自远方飘了过来，制造那个声音的仿佛是配置在一台廉价收音机上的劣质喇叭。举头远望，能够看到几颗寂寞的星星。雾气弥漫在桅灯的更高处。

爬出通风口后，我自枪套中掏出点三八口径手枪，然后把它藏在了衣袖里面。我小心翼翼地向前挪了三步，停下来认真听了听周围的状况，一切都很正常。那个如同耳语的声音停了下来。我知道造成这个状况的原因不是我，我现在才知道那个声音原来是自两艘救生艇之间传过来的。我透过海上的雾气和漆黑的夜色，看到一把恐怖的黑色机枪，枪口露在围栏的外面，枪身躺在一个三脚架上。机枪的旁边站着两个人，那两个人没有抽烟，就在那儿一动不动地站着。他们再次低声交谈起来，然而，我没听清一个字。在那儿站着听了很长一段时间后，我忽然听到有人在我背后清晰地说道：“抱歉，我们规定客人不能上甲板这儿。”

我转过身来，瞧了瞧他的双手，那双手里什么都没有，我点着头向旁边走去，他在我身后悄悄尾随着。他的脚踩着湿湿的甲板，没有发出任何声响。我说道：“我可能找不到路了。”他年轻的声音说道：“我也这么想。有扇配置着极好的弹簧锁的门，就位于那边升降梯的下面。我们不但在那边的楼梯上放了铜制的警示牌，还曾用铁链把它给拦了起来。那边常常会爬上来一些不懂事的家伙。”他吞吞吐吐地说了很大一阵工夫，我不知道他是在等待还是在表示善意。我说道：“准是有人打开了它。”他没我高。我在夜色里看到他点了一下头。“你得为我们考虑一下。我们的老板可不喜欢你在其他人的帮助下，打开了门并且来到了这儿。但是我想知道你是如何通过一己之力来到这儿的，你应该懂得我在说什么。"

"很简单。我们到下面和你们的老板聊会儿吧。"

"你还有同伙吧？"

"非常不错的朋友。"

"你不应该离开他们。"

"你离开没多久，她就会跟别人跑了，你应该对这种事非常清楚。"

他笑了一下，接着又点了一下头。

我迅速俯身躲在了一旁——一根铁棒破空挥过的声音在耳边响起。有种铁棒似乎在这儿非常盛行，而且那种铁棒每次都针对我。附近有个长得很高的家伙正在叫骂。我说道："年轻人，动手吧。"保险栓在我的拉动下发出很大的声响，这招非常管用，尽管它算不上巧妙。那个长得很高的家伙虽然还在摆弄着那个铁棒，却不再移动了。那个矮个儿似乎陷入了沉思，他说道："你绝对逃不出这儿的，别折腾了。""这完全在我的意料之中，但我是不是能逃出这里在你看来根本就无所谓。"我其实是在分散他的注意力。他低声说道："你打算做什么？"我说道："现在我手上有枪，但我可能用不着开枪就能解决问题。我打算和布鲁纳特聊上一会儿。"

"他出差去了，现在在圣地亚哥。"

"那我就和他的助手聊上一会儿。"

"你实在够麻烦的。我们到下面去吧，不过，要想进门，你先得把枪收起来。"

"我会到那扇门那儿时收好它。"

他笑着说道："斯雷姆，回去吧，这就交给我吧。"接着那个长得很高的家伙便在黑暗中隐没不见。

"在我后面跟着。"

于是我尾随着他走过了甲板和楼梯，接着便来到了那扇门前。他将门打开，看了看锁点了一下头，接着用手把住了门。我进到门里后收起了枪。我们身后那扇门关上之后他说道："今晚还没出现异常。"

一个镀着金的拱门就位于我们的正前方，供人消遣的地方就在门里。这里的赌场和其他的赌场差不多，里面没有多少赌客。赌场的一个角落中开着一间小酒吧，配置着几把高脚凳。一阵乐曲声自赌场中部的那个楼梯下面传了过来。赌场里总共有六十人。一张赌桌上堆着能够开一家银行的筹码。那里有一个满头银发，上了年纪的赌客，他正看着庄家发牌，他看上去很有礼貌，不过，他的神情非常冷漠。

两个身穿礼服的男人在拱门那边沉默地徘徊着，他们没有凝视任何一件东西，他们就该如此。过了一段时间之后，他们朝我们这边走了过来，矮个儿和我就在那儿等着他们。走过来的时候，他们伸手掏着裤袋里的香烟。矮个儿说道："不好意思，我们此刻应该遵守一下规矩了。"我说道："你就是布鲁纳特。"他耸了一下肩，说道："对。"我说道："你看上去很有礼貌。"他说道："这也是我所期盼的。"那两个身穿礼服的人各自夹着我的一边。布鲁纳特说道："别慌，我们在这儿好好聊聊。"那两个人在他打开门之后将我夹到了里面。

这是一个有些像船舱，又有些不像船舱的屋子。那边有张似乎是由塑料做成的桌子，两个铜质灯架自桌上垂了下来。一张由木头做成的双层床摆在屋子的最里面，床上放着一些唱片，床下非常整齐。一个小酒吧位于床对面的角落，屋里的另一个角落摆着一个大留声机，地上铺着一块红地毯。一个小茶几上放着一瓶酒、若干个酒杯和一些香烟。屋里还摆着一个红色的皮质沙发。那个桌上放着大量的文件，布鲁纳特一边走到桌后，一边说道："请坐。"一边在一张高背椅上坐下，之后他开始打量起我来，他的身体有点儿前倾，过了一会儿，他又站了起来，然后脱去围巾和大衣并将它们丢到一旁，再次坐了下来。他一边笑着，一边用一支笔挠着耳朵。他的笑容看上去就像一只猫，猫在我看来其实是一种非常可爱的动物。

他的身材匀称，即不胖也不瘦；他看上去已经不再年轻，却也算不上衰老；他的皮肤看上去非常健康——或许因为他在海上或海边待了很长时间吧；他有一个显得很聪慧的窄额头；他的头发是栗色的自然卷；他那双淡黄色的眼睛里蕴藏着些许威严；他那双保养得体的双手看上去非常嫩。由于颜色太浓，我很难看出他那件深蓝色的晚礼服的颜色。观察了我很大一阵工夫后，他说道："他带着枪。"那两个人里面的一个拿着武器到了我身后，搜过身之后，他拿走了我的枪，那个人说道："还其他的吩咐吗？"布鲁纳特摇了一下头，说道："没有了。"

那个人在桌上放下我的枪，将它推到了布鲁纳特那里。放下笔后，布鲁纳特一只手拿着我的枪在笔记本上转着，一只手拿起了一把拆信刀，他一边瞧着站在我身后的那个家伙，一边低声说道："行了，还用我指点你该干什么吗？"有一个家伙马上走了出去，并关上了门，剩下的那个就那么静静地在那儿站着。在过了很长一段时间之后，房间里变得十分安静，我们能够听到低沉的乐曲声、自下面传来的不是很清楚的颤抖声，以及类似耳语的声音。

"要不要喝一杯？"

"非常感谢。"

接着，那个人便去小酒吧那儿调了两杯酒，他调酒时没有遮住酒杯。

"抽支烟如何？"

"太感谢了。"

"埃及烟可以吗？"

"可以。"

我们一边喝着酒，一边抽着烟，那是一种很像苏格兰威士忌的酒，调酒的那个人并没有喝酒。我打算开始谈正事，于是说道："我打算……""不好意思，那并不关键，是这样吧？"他闭上眼睛，再次如猫一般的笑了起来。

此时，刚刚出去的那个人又开门进来了。跟在他后面的是那个"晚礼服"。他的脸非常难看，没有一点儿血色。他斜着嘴瞧了我一下。"晚礼服"立刻说道："他不是从我那边上去的。"布鲁纳特一边用拆信刀推着枪，一边说道："他带着枪，并且差点儿在甲板上用这把枪顶住我的后背。""晚礼服"再次急促地说："老板，他不是从我那边上去的。"布鲁纳特抬了一下眼皮，对我笑说道："怎么样？"我说道："带他出去，找个教训他的地方。""晚礼服"大声说道："能够为我作证的有那个开水上出租车的司机。"

"五点半之后，你有没有离开过登船处？"

"没有，老板，我连一分钟都没离开过。"

"一分钟可能断送一个帝国，因此，这并非答案。"

"老板，我连一秒钟都没离开过。"

我笑着说道："他或许真的离开过。""晚礼服"马上跑到我这边，然后向我挥起了拳头，然而，随着一声闷响，他和他的拳头一起摔倒了——那拳头差点儿打到我的太阳穴。他一边用手抓着桌角，一边倒在了地上。能够亲眼看见别人被打了一棍实在是一种非常好的体验。布鲁纳特依然朝我笑着，说道："我希望你说的是实情。那扇门的漏洞并没有妥善解决。"

"这就是个巧合。"

"你可以想到别的原因吗？"

"想不到，这人可真够多的，我想不出来。"

布鲁纳特一边凝视着我，一边说道："我和你单独聊聊。""晚礼服"被他们拖到了外面。布鲁纳特说道："行了，你是谁？打算做什么？"

"我是一名私人侦探，正在找一个人。那家伙叫驼鹿迈洛伊。"

"我要看下你的私人侦探的证明。"

看完之后，他将我的钱包丢了过来。

我说道："有个叫马里奥特的人，在上星期四遭遇了谋杀，地点就在你所经营的观景楼俱乐部附近的峡谷中，我正在调查这起案件。迈洛伊有着严重的暴力倾向，他之前劫过银行，后来又杀死了一个女人，这两起案件之间存在着一定的联系。"他点了一下头，说道："我觉得你肯定会让我知道自己是不是和这几件事有关。不过，我现在就想知道你是如何来到这儿的？"

"我和你说过了。"

他说道："你没有说实话。马洛是你的名字？马洛，你没把实话给说出来。负责登船处的那个人是我自己选的，他不会骗我。你非常明白这点。"我说道："我虽然不知道你在贝城有多高的声望，但我敢肯定你能够只手遮天。有个叫桑德堡的家伙做着抢劫、贩毒和窝藏犯人的营生，他专门开了一家窝藏犯人的店，他能够顺利地做这些事，一定是得到了靠山的支持，我觉得你就是他的靠山。迈洛伊之前就在他那儿，后来又离开了。他是个很难掩藏自己的壮汉，在我看来赌船是个绝佳的避难所。"布鲁纳特说道："你的想法实在是太天真了，我干吗把他藏在这儿。"喝了口酒之后，他又说道："我仅仅是个商人，单单水上出租车这一项就够我受的了。假如他带着大把钞票，完全可以找到能够隐藏自己的地方，并且能够找到许多这样的地方。你没考虑过还存在其他的可能吗？"

"我看我还是不要考虑的好。"

"我提供不了什么帮助。你是通过什么方式来到这儿的？"

"我不愿意说。"

"马洛，看来你打算让我逼你了。我完全能够轻松地逼你说出来。"他的牙正反着光。

"假如我说了，你能不能帮我给迈洛伊带几句话？"

"什么话？"

我掏出钱包，将它放在桌上，然后从中取出一张名片，将它翻了过来。在收好钱包后，我用一支铅笔在名片背面写了五个字。布鲁纳特在我将名片推到他那儿后，拿起来瞧了一下，他说道："在我看来，这毫无意义。"

"不过在迈洛伊看来非常有意义。"

他一边靠着椅子，一边凝视着我，说道："你拼命来到这儿，就是为了让我把一张名片交到一个对我来说完全是陌生人的手上，这简直毫无意义。我实在很难想得透。"

"的确毫无意义，前提是他对你来说真的是个陌生人。"

"你为何不将枪留在岸上，然后像别的客人那样来这儿。"

"我来过一次，不过，那个'晚礼服'不准我进去，我那时也带着枪。后来我遇到了一个人，那个人熟悉另外一条路。"

他笑了几下，没有理我，他那双黄眼睛正发着光。

"那并不是个坏人，不过非常清楚海边的事罢了。你的人没有锁好货运舱口，那个通风口也没设置障碍，我只有打昏一个看守者之后，才能经过那边。布鲁纳特，你有必要查一下自己的船员名单。"

他瞧了瞧名片，动了几下嘴唇，说道："假如你说的是实情的话，我会查的。不过，我手下并没有叫迈洛伊的船员。"

"查一查吧。"

他一边瞧着我的名片，一边说道："假如我能帮你给迈洛伊带话，绝不会推辞，我都不清楚自己为什么会帮你这个忙。"

"到那个舱口瞧瞧去吧。"

他依然在那儿坐着。隔了一段之间之后，他前倾着身子把枪向我这边推了过来。他一边笑着，一边像是在思考什么似的说道："我忙着贿赂警察，忙着窝藏犯人，忙着勒索老女人的钱，忙着贩毒，忙着选市长，忙着摆布城市。我可真够闲的，实在是太闲了。"看到我把枪放到胳膊下面后，他站了起来，然后凝视着我说道："我什么都不能担保，不过，我对你非常信任。"

"哦。"

"你仅仅是为了听这些话？"

"没错。"

"好吧。"做了个无聊的手势后，他将手伸了过来，说道："和傻瓜握个手吧。"于是我和他握了下手，他的手有些温暖，虽然不是很大，却非常有力。

"你依然不愿意告诉我你是如何找到那个舱口的？"

"没错，他肯定不是个坏人。"

他说道："我可以试着让你说出来。"不过，他马上又摇了一下头，说道，"算了，我再信你一回。我们再来上一杯吧。"在一个按钮上按了一下之后，他便打开了后面那扇门。我又看到了刚刚那个为我们调酒的人，布鲁纳特说道："留在这儿，假如他想喝的话，就给他调杯酒。客气些。"布鲁纳特离开了房间。那个人一边对我微笑，一边坐了下来。我点着了一支烟。那个人在我喝完一杯酒后，又给我满了一杯，我再次喝光了它。

再次回到屋里之后，布鲁纳特先在洗手盆那边洗了一下手，接着又坐在了椅子上，那个人在他对自己点了一下头后就离开了。布鲁纳特一边看着我，一边说道："马洛，你可真有本事，居然闯过了我的一百六十四个船员。"他耸了一下肩，说道："我会尽我所能帮你带话。你可以乘坐水上出租车返回，不会遇到任何阻拦。你为我找到了我船上的缺陷，我或许该对你表示一下感谢。"我和他道了一声晚安，就起身离开了房间。

登船处换了一个人。乘着一艘水上出租车返回后，我再次来到了之前的那个宾果游戏厅，并又靠在了墙上。几分钟后雷德也靠在了我旁边的墙上，他低声说道："没遇上什么困难吧。"有个人此时正用很大的声音说着开奖数字。

"太感激你了！他虽然对我抱着信任，不过还是有些不放心。"

打量了一下四周的情况，雷德对我耳语道："见到他了吗？"

"没有，但愿布鲁纳特能把我的话带给他。"

雷德一边看着那些赌桌，一边打着哈欠，最后起身离开了那儿。我又看到了那个长着高鼻子的男人，雷德向他那边走了过去，然后对他说道："奥尔森，还不错吧？"雷德几乎一把将他给推倒。奥尔森整了整帽子，然后朝地上吐了口痰，接着一边愤怒地看着他，一边走开了。他离开后，我向停车场走了过去。

我驾着车回到了好莱坞。将车停好之后，又踏入了公寓。我将鞋子脱去，就那么穿着袜子在地毯上转悠着。我用脚趾头感受着地面，有时候还觉得有些发麻。我私下里推算着自己找到迈洛伊的时间。过了一会儿，我发现这根本就没办法推算，或许是几个小时，或许是几天，或许这辈子都没戏。唯一的例外是警察能够逮住他，前提是他没死掉。

$$\sim 39 \sim$$

晚上十点左右的时候，我给贝城的格雷夫人打了个电话。时间其实不算晚，不过，我最初还真觉得够晚的。格雷夫人接起电话之前，我依次听到了女仆和管家的声音。她的声音在这种夜里听来不但非常迷人，而且非常幽默。我说道："我说过会给你打电话。虽然算不上早，但我毕竟没有违背承诺。"她用冰冷的口气说道："又在糊弄我。"

"我是认真的。你的司机下班了吗？天都这么黑了。"

"他的工作时间由我安排。"

"我需要穿一件不错的晚礼服，能不能来接我一下？"

她用缓慢的语气说道："不错，你真够可以的。我是不是很烦？"假如她之前真的说不清楚话，那埃莫森可还真有一套。

"我打算让你见识一下我的蚀刻版画。"

"仅仅一幅蚀刻画？"

"我这边就是一个单身公寓。"

她又缓慢地说道："他们和我讲过这些。"她忽然改变了一种语气，说道："先生，你的身材很棒，别过分地花心思。你住在哪里？"我将自己的住址和公寓号告诉她，说道："我会为你开公寓的大门，它现在已经锁上了。"她说道："好吧，那我就用不着带撬棍了。"

挂了电话之后，我生出一种非常奇怪的感觉，我觉得刚才和我通话的那个人并不存在。我到楼下打开了公寓的大门，接着又回到楼上洗了个澡。我现在正穿着睡衣在床上躺着。这一个星期以来，我一直都没睡个好觉。我起身后虚掩住了房门，接着经过客厅，去小厨房里取出了我藏了很久的佳酿和酒杯，那是一瓶苏格兰威士忌。我一边往床上倒了下去，一边喊道："祈祷！只剩下了祈祷！"

闭起眼睛之后，我觉得空气里到处都是海雾和沙沙作响的海风。我觉得周围的墙就如船一样颠簸了起来，我嗅到了引擎燃烧汽油时发出的味道，也嗅到了由废弃的船舱发出的那种酸臭味，我看到一个身穿紫衬衫的意大利人正在灯下读着报纸，他戴着一副他祖父戴过的眼镜。我拼命地向上爬，先是爬到了一个通风井上，最后爬到了喜马拉雅山的顶峰，我在山顶上转悠着。我身边都是一些拿着机枪的人，我和一个矮矮的，长着一双黄眼睛的人交谈着，他或许干着勒索的勾当，或许干着更坏的营生。我想起了那个有一双紫罗兰色的眼睛和红头发的壮汉，在我见过的所有人里面，他或许是最善良的一个。

我停止了想象，我是一只正沿着市政厅的墙向上爬的虫，一只长着粉红色脑袋的虫；我是一个在冒险中白白浪费精力的傻瓜，一个镶有金边的傻瓜，我觉得灯光在我闭起来的眼睛内不停地打转，我睡了过去。

我勉强醒来之后，凝视着天花板上的反光。我觉得屋里有什么东西在缓缓挪动，这是一个既沉重又静谧的举动。我一边听着这个声音，一边将头缓缓地扭了过来。接着驼鹿迈洛伊就进入了我的视线，那边那个正在挪动的身影便是他。他和我之前见到的那副样子没什么区别。他拿着一支闪着暗色油光的枪，就像猎狗般正用鼻子嗅着什么，他那头卷发上有顶帽子，看上去位置有些偏后。

他发现我已经睁开了眼后，便向床这儿轻轻地走了过来，然后就站在那儿俯首凝视着我。他说道："我把这里收拾了一遍，并且翻了翻你的笔记。我没有在外面发现警察，现在这里的一切都是我说了算。"他今晚穿的那件外套还比较适合他，但仍然有点瘦，衣服肩膀上的一个接缝处破了，我觉得这差不多就是最大号了。他的脸还是那么大，看上去没什么血色，那双深陷的眼睛写满了柔情。我在床上轻轻翻动了一下，他马上搜了搜枕头下面。我说道："我仅仅是想见你一面，但愿你是路过这里，并且没有被警察发现。"他说道："接着说。"

他向一张桌子走去，然后把枪放在了桌子上，接着又脱去外套，并在我最好的椅子上坐了下去，椅子虽然支撑住了他，却发出咯吱咯吱的响声。为了能让自己的右手更快地拿到枪，他缓缓地向后靠了几下，并且把玩了一会儿那支枪。他从口袋里掏出一包烟，然后用嘴叼住了被他晃出来的一支，他始终没有用手去碰那支烟。接着，他又用大拇指划着了一根火柴，没过多久，屋里的每一个地方都飘起了烟味。他说道："你既没患病，也没遭遇其他状况。"

"我今天疲倦极了，现在正在休息。"

"你没有关门，是在等人吗？"

"是的，是一位夫人。"

他一边凝视着我，一边像是在思考着什么。

我说道："她或许改主意了。假如她来了，我会把她稳住。"

"是位什么样的夫人？"

"很普通的一位夫人。不过，我就想和你聊会儿，假如她来了的话，我会打发她回去。"

一抹笑容在他的嘴角浮现。他吸烟的时候没有用手去拿，因此看上去有点笨拙，那烟对他来说似乎小的有些过分了，他拿起来或许非常不适。他说道："你为何推断我在门特希托号上？"

"我是从贝城的一个警察那里听到的，一时很难讲清楚，全部都是猜出来的。"

"贝城的警察正在抓捕我？"

"这是否给你造成了困扰？"

他缓缓摇了一下头，又咧嘴笑了一下。

我说道："我觉得是你误杀了杰西·弗洛里安。"他琢磨了一会儿，然后点了一下头，从容地说道："没错，是我杀的。"我说道："我知道你并不是个杀手，因此我不畏惧你。我发现一个疑点，你应该不会打出她的脑浆，你在中央大街其实是被逼无奈，你根本就没打算要她的命。"他低声说道："朋友，你越扯越远了。"我说道："我目睹过那种方式，不过，我并不清楚区别在哪。你根本就没打算要她的命，没错吧？"听我说话的过程中，他一直抬着头，并且不断地转着眼睛。我说道："现在能帮上你的就只有你自己了。"他说道："没机会了。"我说道："你在掐住她的脖子后，拼命摇晃着她，你原本希望能从她那里了解到一些事情。不过，你将她的头撞在床柱上后，发现她已经咽了气。"他凝视着我。我说道："至于你试图从她那里了解些什么事，我非常清楚。"

"接着说下去。"

"她在我和一个警察抵达那里的时候就已经断气了，我只好做记录。"

"你是如何记录的？"

我说道："我没有偏袒任何人。不过，我不会记下今晚的事。"他一边凝视着我，一边说道："行，你是通过什么方式了解到我在门特希托号上的？"他似乎忘了自己曾问过这个问题。

"我对此并不了解。我只是觉得待在水上算是最方便的一条逃路，赌船是你在贝城唯一的选择，假如你能在那里获得帮助，便可以洗去罪名。"

他用不在乎的口气说道："据说莱尔德·布鲁纳特为人还可以。不过，我并没和他打过交道。"

"他获得的消息便是来自你那儿。"

"朋友，他可借助的手段实在是太多了。你说那些名片怎么来着？我们打算到什么地方？我觉得我之所以能到这里来，是因为你做好了离开的准备。"熄灭香烟之后，他又将视线移到了我身上。他在墙上投下的那个影子实在是太大了，大到了不真实的地步。他忽然说道："你凭什么推断杀死杰西·弗洛里安的是我？"

"凭指印，就是她脖子上的指印。她其实已经将某些实情告诉了你，不过，你的力气实在是太大了，以致失手杀死了她。"

"我是不是被那帮狗娘养的给拐入了里面？"

"不清楚。"

"我打算让她告诉我什么？"

"你猜测她或许清楚维尔玛身在何处。"

他沉默地点了一下头，接着又开始凝视起了我。敲门声此时响了起来，声音并不是很高。迈洛伊一边笑着，一边前倾着身子拿起了枪。外面的人开始按门把手。缓缓起身之后，迈洛伊躬身向前认真地听着状况，他瞧了一会儿门，接着又瞧了瞧我。

我在门旁问道："谁？"

"我是温莎公爵夫人。笨蛋，把门打开。"说话的正是她。

"等一下。"

我扭头瞧了一下迈洛伊，发现他正眉头紧皱，我向他走去，然后低声对他说道："先到床后的更衣室等等，这儿只有一个出口。我会把她赶走的。"我很难读懂他的神情，他完全是那种天不怕地不怕的角色。琢磨了一会儿，他点了一下头，接着便拿着外套和帽子绕过床，缓缓地向更衣室走去。我不知道迈洛伊是否还在屋里留下了其他的痕迹，因此将屋子彻底扫视了一遍，我只发现一个烟头，然而，那什么都代表不了，因为每个人都有吸烟的可能。迈洛伊进来后闩上了门，于是我向门那边走去，接着便将门打开了。

她挎着一个小晚装包，半握着手指，就那么笑盈盈地在门口站着。

她今天穿了一件白色的高领狐皮披风（她和我说过这件披风）。那软软的白色领子差不多完全遮住了她耳上的翡翠耳坠。她不再笑了，并且用冷冷的目光瞅了我一会儿，她一本正经地说道："你就这么穿着睡衣让我看你的蚀刻画？我真是太天真了。"我一边把着门站在一旁，一边说道："事实有个警察在我刚打算穿衣服的时候，来我这儿坐了一会儿，他离开没多长时间。"她问道："是不是兰德尔？"我点了一下头。假话始终都是假话，我不管点不点头都无法改变它，然而这个假话应对起来非常简单。她犹豫了一段时间，不过，最终还是进来了。我在她经过我的身边后闻到一股浓烈的香水味。

她在我关上门后缓缓地走过了房间。她冷漠地对着墙看了一会儿，忽然将身子转了过来，说道："我这个人不太好打交道，我们现在好好地了解一下彼此吧。我经历过非常混乱的一段私生活，因此，我并不是为了那种事才来这儿的。"我依然在门上靠着。，说道："在走之前，要不要来上一杯？"

"我好像没说要离开的话。"

"我觉得这儿令你很不满意。"

"我不过是解释一下。我其实并不放荡，尽管我有些世俗，我能经过其他途径得到那些。没错，来上一杯吧。"

于是我向小厨房走去，然后调了两杯酒，在调酒的过程中，我的手有些发抖。我拿出那两杯酒，给她递过去一杯。更衣室里此刻甚至连呼吸声都听不见。她拿过酒杯饮了一口，然后又对着墙瞅了起来。她说道："我讨厌男人穿着睡衣招呼我，但我爱看你穿着睡衣的样子，很好笑吧。我之前完全能够驾驭自己的感情，而我现在却被你彻底迷住了。"我喝了一口酒，又点了一下头。她说道："男人是一种非常肮脏的动物，至少大部分男人是这样的，其实这个世界就够肮脏的。"我说道："有钱能使鬼推磨。"她笑了起来，那笑容看上去有些怪异，她一边笑着，一边说道："这是你穷困时的想法，你一旦变得富裕，就会面临新困境，这个难题已经存在了很长时间了。"她自包里拿出一个烟盒，那是一个用金子做成的烟盒，我过去为她点着了烟。她此刻正眯着眼睛看着自己吐出的那团烟，她忽然说道："过来，坐我这儿。"

"我们先聊会儿吧。"

"聊什么，聊我的翡翠？"

"聊聊谋杀。"

她十分谨慎，并且非常缓慢地再次吐出了一团烟，然后一脸平静地说道："我们非得聊这个不干净的话题吗？"我耸了一下肩。她说道："林赛·马里奥特虽然不是什么圣人，但我依然不愿就这个话题再展开讨论。"在用冰冷的目光凝视了我一会儿后，她从包里取出一块手帕——她刚才就一直没合上那个包。我说道："那些警察推断马里奥特是为那个珠宝抢劫集团提供消息的人，他们的推断实在是太多了。不过，我并不觉得马里奥特是干那个的。这是不是很好笑？"她用十分冷漠的口气说道："是这样吗？"

我说道："好吧，不是这样。"喝完杯里的酒后，我又说道："格雷夫人，你能光临寒舍实在是我的荣幸。不过，我们的心情似乎都很糟糕。我觉得事情不是这样的，马里奥特或许是死在了一帮抢劫犯的手上。那些家伙可能在峡谷里谋杀了他，而他还以为那帮人是等待自己帮助的犯罪呢。我觉得他是个极为狠毒的嫌犯，并且我推断他并不是因为要赎回翡翠项链才去那里的，那个翡翠项链其实没被人抢走。"她的笑看上去有些麻木，她将身子向前倾了倾，我忽然发现她没有之前那么好看了，尽管她一点儿都没有改变。她仅仅是个好莱坞的二流演员，尽管她看上去非常像一个生活在一百年前的、拥有二十年前的胆量的危险人物，她沉默地用右手在包的卡扣上轻敲着。

我说道："那个犯人十分残忍，他就如出现在莎士比亚的《理查德三世》那幕中的第二个刺客一般，那人完全就是个一心只想着钱的白眼狼，犹豫最终要了他的命。他们只有将他灭口，因为他这样的犯人实在是太危险了。"她笑着说道:"那你想过他打算杀死谁吗?"

"我。"

"这实在是太荒唐了,谁会恨你至此?另外,你凭什么说我的翡翠项链本来就没被人抢走。"

"这仅仅是我的猜测。"

"那干吗还在这个问题上愚蠢地浪费时间呢?"

我说道:"证据是一种难以抵挡的平衡,它常常和某些事之间存在联系,例如它和抢劫犯抢劫你的方式之间就存在着联系。他是因为一个十分简单的原因才打算将我杀掉的。有个刚刚离开监狱的犯人,正在找一名之前在中央大街酒吧工作过的歌手,那个犯人叫驼鹿迈洛伊,我在帮他的忙,将那个歌手找出来显然不是一件麻烦事。为了除掉我,马里奥特装出了一副遇上困难的样子,他准备带我出去后,于短时间内就将我杀害。再说,假如事情是另外一种状况的话,他便会产生怀疑。然而,促使马里奥特做这件事的原因不单这一个,还有一个,并且是非常关键的一个,他没有衡量爱、欲望、虚荣,以及其他的东西,他感到恐惧,他畏惧自己会成为罪犯中的一分子。换句话来说就是他是为了谋生才把握住了那次机会。"她在我说完后,点了一下头,然后说道:"假如有人能听懂你在说什么,那一定非常有意思。"我说道:"有个人就懂。"

我们凝视着彼此,她再次将右手放入了包内,我突然想出一个妙招,不过,我打算机会到来时再出手,现在还为时尚早。

我说道:"这里除了你和我之外没有任何人,我们刚刚都说了一些让对方讨厌的话题,就算扯平了,现在来谈点正经的吧。一个不是很干净的老女人,在一个来自穷困家庭的女孩儿嫁给一个富翁后认出了她。那个老女人或许先是认出了那个女孩儿的声音,因为那个女孩儿之前在广播站唱过歌。那个女孩儿见到那个老女人之后,不允许她将这件事透露出去。那个老女人其实并不了解多少情况,因此,她的酬劳相当低。

经手这件事的那个男人每月都会给她一些钱，他拿到了她那所房子的信托书，并且可以随时将她丢到臭水沟里。他能得到非常高的酬劳，因为他了解全部的情况。假如他不说的话，那个女孩儿就一点儿也不担心。然而，一个有着严重暴力倾向，名叫驼鹿迈洛伊的家伙，突然自监狱中出来了。他不但要找到他喜欢的那个女孩儿，而且还要把事情弄个水落石出。那家伙是个十足的壮汉，他始终没有忘记那个女孩儿。如此一来，事情就有意思起来了，并且导致了不幸的结局。一名私人侦探正是在这个时候参与了进来，这些不牢靠的环节因此都联系在了一起。马里奥特的处境越来越不妙，他不再沉浸于享受之中，他会落入那些人手里，并且被他们彻底撕碎，他便是那样一个年轻人。他越来越无法忍受，最终在崩溃之前死在了棍棒之下。你便是这一切的幕后主使。"

她从包里掏出了枪，然后一边用枪指着我，一边笑了起来，我就在那儿静静地待着。然而，驼鹿迈洛伊沉不住气了，他自更衣室里走了出来，就像拿玩具枪般拿着一支点四五口径的柯尔特，他的视线一直都在莱温·洛克里奇·格雷身上，他将身子向前探了探，一边笑着，一边低声对她说道："这声音我听了整整八年，它是我唯一能想起来的东西。宝贝，我终于又见到你了。然而，我觉得你染上红头发更可爱。"她掉转了枪头，"浑蛋，给我滚远点儿。"

他把枪丢在一旁，就像个死人似的在那儿站着，他的呼吸看上去很不顺畅，此时他和她之间还有两米的距离。他从容地说道："小维尔玛，将我出卖给警察的就是你吧，这实在出乎我的意料。除了悲伤，我还能得到什么呢？"她冲他肚子上连开了五枪，枪声甚至没有戴手套时发出的声音那么大。虽然我朝她丢去一个枕头，却没起到任何作用。她接着又向我开起枪来，然而，她刚才已将子弹打完了。我在她俯身去拿迈洛伊的枪时，又朝她丢去一个枕头，并成功地打在了她的脸上。我在她拨开枕头之前，马上绕过床打昏了她。

他虽然没有倒下，却已经摇晃起来，他用手摸着自己的身体，他的嘴已经失去了力量，他最终跪在了地上，接着又侧身倒在了床上，他此刻正脸朝下猛烈地呼吸着。

我拿起电话的时候，她还没有彻底醒来，她的眼睛就像没有被彻底冻住的水一般，呈现出一种死灰色。她突然朝门口跑去的时候，我并没对她实施阻拦。我挂上电话后又去关上了门，她因为着急而没有为我关上门。为了不让迈洛伊无法呼吸，我把他那朝下的脸翻到了一侧，他还没断气。不过，即使是驼鹿迈洛伊，在自己的肚子挨了五枪后，也挺不了多长时间了。

我拿起电话，拨通了兰德尔的号码，我说道："格雷夫人在我的公寓朝迈洛伊开了五枪。她现在已经不在我这儿了。我给医院打过电话了。"他说道："那你就给我小心点儿。"然后就挂了电话。我又向床边走了过去。跪在床边的迈洛伊正抓着一团床单试图站起来，他的耳朵已经成黑色的了，他满头大汗地眨着眼睛，眨得非常慢。他在救护车到来时依然在那里跪着，并且依然没有放弃站起来的尝试，他最终被医院来的那四个人抬上了担架。离开前，救护车上的那个医生说道："假如枪是点二五口径的话，那他还有活下来的可能。能不能得救的关键是每颗子弹击中的位置，他应该能被救过来。"我说道："他不愿意再活下去了。"

事实和我说的一样，他就死在了那个晚上。

❧ 40 ❧

安·蕾奥丹就坐在那个带有图案的棕色小地毯对面，她一边凝视着我，一边对我说道："你有必要办个晚宴。那里得有烛光、发着光的水晶杯和银器，以及漂亮的亚麻布（假如那个地方用亚麻布的话）。男人都系着白领带，女人都带着她们最值钱的珠宝。警察穿着租来的晚礼服，虽然那模样看上去有些别扭。险恶之人的手一直动个不停，他们的笑容充满了恶意。端着酒的服务员谨慎地行走着。坐在长桌顶端的你用不是很流利的英语，笑谈着整个事件的来龙去脉，口音重得简直和菲罗·梵斯有一拼。"我说道："没错，假如你更聪明一些的话，是不是觉得我该拿点儿什么？"

她向厨房走了过去，接着我听到她拿冰块时发出的叮当声。最后她拿着两个高脚杯返了回来，并且又在自己的座位上坐了下去。她喝了一口酒，说道："这酒可以买些厉害的东西吧。"我说道："管家忽然昏倒了，事实上这是非常高的一招，他并未遭到谋杀。"喝了一点酒后，我又说道："它不属于此类故事。它不但黑暗，而且十分暴力，它一点儿都不轻松。"她问道："她因此离开了？"我点了一下头，说道："她至今没回过家。她肯定通过乔装打扮的方式把自己给藏了起来。她此刻的处境非常坏，和待在大海上的水手没什么区别。她那晚并没带司机，是孤身而来的。在逃跑的路上，她于几个街区外的某个地方丢下了那辆小车。"

"他们如果上心的话，肯定能抓住住她。"

"别这样说，我之前和地方监察官怀尔德共事过，他还是很有能力的。然而，他们就算抓住她又如何呢？等着他们的是两千万块钱、一张迷人的脸，以及隆奈凯穆或李·法勒尔。他们只能了解她之前的生活状况，假如他们能了解到的话，或肯定她完全有杀人的动机，而难以证明将马里奥特杀害的凶手就是她。她或许没有案底，也或许根本就用不着这么做。"

"那迈洛伊又是什么情况？假如我能从你这儿得知他之前的经历，马上就能推测出维尔玛是个什么样的人。我还想弄清的一件事就是你是如何知道那两张照片上的女人不是一个人的？"

"我并不清楚。我觉得他们换照片的行为并没瞒过弗洛里安夫人。她在我将那张写有维尔玛·瓦伦的签名照放在她面前时，似乎流露出一丝惊讶。不过，她或许并不是真的清楚其中的状况。她明白用自己从马里奥特那里得到的其他照片，换掉维尔玛的照片不会带来什么危险，她正是基于这个原因才将维尔玛的照片藏了起来，目的是过一段时间后将它出售给我。"

"这不过是推断罢了。"

"不会有其他可能。他们不过是在马里奥特给我打电话时，为我安排了一场用赎金去赎珠宝的戏。我之前在弗洛里安夫人那儿见过维尔玛的照片，因此他们只能采取这种措施。在这个链条里面，马里奥特是最不安全的一环，因此他们不得不将他灭口。知道莱温·洛克里奇·格雷夫人便是维尔玛的当然还有弗洛里安夫人，不过，维尔玛只需用很少的代价就能收买她，因此她完全没必要将她也杀掉。格雷表示他们的结婚仪式是在欧洲举办的，并且维尔玛当时没用假名。不管是时间和地点，还是她的真名和来处，他都没说出来，我觉得他的确不清楚这些，可惜他没能说服警察。"

安·蕾奥丹正用手背撑着下巴，她一边用那双不太明亮的眼睛凝视着我，一边说道："他不说的原因是什么？"

"他被她彻底吸引住了，他在看到她坐在别人腿上时，甚至都不会发脾气。"

安·蕾奥丹用嘲讽的口气说道："我认为她喜欢坐在你的腿上。"

"她在利用我，不过她对我还有些顾忌。她觉得杀掉一个警察并不是一步妙招，因此，她之前没打算杀我。或许她到了最后才生出了杀我的念头。如果杰西·弗洛里安没被迈洛伊杀掉的话，也一定会死在她的手上。我和弗洛里安夫人的处境非常相似。"

安·蕾奥丹说道："即使会经历某些危险，被迷人的金发女郎利用始终都是一件有趣的事，我敢保证。"

我保持沉默。

"我觉得法庭不会给她定罪，就算迈洛伊真的是被她打死的。因为迈洛伊那会儿也拿着枪。"

"并非如此。"

她一边用那双金色的眼睛严肃地看着我，一边说道："杀迈洛伊原本就是她的一个计划？”

我说道：“她对他心存畏惧。她已经有八年没见过迈洛伊了。迈洛伊似乎知道她打算杀死自己，不过，他还依然喜欢着她，因此，他并没伤害她。没错，我觉得她一定是因为不想失去自己所拥有的一切，才试图将全部会对她构成威胁的人灭口，要想实现那个目的，她就只有这么做。她试图在我的公寓也把我给干掉，不过，她将子弹打光了。在杀马里奥特的时候，她就应该把我也干掉。”

安·蕾奥丹用很低的口气说道：“迈洛伊依然喜欢着她，她有六年多没给他写过信了，她也没去监狱看过他，然而，他始终都喜欢着她。为了悬赏，她让他进了监狱，然而，他还是喜欢着她。离开监狱后，他办的第一件事就是买好看的衣服去看她，她却用五颗子弹来招待他。他因为自己还喜欢着她，而要了两个人的命，这世界实在是……”

喝光我的酒后，我用希望能再来一杯的神情看着她，她并没理我，而是说道：“格雷不但完全不在乎她的来处，而且明知她用的是假名还娶了她。为了不让外面的人认出她的声音，格雷甚至卖掉了电台，但凡是能用钱买到的东西，他都给了她。然而，她又是用什么来回敬他的？”

为了得到酒，我用摇晃杯里的冰块的方式提醒着她，不过依然没有取得成功，我说道：“这不好说。格雷已经很老了，他能娶到那么迷人的老婆实在是一件非常自豪的事，她起码给了他自豪。再说，他非常喜欢她。我们究竟在聊什么啊？这事太普遍了，他非常喜欢她，不管她之前过着怎样的生活，现在做着什么事，或和谁厮混，都不会出现任何改变。”

安·蕾奥丹说道：“就像驼鹿迈洛伊一样。”

“我们划水去吧。”

“我还有很多事情没有弄清楚，比如那些藏在大麻里的名片、埃莫森、桑德堡医生，以及那些帮你将事情成功处理了的小线索。”

“弗洛里安夫人那时在我将一张名片递给她后，把一个非常湿的杯子放在了那张名片上，我后来在马里奥特的口袋中发现了那张留下了玻璃杯印的名片，这便是一个线索，因为马里奥特一向很整洁。你一旦对所有事情都生出了疑问，便可以简单地发现另外的联系。就拿马里奥特来说吧，他是为了把弗洛里安夫人拉到自己那一边，才获取了她的信托书。说到埃莫森，他就是个阴险十足的国际诈骗犯，他在纽约的一家酒店中被警察给逮了起来，不管是伦敦的警察厅，还是巴黎的警察厅，都有他的指纹，警察也是昨天或前天才了解到这些。那些警察办事的效率还挺高的，前提是他们能有所发现。我推断兰德尔好多天之前就获得了这些犯罪记录磁带，他没和我提起这件事，准是怕我在听完后会踩碎它们。不过，埃莫森始终没犯过命案。警察不敢肯定桑德堡之前犯过法，他们只有在逮住他后才能证实这点。布鲁纳特则是那种你无论通过什么方式，都无法从他那里获取丝毫线索的人，他一定会在开庭前落入警察的手里，但他绝不会坦白，声誉对他而言根本就算不了什么。不过，贝城政府经历了一次大快人心的变动。上面的人把警察局长给逮了起来，有一半的警察被贬做了巡警。帮我登上门特希托号的是个叫雷德·诺加德的家伙，他又回到了原来的工作岗位，这人非常够意思。决定这么安排的是市长，他在紧要时刻改变了别人对他的看法。"

"说这些的时候，你非得用这种说话方式吗？"

"我是莎士比亚上身了。我们再喝一杯吧，然后就去划水。"

安·蕾奥丹起身说道："喝我的吧。"接着她就将自己没喝的酒拿了过来。她在我面前站着，手里还拿着酒，然而，她此时就像受到惊吓似的将眼睛睁得非常大，她说道："你可真有本事，不但处事果断，而且那么有胆量。另外，你仅仅是为了微薄的酬劳才去做这些的，你始终没有放弃正义，就那么让他们去打你的脑袋；打你的下巴；掐你的脖子；灌了你一肚子毒药，直至他们把力气都用光了为止。你能够变得这么不可思议，究竟是借助了什么？"我喊道："接着说。酒洒出来了！"安·蕾奥丹像是在思考什么似的说道："我想让你这个浑蛋吻我。"

∽41∾

为了寻找维尔玛，警察用去了三个月的时间。格雷先生表示自己并不清楚她去了什么地方，也没有为她的逃亡提供任何帮助，然而，警察很难相信这些。但凡是她能够用钱买到的藏身之处，警察或新闻记者都光顾过，不过，她最终没能用钱把自己藏起来，人们找到她后，才知道她之前就那么一直显眼地藏着。

有个巴尔的摩侦探，某晚带着摄像取景器，就如一只罕见的粉红色斑马那样漫无目的地来到了一家夜总会。唱歌的是个有着一头非常好看的黑发，并且涂着黑眉毛的歌手。那个侦探在听乐队弹奏的乐曲时，忽然在那个歌手的脸上发现了某些让他心动的东西。返回警察总部后，他将全部的通缉文件都取了出来，然后开始仔细地翻阅起来。在看到某一张照片时，他停了下来，并且看了那张照片很长时间。接着他理了理头上的草帽，又来到了那家夜总会，并且见到了那家夜总会的经理。那个经理在他们来到更衣室时，在里面的一扇门上敲了几下，那扇门并没上锁，侦探接着就推开经理，向里面走进去，然后锁上了门。

她正在吸大麻，他准是嗅到了大麻的气味，不过，他并没把心思放在这上面。坐在一块三角形镜子前的她正弄着眉毛和头发，眉毛是她自己的。那个侦探笑着走过房间，然后将一本材料递给了她，那是来自警察总部的通缉文件上的一页通缉令，是被那个侦探撕下来的，她一定会看到那上面的照片。在看见通缉令的时候，她坐在那儿考虑了很长一段时间。那个侦探也坐了下来，并且一边跷着腿，一边点燃了一根烟，他虽然有一双非常敏锐的眼睛，却没有足够多的侦探技巧，他并不熟悉女人。

她最终笑着说道："你这个警察很有头脑。我以前的一个朋友仅仅通过收音机就认出了我的声音，因此我猜测你们可能会认出我的声音。这一个月来，我每个星期都会和这个乐队在广播中唱两次歌，不过，没人认出唱歌的是我。"那个侦探依然笑着说道："我之前并没听过你的声音。"她说道："我觉得咱们可以做个买卖，假如办得好的话，你会拿到很大一笔钱，你肯定明白这点。"那个侦探说道："不好意思，我不会那么做。"于是她起身说道："好吧，咱们走吧。"拿起包后，她又取过了挂在衣架上的外套，她就那么拿着外套向他那边走了过去，好像打算让他给自己披上它，于是他起身拿过了她的外套，看上去非常有风度。

她从包里拿出一支枪，转身朝他开了三枪，他当时还拿着外套，子弹穿过了外套后，打在了他身上。她到了门外时枪里还留有两颗子弹。她再次开枪的时候，仅仅跑到了房间的中部。她开了两枪，但第二枪一定是条件反射。她在撞地之前被抓了起来，而且，一条布已经勾住了她的头。

兰德尔将整个事件都告诉了我，他说道："那个侦探次日就死了。他在自己尚未失去说话能力之前，和我们说了事情的经过。因此我们逮住了那个危险的女人。我觉得那个侦探只有在自己确实想和她做笔买卖的情况下，才会那么不谨慎。他或许有过这种想法，我自然不想做这样的推断。"我说道："我觉得是那么回事。"兰德尔说道："她干脆地对自己的心脏开了两枪。专家说这是不可能的，我也这么认为。你清楚原因吗？"

"为什么？"

"她对侦探开枪实在是太不明智了。我们根本就没给她定过罪，我们这么做完全不是因为她的钱、漂亮的外貌或来自那些富人的压力。她确实非常值得同情，她在克服了许多挫折之后，才从酒吧歌手爬到了贵妇的位置。她始终没有安宁过，因为那些认识她的家伙一直打搅她，那些人实在是太贪婪了。有六个不干净的老女人已经敲诈她很多年了。见鬼！隆奈凯穆将会在法庭上见到流泪的她们。你在某种程度上阻止了她们，她们也会受到陪审团的审判。她并没把格雷拖进来，而是独自逃亡着，这事办的非常聪明，不过，她被逮住时，回家是她最好的选择。"

我说道："你这会儿觉得她没有把格雷拖进来？"他点了一下头。

我说道："你有没有想过她这么做可能有某些不寻常的动机？"他一边凝视着我，一边说道："无论它是什么，我都要尝试一下。"我说道："不管是迈洛伊还是她，都是杀手。那个巴尔的摩侦探或许并没有案件记录上的那么清白。她或许发现了机会，不过，她那时想藏起来，而不是打算逃跑，因为那个人既然关照了她一番，那她也要回敬一下。"凝视着我的兰德尔此时大张着嘴巴，他的眼里写满了质疑，他说道："浑蛋，她完全没有向警察开枪的必要。"

"我并不是说她是个迷人的姑娘，或者是个圣人。她一定不会选择自杀，除非是到了走投无路的境地。她所采取的措施和行为完全能接受法律的审讯，不过，你好好琢磨一下，这次审讯不管是输是赢，还是不输不赢，都会让哪个人付出最大的代价，并且会把他彻底击垮？是那个爱到不可救药的老头。"

兰德尔忽然说道："这种推断太不理性了。"

"没错，我这话听上去的确是这个感觉，或许一切都是个错误。不聊这事了，那个粉红色的虫子回来没有？"

他自然不会明白我在说什么。

我走下了楼梯和市政厅的台阶，天气非常好，能看到非常远的地方，然而，维尔玛走得更远。

图书在版编目（CIP）数据

再见，吾爱 /（美）雷蒙德·钱德勒著；孙志新译
. -- 北京：北京联合出版公司，2016.12（2025.10 重印）
（推理家系列）
ISBN 978-7-5502-8720-4

Ⅰ.①再… Ⅱ.①雷… ②孙… Ⅲ.①推理小说—美
国—现代 Ⅳ.① I712.45

中国版本图书馆 CIP 数据核字 (2016) 第 232527 号

再见，吾爱

作　　者：[美]雷蒙德·钱德勒
译　　者：孙志新
出 品 人：赵红仕
责任编辑：丰雪飞
封面设计：郑金将

北京联合出版公司出版
（北京市西城区德外大街83号楼9层 100088）
北京新华先锋出版科技有限公司发行
三河市兴博印务有限公司印刷　新华书店经销
字数151千字　620毫米×889毫米　1/16　14印张
2016年12月第1版　2025年10月第7次印刷
ISBN 978-7-5502-8720-4

定价：39.50元